KB183892

부족한 사랑

부족한 사랑

초판 1쇄 발행 2024년 12월 18일

지은이 홍성진
펴낸이 이기봉
편집 좋은땅 편집팀
펴낸곳 도서출판 좋은땅
주소 서울특별시 마포구 양화로12길 26 지월드빌딩 (서교동 395-7)
전화 02)374-8616~7
팩스 02)374-8614
이메일 gworldbook@naver.com
홈페이지 www.g-world.co.kr

ISBN 979-11-388-3836-8 (03810)

- 가격은 뒤표지에 있습니다.

부족한 사랑

홍성진 지음

그때도, 지금도 우리는 변함없이
여기에 있었던 거야

좋은땅

목차

1.

비 내리는 오후

지척으로 다가온 장마의 예고편인 듯 아침부터 추적추적 비가 내렸다. 연한 초록의 가로수 잎이 촉촉하게 물기를 머금고 있었다. 비에 젖어 을씨년스럽게 변해 가는 거리를 내려다보며 성준은 아까부터 자신이 젖은 땅 밑으로 끌려들어 가는 듯한 기분에 사로잡혔다. 출근과 함께 걸려 온 국제전화의 여운이 계속 머릿속을 부유했다.

"고베 업체에서는 일단 출고보류 결정을 내릴 것 같습니다. 아무래도 지난번 보내신 선적서류에 누락된 항목을 트집 잡아 기선부터 제압하겠다는 의도 같아요. 이쪽 업체와는 첫 거래이고 하니 서류만 좀 보완해서 김 사장님이 직접 한 번 다녀가시는 게 어떨까 싶습니다. 잘 아시잖아요, 여기 일본 사람들이 한국을 어떻게 생각하는지…."

출근 시간에 맞춰 전화를 걸어 온 가네모토는 몇 년째 인연을 이어 오고 있는 오사카 현지의 업무파트너였다. 그간의 인정을 생각해 잊지 않고 먼저 진행 상황을 귀띔해 준 그의 후의가 오늘따라 더 맘에 와닿았다. 고지식할 정도로 원칙을 따지는 일본인들과 달리 재일교포 2세인 가네모토는 특유의 인간미와 융통성이 있어 업무 협조가 편했다. 일이 생기면 원리원칙만 되풀이하는 일본인보다 매사를 자기 일처럼 풀어가는 그를 믿고 성준 역시 오래전부터 현지 업무를 거의 일임해 놓고 있었다. 그의 조언이 아니었다면 새로 거래를 시작할 현지 업체에게 꼬투리를 잡혀 수세적인 입장에서 끌려가야 했을지 모른다고 생각하니 마음이 더 착잡했다.

휴우, 하고 성준의 입에서 가볍게 한숨이 나왔다. 비단 오늘 일 때문만이 아니었다. 언젠가부터 사장인 성준조차도 회사로 출근하는 마음이 전처럼 가볍지 않았다. 조만간 닥쳐올 어떤 불길한 전조처럼 요즘 들어 부쩍 잦아진 직원들의 실수에 마음이 무거웠다. 언제쯤 다시 가벼운 마음으로 회사 일에 집중할 수 있을까? 성준은 착 가라앉은 마음을 가라앉히며 묵묵히 자리로 돌아와 앉았다.

전화의 여운이 채 가시지 않은 터라 사무실 안의 공기가 몹시 무겁게 느껴졌다. 성준의 눈치를 살피던 미스 윤이 여느 때처럼 커피 한 잔을 내려놓고는 얼른 자리로 돌아갔다. 하지만 석고상처럼 굳어 버린 성준의 표정은 좀처럼 풀리지 않았다. 그나마 회사 일이 잘 풀리는 날에는 아침 기분이 오래 이어지진 않는

다. 하지만 오늘처럼 직원들의 어이없는 실수가 발생하는 날이면 불쑥불쑥 모든 걸 접고 싶다는 회의감이 엄습해 오곤 했다.

이 나이에 벌써 사업에 의욕을 잃어간다는 건 가볍게 생각할 문제가 아니었다. 아내 말대로 이제 나도 열정이 식어 버린 건가? 잠시 생각에 잠겨있던 성준은 고개를 가로저었다. 사업이 재미없어진 건 자신의 열정이 식어서가 아니라 주변을 둘러싸고 있는 외부적 요인 때문인 게 분명했다.

오전 내내 일이 손에 잡히지 않아 성준은 무의식적으로 자꾸 벽시계를 힐끔거렸다. 딱히 기다리는 전화나 약속이 있는 것도 아니었지만 자꾸 시계를 보게 됐다. 장부 관리를 맡고 있는 미스 윤이 그사이 몇 번인가 결재서류를 들고 다녀갔지만 흙탕물처럼 흐려진 기분은 그대로였다.

사장으로서 내가 너무 물러터진 걸까? 아니면 내가 너무 예민하게 구는 걸까? 어느 쪽인지 알 수 없지만 오늘따라 긴장감이라곤 찾아볼 수 없는 직원들의 근무 태도가 자꾸 신경에 거슬리는 건 분명했다. 그저 하루하루 시간을 흘려보내는 데 익숙해져 버려 무슨 일이건 한 번을 시켜서는 제대로 해내지 못하는 몇몇 직원들의 업무 태도가 마뜩잖아 보이는 게 당연했다.

조심성이나 눈치라곤 눈곱만큼도 없는 미스 윤만 해도 그새를 못 참고 누군가와 사적인 통화를 꽤 길게 해 성준의 신경을 긁고 있었다. 딴에는 조심한다고 생각하겠지만 착 가라앉은 회사 분위기 때문인지 그녀의 통화 목소리가 성준의 귀에까지 흘러들어 왔다. 몇 번인가 시선이 마주쳤지만 크게 개의치 않고 전화통에 매달려 있는 그녀의 태도를 보며 성준은 살짝 낭패감을 느꼈다.

"어머, 진짜? 정말 그랬어? 뭐야, 그 오빠, 겉으론 엄청 얌전해 보이더니 뒤로는 완전 호박씨 까는 스타일이었네. 어머머, 정말 연희한테 술 먹고 여관에서 좀 쉬었다 가자 그랬대? 어머머, 진짜 그 오빠 다시 봐야겠다. 응, 응… 아냐, 아냐 얘! 나랑 절대 그런 사이 아니야. 진짜라니까! 그래서 연희 고 앙큼한 계집애는 뭐라고 했대? 뭐? 진짜? 순순히 거길 따라갔다고? 어머, 웬일이니…. 둘 다 미쳤어, 미쳤어!"

미스 윤에게 여태 따끔한 말 한마디 하지 않는 건 어느덧 성준도 그녀의 태도에 익숙해져 버린 탓인지도 몰랐다. 어쩌면 언젠가 나아질 거라는 기대가 지금 같은 사내 분위기를 자조한 것일 수도 있었다. 하지만 이제라도 직원들의 마음을 다잡게 할 계기가 필요하다고 성준은 마음을 다잡았다.

때마침 사무실 구석 자리에 앉은 정 대리가 기지개를 켜다가 성준과 눈이 마주치자, 풍뎅이처럼 얼른 어깨를 움츠렸다. 명문대 출신의 정 대리는 업무 능력 자체는 흠잡을 게 없는 직원이었다. 하지만 성준은 만사에 애늙은이처럼 행동하는 정 대리에게 왠지 모를 심리적 거리감을 거두지 못하고 있었다.

사장과 직원의 불편한 관계는 인간관계, 나아가 업무 성과에도 영향을 미친다. 그래서인지 사장의 말이라면 자동응답기처럼 네네, 하고 머리부터 조아리는 정 대리의 뻔한 처신이 오늘따라 더 한심하게 느껴졌다. 아직 서른 중반에 불과한 정 대리가 그동안 세 번이나 회사를 옮겨 다닌 이유도 그런 수동적인 태도와 무관하진 않을 것이다. 몸에 밴 보신주의와 소극적인 업무 태도는 상사들의 눈에 일에 대한 열정이 없는 것처럼 비치기 딱 좋았다.

아마도 그는 오전 내내 미스 윤을 대신해 일본으로 가는 항공편을 체크하고 있을 터였다. 한창 성수기에 일본행 티켓을 구하는 일이 그리 쉽진 않은 일이었다. 하지만 정 대리는 업무적으로는 거의 나무랄 데가 없었다. 대기업 직원으로 사회생활을 시작해 무역 실무에 밝고 회사 내에서 일본어를 가장 잘하는 직원이라 제법 성준의 오른팔 노릇을 톡톡히 했다. 어쩔 수 없이 이번 출장에도 정 대리를 데리고 가야 할 판이었다.

성준은 오늘의 이 사단을 불러온 김 과장 쪽으로 슬쩍 시선을 돌렸다. 김 과장은 서류철에 고개를 깊이 파묻고 일에 몰두해 있었다. 김 과장은 노련한 상사맨이었다. 무역 실무에도 오래 근무해 자잘한 일들을 빈틈없이 처리해낼 수 있는 직원이었다.

그런 김 과장이 왜 그렇게 기초적인 실수를 저질렀는지 속을 알 수 없는 노릇이었다.

김 과장이 서류철에 눈을 더 가까이 가져갔다. 옆에서 보면 업무에 집중하고 있는 자세였다. 하지만 간간이 히죽히죽 웃으며 계속 주변의 눈치를 살피는 모양을 보니 분명 오늘도 업무 시간에 중매쟁이들이 보낸 처자들의 소개서를 뒤적이고 있는 게 분명했다.

'저 인간이, 또!'

성준의 속이 부글부글 끓어올랐다. 지금이라도 다시 불러 업무 실수에 대한 책임을 엄중하게 묻고 싶은 충동이 일었다. 하지만 성준은 애써 그 생각을 가라앉혔다. 올해 나이 서른아홉인 김 과장이 요즘 부쩍 결혼에 몸이 달아 있는 건 공공연한 비밀이었다.

김 과장은 웬일인지 좀처럼 노총각 신세를 벗어나지 못했다. 보다 못한 직원들이 직접 중매를 자처하고 나선 일도 벌써 여러 번이었다. 하지만 그는 아직까지 입에 달고 다니는 '운명의 상대'를 만나지 못하고 있었다. 어쩌면 그가 결혼하기 쉽지 않은 스타일의 남자라는 게 그 이유일지도 몰랐다. 성준 역시 그가 가정이란 울타리 안에 들어가 있는 모습이 잘 상상이 되지 않았다.

언젠가 회식 자리에서 미스 윤이 "그건 아마 과장님이 너무 평범한 스타일이라 그럴 거예요. 여자들은 뭔가 특별한 게 느껴지는 남자한테만 마음이 열린단 말이에요."라고 말하는 것을 듣고 성준 역시 고개를 끄덕인 적이 있었다. 미스 윤의 말이 틀린 게 없었다. 아니 어쩌면 직원들 대부분이 그런 생각을 하고 있었다. 모자란 건 없지만, 삶 자체가 너무 평범해 인간적 매력이 없다는 게 김 과장의 가장 큰 핸디캡이었다.

키도 얼굴도, 심지어 학력이나 능력도 김 과장은 딱 세상의 평균치만을 갖고 태어난 사람이었다. 마치 조물주가 그를 세상에 내보낼 때 "너는 절대로 남의 눈에 띄지 않는 사람이 되거라!" 하고 엄명을 내리기라도 한 것 같았다. 반면, 일에 있어서는 이번 같은 어이없는 실수가 어울리지 않는 유능한 직원이라 성준 입장에서도 더 이상의 잔소리로 전체 직원의 사기를 떨어뜨리는 일만은 피하고 싶었다.

몇몇을 제외하면 다른 직원들은 그런대로 무난한 성격에 업무 능력도 흠잡을 것 없는 사람들이다. 하지만 그들 역시 점점 사무실의 산만한 분위기에 젖어 가는 게 우려스러웠다. 매출 실적은 제법 안정선을 유지하고 있었지만, 회사 전체적으로는 가랑비에 옷 젖는 것처럼 알게 모르게 분위기가 가라앉고 있는 게 느껴졌다.

성준은 문득 자신이 한 번도 이 지루한 분위기를 의식하지 못하고 살아왔다는 사실을 떠올리며 짧은 한숨을 내쉬었다. 형식과의 동업 관계를 정리하고 회사를 차려 독립한 지 5년째였다.

다행히도 지금까지는 직원들의 매너리즘을 의식할 정도의 큰 사건은 피해 온 셈이었다. 그렇지만 이제 운동화 끈처럼 풀려가는 직원들을 조이기 위한 결단의 시기가 가까워지고 있었다.

오늘따라 지방 대리점에서 걸려 오는 주문 전화도 많지 않아 사무실 안의 적막감이 더 두드러졌다. 구석 자리에 앉은 영업부성 주임이 그런 분위기를 의식해서인지 전화 너머 창고장에게만 들릴 정도의 목소리로 재고 물량을 확인했다.

"아, 글쎄! 저한테 하소연하실 게 아니라 다음 주 목요일까지는 전량 울산으로 내려보내야 하니까 재고 파악부터 확실히 해 보세요. 저야 모르죠. …. 글쎄, 구석구석 잘 좀 찾아보시라니까요!"

다음 주 지방으로 내려보낼 염색약품의 수량을 미리 체크하는 모양이었다. 일본에서 관련 물건을 수입해 지방 총판을 통해 시장에 공급하는 성준의 회사는 성수기와 비수기의 구분이 없을 만큼 일이 많았다. 사시사철 업무 자체가 바쁘게 돌아가다 보니 항상 사고의 위험이 존재했다. 본사에서도 항상 그 점에 신경을 곤두세울 수밖에 없었다.

불과 두 명이었던 회사 규모는 어느덧 직원 열 명의 남짓한 직원들만으로 창업 4년 만에 이만한 규모의 시장 점유율을 확보했고 이것만으로도 대단한 성과라 할 수 있었다. 국내 의류산업은 80년대 들어서도 꾸준한 성장세를 기록해 왔다. 유가, 환

율, 금리의 '3저 호황'은 한국 섬유산업의 대외 경쟁력 강화에 중요한 밑거름이 되었다. 외국 브랜드의 힘겹게 경쟁하던 한국 제품이 가격 경쟁력을 갖추게 되면서 전통적 수출 강국들이 큰 타격을 받았고, 저임금과 기술경쟁력을 앞세운 한국은 의류, 신발, 조선업에서 뜻밖의 수혜를 입고 있었다. 성준의 회사 또한 의류산업의 수출 성장세를 놓치지 않고 자리를 잡은 업체 중의 하나였다.

바야흐로 대망의 80년대가 저물어 가고 있었다. 70년대 들어 정부의 중화학공업 육성 정책 아래서도 꾸준히 성장해온 한국 경제는 저임금을 앞세운 가격 경쟁력과 계속되는 국제 경기의 호황 덕분에 지난 십 년간 전례 없는 고속 성장을 달려왔다. 지난해 성공적으로 끝난 88 서울올림픽은 그 피날레의 정점이었다. 모두들 90년대로 접어들기 전 한국의 경제 규모가 세계 20위권으로 진입하는 건 시간문제라고 입을 모았다.

문제는 지금의 낙관적인 상황이 언제까지 이어질지 자신할 수 없다는 것이었다. 저렴한 인건비로 국제 경쟁력을 확보할 수 있었던 80년대가 저물고 나면 앞으로 다가올 90년대는 새로운 패러다임이 펼쳐질 게 뻔했다. 직원들은 태평하지만 사장인 성준은 한 번씩 외국 출장을 나갔다 올 때마다 조금씩 달라지고 있는 시장의 변화를 몸으로 느끼고 있었다.

성준의 머릿속에 온갖 상념들이 물안개처럼 스멀스멀 피어 올랐다. 당장은 답이 없는 고민을 이어 가다 보니 사무실 안의 공기가 더 눅눅하게 느껴졌다. 성준은 슬쩍 시간을 확인하고는 직원들을 향해 먼저 입을 열었다.

"자, 오늘은 조금 일찍 나가서 점심 먹고 들어들 와. 괜히 더 미적거리다간 비 맞으며 줄 서야 할지도 모르니!"

어수선한 사무실 분위기를 바꾸려고 꺼낸 말이었다. 하지만 성준은 기어이 꼬인 심사를 덧붙이고야 말았다.

"누구 말대로 먹어야 일을 할 게 아닌가!"

듣기엔 아주 부드러운 목소리였지만 굳이 하지 않아도 좋을 말이었다. 사장이 기분이 그리 나아지지 않았음을 눈치챈 직원들이 슬쩍 고개를 돌려 성준의 눈치를 살폈다. 엉거주춤 다시 의자 위에 엉덩이를 내려놓는 직원들도 있었다. 이럴 땐 어떻게 해야 할지 난감해하는 건 어느 직장이나 똑같았다.

"어머, 어쩐지 배가 출출하다 싶더니 벌써 점심시간이 다 됐네! 그럼 사장님도 저희랑 같이 나가실래요? 저 앞 사거리에 새로 생긴 식당이 그렇게 밥을 맛있게 한대요."

미스 윤 특유의 유난하고 가벼운 애교였다. 그러나 성준은 미스 윤의 제안이 전혀 달갑지 않았다. 평소라면 직원들과의 점심 식사를 마다하지 않겠지만 오늘 같은 기분으로는 직원들과 마주 보며 밥을 먹는 것 자체가 고역일 것이었다.

"먼저들 다녀와. 난 알아서 먹을 테니까."

"왜요? 사장님도 같이 가면 좋을 텐데…."

아쉽다는 말과는 달리 미스 윤이 표정에 안심하는 빛이 역력했다. 그녀는 결코 자신의 마음을 감추지 못하는 타입이었다. 그 바람에 성준의 입에서 생각보다 퉁명스럽게 말이 튀어나왔다.

"왜, 나한테 꼭 해야 할 말이라도 있나?"

"그건 아니구요. 전 그냥 같이 드시면 좋을 것 같아서…."

"난 따로 점심 약속이 있으니 다들 먹고 와. 오후에 할 일도 많을 텐데."

성준이 재차 거절의 뜻을 보이자 잘됐다는 듯 직원들이 주섬주섬 옷을 챙겨 사무실 밖으로 나갔다. 무엇인가 챙길 서류가 있는 사람처럼 책상을 정돈하며 시간을 끌던 성준은 직원들이 모두 나가기를 기다렸다.

마지막 직원까지 나가는 걸 보고 자리에 털썩 주저앉은 성준은 직원들에 대한 섭섭한 마음을 지워 버리자고 생각했다. 오전 내 언짢은 생각을 하다 보니 몸이 더웠다. 점심 약속 같은 건 애초에 있을 리 없었다. 오늘따라 밥 생각도 나질 않았다.

성준은 세면대로 다가가 와이셔츠 소매를 걷고 찬물을 틀었다. 눈가에 찬물을 집중적으로 끼얹고 나니 조금은 기분전환이 되는 거 같았다. 원래 그렇게 모진 성격도 아니면서 성준은 가끔 자신도 모르게 말투 자체가 차가워질 때가 있었다. 누구나 조금씩 그런 생각들을 가지고 있겠지만 이런 상황에서 저절로 내뱉어지는 단어들은 달리 설명할 방법이 없었다.

화장실에서 나오던 성준의 눈에 유리 어항 안의 금붕어들이 들어왔다. 이리저리 한가롭게 지느러미를 흔들어 대며 노니는 어항 속의 녀석들이 제법 우아해 보였다. 비 때문인지 어항 속 비린내가 나는 것 같았지만 성준은 오랜만에 어항 앞에 서서 금붕어들의 유영을 가만히 들여다보았다. 일생 좁은 유리 케이스 안에서만 갇혀 지내야 하는 녀석들의 운명이 어쩐지 측은한 생각이 들었다.

맨 처음 직원들의 건의를 받아들여 회사 안에 작은 어항을 설치했을 때, 금붕어는 고작 이십여 마리 정도였다. 그런데 얼마 지나지 않아 금붕어는 특별한 이유도 없이 한 마리씩 맥없이 죽어 나갔다. 성준은 그때마다 안타까운 마음이 들어서 미스 윤을 불러 모자라는 숫자만큼 금붕어를 새로 사다 넣으라는 지시를 내렸다. 하지만 그때뿐이었다. 아무리 정성을 다해 보살펴도 금붕어는 주기적으로 몇 마리씩 계속 죽어 나갔다. 그때마다 새로운 금붕어가 들어와 빈자리를 채웠지만 직원들은 더 이상 어항 따위에 관심을 두지 않았다.

성준 역시 마찬가지였다. 언제부터인가 돈 몇백 원에 생명을 함부로 거래한다는 기분이 들기도 하고, 금붕어가 죽어 나가는 악순환도 꺼림칙했다. 성준도 슬그머니 그 무의미한 리필 작업을 그만두어 버렸다. 그런데 신기한 건 그다음부터였다. 붕어에 대한 집착을 버리자 남아 있던 예닐곱 마리의 금붕어들이 더 건강하게 살아남았다.

성준은 자리로 돌아와 털썩 의자에 몸을 기대고 눈을 감았다. 쉬고 싶다는 생각이 아주 갑자기 들었다. 아마 처음부터 자신을 엄습한 무력감의 상당 부분이 피로 누적에서 비롯된 건지도 모르겠다는 생각이 들었다. 이렇게 가만히 눈을 감고 있으면 지금 자신이 앉아있는 곳이 어딘지를 잊어버릴 때가 많았다. 그래, 어쩌면 내 자리는 여기가 아니라 다른 어딘가에 있을지도 몰라, 하고 성준은 가만히 중얼거렸다.

언젠가 미국으로 출장을 갔을 때 LA에서 입체영화라는 것을 본 일이 있다. 의자에 앉자마자 눈앞에 신기하고 현란한 세상이 펼쳐졌다. 영화 속 인물이 바로 눈앞에서 살아 움직이는 것처럼 느껴졌다. 하지만 그때도 성준은 잠시 묘한 세계에 와 있는 듯한 현기증을 느꼈을 뿐 금방 졸음이 왔다.

잠시 눈을 붙일 요량으로 의자에 좀 깊숙이 앉으니 조금은 더 편안한 느낌이 들었다. 그래, 이대로 눈이라도 좀 붙여야겠다고 생각하며 성준은 등받이에 깊이 몸을 파묻었다.

2.

사랑은 비처럼

띠리릭, 띠리릭, 삐….

한순간의 정적을 깨 버린 건 난데없이 울려대는 팩스 소리였다. 젠장! 차가운 기기음에 성준의 입에서 외마디 불평이 흘러나왔다. 모처럼 찾아온 적막과 안정감을 일시에 흩어져 버린 그 소리가 성준을 현실로 다시 소환했다. 진즉에 포기해 버린 평화이긴 했지만, 이건 정말 너무하다는 생각이 들었다.

성준은 자신도 모르게 미간을 찌푸렸다. 짜증을 지우지 못한 얼굴로 팩스 용지를 뽑아 들며 그는 차라리 오늘 같은 날은 모든 일을 직접 처리하는 게 나을지도 모르겠다고 생각을 했다.

팩스는 일본 거래처에서 보내온 것이었다. 선명하지는 않지만 성준은 간신히 팩스 내용을 알아볼 수 있었다. 얼마 전까지 가격 협상을 벌이던 수출 건을 수락하겠다는 내용이었다. 하지만 성준은 그들의 답신이 반갑지 않았다. 사실은 진작 끝났어야 할 거래였다. 그곳 역시 1년 전 다나카의 소개로 거래를 계속해 온 기존 업체였지만 아무래도 신뢰가 가지 않았다. 분명 서로에게 이익이 될 비즈니스인데도 그들은 일부러 이렇게 며칠씩 답변을 늦춰 가며 사업의 주도권이 자신들에게 있음을 계속 확인시키려 했다.

계약을 성사하기 위해 그들에게 웃는 낯을 해 온 것도 자존심이 상하고 울화가 치밀지만, 그들은 전혀 미안해하는 기색이 아니었다. 한국의 수입 업체들을 아래로 보는 일본 업체들의 생리는 여전했다. 성준은 번번이 그들과의 거래를 진행하면서 느꼈던 역겨움을 떠올렸다.

'언제까지 그치들에게 계속 끌려다닐 순 없잖아. 그래, 이번이 마지막 거래야!'

성준은 약해지려는 마음을 애써 다잡았다. 거래업체를 바꿔도 탄탄한 국내 영업망을 갖고 있으니 회사의 매출 하락은 금방 회복될 것이다. 더 늦기 전에 거래선을 바꾸는 게 상책이었다. 그런데 이제 새 업체와의 거래가 시작되려는 시점에서 예상치 않게 거래가 보류돼 버렸으니 속이 쓰리지 않을 수가 없었다. 성준은 그 중요한 계약을 왜 조금 더 꼼꼼히 챙기지 못했는지 자책하며 팩스 용지를 영업부 책상 위에 올려놓고 담배를 꺼내 물었다.

담배에 불을 붙여 길게 한 모금을 빨아 내뿜고 나니 가슴에 걸려 있던 답답한 생각들이 조금씩 씻겨 내려갔다. 담배란 묘한 영약이다. 담배 연기가 주는 이 기분은 어떤 상황도, 또 누구도 대신 표현해 줄 수 없는 아주 특별한 즐거움이었다. 그래서 건강에 좋지 않다며 담배를 끊으라는 아내의 잔소리를 성준은 마냥 흘려듣고 있었다.

어찌 되었건 하나하나 줄을 더듬어 가며 불필요한 매듭을 푸는 게 순서였다. 사업을 시작한 후로 예상치 못했던 방해물은 항상 도처에서 출몰했다. 피할 수 없는 돌발 상황을 어느 정도는 체념해야 할 부분도 있지만, 위기를 만날수록 경영자의 능력이 발휘되어야 한다. 힘든 일을 완전히 벗어나 버린다는 것은 애초에 불가능하지 않은가. 어쩔 땐 이렇게 있는 그대로의 상태를 받아들인다는 마음이 마음의 평화를 가져다준다는 걸 성준은 경험으로 알고 있었다.

시계를 보니 어느새 점심시간이 10분이나 지나 있었다. 직원들은 여태 아무도 회사로 들어오지 않고 있었다. 가급적 그런 일로 직원들을 다그치는 건 피하고 싶지만 도대체 이렇게 시간 관념이 없는 사람들이 있나 하는 생각에 성준의 미간이 살짝 올라갔다.

직원들은 15분이 더 지나고 와서야 하나둘 사무실로 들어왔다. 멀리서도 알아들을 수 있는 특유의 웃음을 앞세운 미스 윤이 직원들과 함께 문을 열고 들어오다 성준과 시선이 마주치자 화들짝 놀라 종알거리던 입을 오므렸다. 약속이 있다던 사장이 자신들보다 일찍 들어와 있으리라곤 생각하지 못했던 모양이었다. 미스 윤이 시선이 얼른 벽시계를 더듬었다.

“어, 사장님. 점심 약속 있다고 하시더니 언제 들어오셨어요? 오늘 비가 와서….”

미스 윤은 잠시 뜸을 들이며 적절한 말을 찾아내려고 애쓰고 있었다. 아마도 성준이 자신들이 가졌던 20여 분의 여유보다 더 늦게 들어오리라고 예상했을 테니 난감한 상황일 것이 분명했다.

“홍 대리님은 신당동 거래처로 바로 가셨고, 정 대리님이랑 김 과장님도 우리보다 먼저 들어가셨는데…. 오다가 어디, 담배 사러 슈퍼에라도 들렀나 봐요. 좀 늦을지도 모른다고 하시긴 했는데….”

그녀는 묻지도 않은 질문에 혼잣말을 섞어 필요 이상 대답을 길게 하고 있었다.

“전 직원들한테 앞으론 오후 업무에 차질 없도록 점심시간 끝나기 전엔 꼭 들어오라고 전달해 줘!”

성준은 미스 윤의 동문서답을 짧게 자르고 돌아섰다. 그녀가 직원들 모두에게 사장의 지시를 전할 위치에 있지 않다는 것을 모르지는 않았지만, 아무리 말해 보아야 그녀가 정말로 미안해하지 않는다는 것을 알고 있었기 때문이다.

형식에게 전화가 걸려 온 것은 그날 오후였다.

"사장님, 전화 돌려드릴게요."

미스 윤의 말이 끝나기 무섭게 성준의 책상 위에 올려진 전화 벨이 울렸다.

"네, 감사합니다. 신성통상 김성준입니다."

수화기만 들면 자동으로 나오는 인사말이 먼저 나갔다. 사업 초기 직원들과 똑같이 전화 영업을 맡아 몸으로 뛰던 시절부터 몸에 밴 습관이었다. 직원 수가 늘어 이제 직접 거래처 전화를 받을 일은 거의 없어졌지만 아직도 '친절한 전화 인사말'이란 표어는 성준의 책상 속 두꺼운 유리 속에 끼워져 있었다.

매 순간 의식하고 살 순 없지만, 어쩌다 전화 통화 중 사업 초창기의 마음이 담긴 표어를 볼 때마다 성준은 느슨했던 마음이 바로 세워지는 듯한 느낌을 받곤 했다. 전화 응대에 대한 습관은 쉽게 버리지 못할 것 같았다.

"나야 인마! 항상 공사다망하신 우리 김 사장님께서 오늘은 어쩐 일로 자리를 지키고 계시네?"

수화기에 너머에서 들려오는 오랜 친구의 목소리가 반가워 성준은 살짝 찌푸렸던 미간이 펴지는 것 같았다. 형식의 목소리는 언제 들어도 반가웠다.

"응, 서류 정리할 게 있어 오늘은 모처럼 회사에 계속 있었다."

"와, 우리 김 사장님께서 직접 챙기시는 걸 보니 한 10억은 넘는 대형 거래인 모양이지?"

형식이 농담을 이어 갔다. 성준도 흐흐, 하고 소리를 내어 웃었다.

"10억? 흐흐, 그런 거래 좀 생기면 소원이 없겠다. 근데 뭐 10억이 애들 이름이야? 우리 같은 구멍가게 수준의 작은 회사한텐 아직 꿈같은 소리지."

"곧 좋은 날이 올 테니 부디 그때까지, 힘내십쇼. 김 사장님!"

"자식! 오늘따라 웬 아부야! 왜 나한테 뭐 죄지은 거라도 있어? 뭐냐, 너답지 않게 갑자기 이러는 이유가…. 하고 싶은 얘기 있으면 빙빙 돌리지 말고 얘기해라. 어지럽다!

수화기 너머에서 낄낄 웃는 성준의 목소리가 흘러나왔다. 손에 쥐고 있던 펜을 빙그르르 돌리며 성준은 형식의 다음 말을 기다리고 있었다.

"역시 우리 김 사장님은 눈치가 빨라서 좋아! 다른 게 아니고 온종일 비도 구질구질하게 오는데 소주나 한잔하러 나오라고."

형식은 성준이 서울살이를 시작하며 다시 만난 고향 친구였다. 이십여 년 전 서울에서 처음 만났을 때만 해도 유난히 큰 목소리에 심한 사투리가 어디서나 눈에 띄더니 형식은 이제 완전히 촌티를 벗고 말쑥한 사업가로 변해 있었다. 여전히 뭔가 부자연스러운 표준말이 어색하면서도 20년 사이에 성준이나 형식은 고향 사투리 대신 표준말이 익숙한 사람들로 바뀐 뒤였다.

"그럴까? 그럼 7시쯤 도착할 테니까 지난주에 만났던 종로 거기서…. 응, 그래!"

나른했던 하루가 물러가고 있었다. 죽마고우와의 반가운 술 약속 하나가 성준에게 때아닌 생기를 불러일으켰다. 그럭저럭 보내버린 오후 시간이 아무런 감각도 없이 느껴졌다. 차라리 이런 날 형식과의 술 약속이 생긴 게 다행이었다. 형식이라면 성준의 사업에 대해서도 많은 조언을 해 줄 수 있는 상대였다. 성준은 서둘러 남은 서류 정리를 마치고 약속 시간에 늦지 않게 회사 문을 나섰다.

"약속이 있어 먼저 나갈게."

"네. 조심히 들어가세요, 사장님!"

미쓰 윤이 눈을 가늘게 뜨고 웃으며 성준을 배웅했다.

오늘 같은 날은 집에 차를 두고 나온 게 다행이었다. 아마 차를 가지고 나왔다면 지난번처럼 아슬아슬한 음주운전을 하게 될 것 같아 성준은 차라리 홀가분한 마음이었다. 오랜만에 타보는 지하철이라 맘에 설렜다.

지난해 서울올림픽을 치른 후로 음주운전에 대한 사회적 경각심이 부쩍 높아져 있었다. 저녁마다 서울 시내 어느 곳에선가는 도로 한 편을 막고 음주운전 검사가 벌어져 운전자들도 예전처럼 마음 놓고 음주 후 운전대를 잡기가 어려웠다. 개중에는 음주 검사에 항의하며 진상을 부리다 경찰서로 끌려가는 운전자도 자주 볼 수 있었다.

"아니, 말이야! 저녁 먹으면서 반주 한잔한 걸 가지고 무슨 음주 검사야! 너희 소장 누구야? 너 내가 누군지 알아? 전화 한 통화 하면 너 같은 말단 순경 하나쯤 목 날리는 건 일도 아닌 사람이야! 당장 너희 파출소장 이리 오라고 해!"

그럴 때마다 도로에선 난장판이 벌어졌다. 술 냄새가 나는지 맡아보기 위해 컵에 대고 후우, 입바람을 불어 보라는 경찰의 요구조차 순순히 따르지 않는 운전자들이 많았다. 그때마다 성준은 얼굴이 화끈거렸다.

일 때문에 일본 출장이 잦은 형식이나 성준은 술을 마시면 절대 운전대를 잡지 않는 일본인들의 음주 문화가 낯설지 않았다. 하지만 아직도 한국에서는 술을 마신 뒤엔 운전을 하지 않아야 한다는 인식이 널리 자리 잡지 못해 가는 곳마다 실랑이가 벌어지고 있었다. 성준은 그때마다 형식이 자주 하던 말이 뇌리에 떠올랐다.

'역시 우리는 아직 일본 놈들 따라가려면 멀었지?'

아직 퇴근 시간 전이어서 그런지 드문드문 빈자리 눈에 띄었다. 정말 오랜만에 타 보는 대중교통이었다. 외근을 마치고 회사로 복귀하는 듯 피곤해 보이는 양복 차림의 남자가 자리에 앉아 꾸벅꾸벅 졸고 있는 것을 보며 성준은 어쩐지 마음이 찡해지는 것을 느꼈다.

'아, 나도 내 차를 산 지 얼마나 되었다고….'

지금처럼 사업이 어느 정도 안정 궤도에 오르기 전까지 성준도 차를 살 엄두를 내지 못했다. 신문에서는 곧 우리나라에서도 마이카 시대가 시작될 거라고 떠들어 대지만, 대다수 서민에게 자가용은 여전히 쉽게 가질 수 있는 물건이 아니었다.

성준 역시 평생 대중교통이 가장 익숙했고 버스가 제일 자주 이용하는 이동 수단이었다. 사업이 안정되면서 갈수록 버스를 타고 다니는 일이 줄어들고 택시로 그리고 마침내 일 년 전에야 업무용을 겸해 자가용을 구입했지만 아직도 그는 지하철이 친근하게 느껴졌다.

지하철은 타고 내리는 사람들로 적당히 붐볐다. 승객의 대부분은 대학생으로 보이는 젊은 남녀였다. 어쩌다 눈에 띄는 성준 또래의 남자들은 마네킹처럼 아무런 표정 없이 입을 굳게 다물고 유리창에 비친 자신의 모습을 물끄러미 바라보고 있었다. 삶에 찌든 그들의 얼굴에서 성준은 문득 지난날의 자신이 보이는 것 같았다.

성준 또한 젊은 시절엔 웃을 일이 그리 많지 않았다. 때때로 잔뜩 긴장한 인상을 얼굴에 드러내지 말자고 다짐을 하고, 일부러 자주 웃으려 의식적으로 노력해본 적도 있었다. 하지만 어느 하나 쉽지 않은 일이었다. 어느새 남들 앞에서 잔뜩 굳어 있는 자기 얼굴을 볼 때마다 성준은 세상살이가 참 녹록치 않다는 걸 실감하곤 했다.

퇴근 시간이 가까워진 종로 거리는 이미 적잖은 행인들로 북적이고 있었다. 대체 이 많은 사람들이 낮 동안 모두 어디 숨었다가 이렇게 한꺼번에 쏟아져 나오는 걸까. 성준은 잠시 걸음을 멈추고 주위를 둘러보았다. 우산을 눌러쓴 행인들이 비오는 거리를 구름처럼 둥둥 떠다니고 있었다.

시위대의 주요 무대였던 종로는 지난해 88올림픽을 성공적으로 치른 이후 다시 조용했던 옛 모습을 찾아가고 있었다. 요즘 한창 인기몰이 중인 김수희의 '애모'에 귀를 기울이며 성준은 약속장소를 향해 걸음을 옮겨 놓았다. 착 가라앉은 여가수의 목소리가 빗물처럼 그의 가슴으로 흘러들어왔다.

그대 가슴에 얼굴을 묻고 오늘은 울고 싶어라
세월의 강 넘어 우리 사랑은 눈물 속에 흔들리는데
얼마큼 나 더 살아야 그대를 잊을 수 있나
한마디 말이 모자라서 다가설 수 없는 사람아

인사동 골목 초입이 저만치 보이자 성준은 자신도 모르게 걸음이 더 빨라지는 걸 느꼈다. 무심결에 추월해 버린 행인들의 수가 적지 않았다. 이상하게도 성준은 거리를 걸을 때마다 가슴

속에서 묘한 승부욕이 일었다. 포뮬러원 경주에서 앞서 달리던 라이벌의 차를 추월했을 때의 질주 본능 같은 승리감이 가슴에 몰아치는 것을 느꼈다.

온종일 내린 비 때문인지 피맛골 골목에는 이미 하나둘 간판 불이 켜져 있었다. '주막촌'의 나무 간판을 밀고 들어서자 정겨운 황토벽과 나무 탁자들이 익숙하게 이열 종대로 늘어서 있었다. 젊은이의 거리로 알려진 신촌이나 압구정과는 달리 수백 년의 역사를 가진 인사동 피맛골은 아직 예스러운 정취가 그대로 남아 있어 성준처럼 연배 있는 술꾼들이 즐겨 찾는 강북의 명소였다. 머잖아 도시정비 사업이 시작될 거라는 소문이 있었지만 성준은 아직 이 추억 많은 거리가 사라진다는 것이 실감이 나지 않았다.

언제나 그렇듯 형식은 구석진 가게 안쪽 자리를 차지하고 앉아있었다. 상 위에 놓인 안주라고는 연둣빛으로 발가벗겨진 오이 몇 조각과 메추리알 몇 개가 전부였다. 그도 이제 막 도착해 한숨을 돌리던 모양이었다. 그런데도 형식 앞에 소주병은 두어 잔 분량이 비워진 뒤였다. 성준은 반가운 마음에 맘에 없는 어깃장을 놓으며 형식에게 다가섰다.

"뭐야, 인마! 의리 없이 오늘도 먼저 시작한 거야? 나도 그리 늦게 온 건 아닌 것 같은데…."

"어, 너 왔구나!"

뭔가 골똘히 생각에 잠겨있던 형식이 웃는 얼굴로 성준을 맞았다. 들고 있던 술잔을 내려놓은 형식의 얼굴에 쓸쓸한 취기가 번져 있었다.

"나도 이제 도착해서 딱 두 잔 마셨어. 너랑 같이 취하려고 술맛만 보고 있던 참이니까 괜한 타박 그만하고 앉아 인마. 비도 오는데 괜히 사무실에서 직원들 괴롭히고 있을 것 같아 전화했다, 왜! 내 말이 틀림없지?"

형식이 소주잔을 건네며 장난처럼 눈을 찡긋했다. 과부 사정은 홀아비가 안다고, 성준의 사정을 손금 보듯 짐작한다는 말투였다.

"그걸 아는 인간이 그 중요한 타이밍에 술 먹자고 전화를 해? 그래, 아무튼 이래저래 속 끓이고 있는데 불러 내줘서 눈물 나게 고맙다, 인마."

"사업은 내가 너보다 선배라는 거 잊지 마. 근데 왜? 이달 매출이 시원찮은 거냐?"

"아니, 그건 아니고 그냥… 휴, 직원들이 다 내 맘 같지가 않네."

"사장 자리가 원래 고독한 거야. 우리도 월급쟁이 할 땐 사장 입장 이해 못 했잖아. 자, 퇴근했으니까 회사 걱정 그만하고, 술이나 마셔라. 후래자삼배라는 말도 있으니, 얼른 마시고 쫓아 와!"

형식이 거푸 잔을 따라 주며 술을 재촉했다. 때마침 주인이 형식이 미리 시켜놓은 안주를 내왔다. 따끈따끈한 어묵탕과 불에 살짝 그을린 노가리구이 냄새가 뱃속을 자극했다. 형식이 소주잔을 부딪쳤다.

“자, 우리 김성준 사장님과 신성통상의 평온을, 위하여!”

형식과의 술자리는 새삼스러울 게 없었다. 고향에서부터 서울에 올라와서까지 줄곧 붙어 다닌 사이라 새삼 감추고 말 것도 없는 사이였다. 형식은 사실 겉보기완 달리 그다지 술이 세지 못했다. 아니 형식의 주량이 적다기보다는 성준의 주량에 센 편이었다. 늘 술로는 역부족인 걸 알면서도 형식은 언제나 성준의 주량을 맞추느라 어지간히 애를 먹고 있었다.

“그러고 보니 성준이 너나 나나, 항상 언제나 위로가 필요한 입장이구나. 간만에 우리 갈 때까지 한번 마셔 보자! 자, 한 잔 더 받아!”

굳이 자신이 마신 술잔에 소주를 따라 돌려주는 형식에게 성준은 갑자기 미안한 생각이 들었다. 자신은 오늘 이곳으로 오기 전까지 친구에게 위로받고 싶다는 생각만 가득했었다. 하루 종일 우울하고 감상적인 기분에만 빠져 있다가 친구의 진심이 느껴지는 위로주 몇 잔에 우울했던 기분이 조금은 풀어지는 것 같았다.

사실 지금 누군가의 따뜻한 위로가 필요한 사람은 자신이 아니라 형식일지도 몰랐다. 형식은 오히려 자신보다 더 큰 규모의 사업체를 이끌어 가는 오너였다. 사업에 대한 스트레스나 중압감이라면 자신보다 더할 게 분명했다. 하지만 형식은 회사 고민을 술자리까지 가져오는 일이 거의 없는 친구였다. 며칠이 멀다 하고 자주 만나는 사이지만, 오늘따라 성준은 형식이 조금 안쓰러워 보였다.

"형식이 너희 회사 직원들은 속 썩이는 일 없지?"

"사람 사는 데가 다 똑같지. 뭐, 우리라고 속 썩이는 직원들 없겠냐? 그냥 참고 이해하는 거지. 사장은 직원들, 직원들은 사장 불쌍하게 생각하면서 참는 거고. 그보다도… 아니, 아니다, 그냥 술이나 마셔!"

"뭔데 그래? 너 정말 뭐 걱정거리 있는 건 아니야?"

"그런 거 없어. 자, 마셔!"

형식이 거푸 술을 들이켜며 고개를 내저었다. 그럴수록 성준은 형식에게도 뭔가 쉽게 말하기 어려운 고민이 있나 보다라는 생각이 들었다. 오늘따라 술이 들어갈수록 착 가라앉아 가는 형식이 눈빛이 그렇게 말하고 있었다.

하지만 성준은 조용히 고개를 끄덕이며 가만히 형식의 잔에 술을 채워 주었다. 뭔가 아직은 얘기를 꺼내고 싶지 않아 하는 느낌이 그의 입을 막았다. 자신에게까지 쉽게 털어놓기 힘든 일이 무얼까. 걱정이 앞섰지만 성준은 섣불리 캐묻거나 다그쳐서 될 일은 아니라고 생각했다. 오늘만은 형식이 먼저 얘기를 꺼낼 수 있도록 가만히 기다려 줘야겠다고 생각하며 성준은 안주 접시로 손을 뻗었다. 주거니 받거니 잔이 비워졌다. 새로 가져온 술 한 병이 바닥을 드러낼 때까지 형식은 일상적인 화제 외에 별다른 얘기를 꺼내지 않았다. 이따금 다른 고향 친구들의 안부가 술안주로, 올랐지만 사실 그건 지난주, 혹은 지지난 주에도 나눴던 이야기일 뿐이었다. 어떤 친구가 강남에 새로 집을 샀고, 어떤 친구가 식당을 개업했는지 서로 여러 경로를 통해 듣고 있어 딱히 나올 최신 뉴스도 많지 않았다. 그럼에도 둘은 서로에게 조금도 지겹지 않은 술친구였다.

줄곧 두서없는 얘기로 화제를 이끌어 가던 형식이 어느 순간부터 입을 여는 횟수가 줄어들었다. 그답지 않게 뭔가 말을 다시 삼키는 모습을 보며 성준은 그 익숙지 않은 침묵에 숨이 막힐 정도의 답답함을 느끼고 있었다. 어느새 또 술 한 병이 바닥을 드러내고 있었다. 그 침묵의 상태를 무사히 참아내는 일이 속을 더부룩하게 했다. 여전히 허물없는 친구인 것은 분명했지만 이런 낯선 분위기는 아무래도 적응이 어려웠다. 성준은 가만히 탁자에 두고 있던 손이 민망해져서 단숨에 잔을 비우고 미적지근한 오이 한 조각을 입에 넣고 오물오물 씹었다. 형식이 그런 성준을 바라보며 또 장난처럼 눈을 찡긋해 보였다.

"근데 성준아! 가만 보니 얼굴이 많이 상해 보이는데, 아까 말하던 직원들 문제, 많이 심각한 거냐?"

성준은 대꾸하지 않았다. 내 고민쯤은 그냥 이쯤에서 넣어둘 테니 네 고민이나 꺼내 놔 봐, 하는 말이 목구멍까지 차올랐다. 성준은 앞에 놓인 소주 한 잔을 쭉 들이켜고 나서 형식이 그랬던 것처럼 한쪽 눈을 찡긋해 보이며 조심스레 입을 열었다.

"형식이 너야말로 무슨 일 있지? 뜸 들이지 말고 그냥 이야기해라. 네가 이렇게 심각한 거, 내 가 너 그렇게 오래 봤어도 몇 번 없었다. 괜히 술기운 빌려고 하지 말고…."

형식의 얼굴에 웃음기가 살짝 걷혔다. 어색하고 무안해하는 표정 그 자체였다. 자신의 마음을 너무나 정확히 꿰뚫은 성준의 눈썰미에 적이 놀라는 눈치였다.

"헉, 이게 완전 정곡을 찌르고 들어오네. 야, 진짜 네 앞에선 거짓말도 함부로 못 하겠구나!

"인마, 내가 널 봐 온 게 벌써 삼십 년이 넘었어. 정곡까지 찔렸으면 그만 항복하고, 무슨 일인지 털어놔 보래두!"

"그래, 내가 너한테야 뭘 속이겠냐! 사실은 말야."

"응, 무슨 일인데?"

"사실은 나… 만나는 여자가 있어."

예상치 못한 대답이었다. 형식은 생각보다 쉽고 시원스럽게 심중의 고민을 털어놓았지만 그 시원스러움과는 반대로 성준은 순간적으로 자신의 귀를 의심할 수밖에 없었다. 형식의 아내 영주는 성준도 잘 아는 사이였다. 그녀에 대한 연민 때문인지 다음 말을 듣는 것이 두렵기까지 했다. 하지만 형식은 개의치 않고 얘기를 이어나갔다.

“처음엔, 그 뭐냐. 일상을 벗어나는 스릴이 다였던 것 같은데 이젠 끊어 버리지를 못하겠어. 그래서 내가 점점 지저분해지는 것 같기도 하고, 구차스럽게 매달리게 되고. 뭣보다도 자꾸 이기적인 생각만 드는 게 영주한테는 또 어떻게 해야 할지…. 아무튼 많이 힘드네.”

형식의 마음을 괴롭게 하는 게 아내에 대한 죄책감인지, 상대에 대한 미안함인지 알 수는 없었다. 하지만 형식은 그 사랑으로 인해 마음이 편치 않은 모양이었다. 아내를 두고 다른 여자를 사랑하게 된 남자라면 응당 빠져들게 될 고민일 것이다.

성준은 멍한 기분에 빠져 형식의 다음 말을 기다렸다. 무엇보다 놀라운 건 형식이 다른 여자를 만나왔다는 사실이었다. 다른 누구도 아닌 형식이 바람을 피운다는 건 불알친구인 성준조차도 전혀 상상치 못한 일탈임이 분명했다.

“성준아, 나 죽일 놈 맞지?”

“얼마나 됐어?”

“한 2년쯤.”

“망치로 뒤통수를 한 대 맞은 기분이군. 딴 사람도 아니고, 네가 영주 씨한테 어떻게 그럴 수 있나 싶은 생각 외에는 우선 아무 생각도 안 난다. 어쩔 셈으로 그랬는지 이해가 안 돼.”

성준은 너무나 의외인 친구의 고백을 듣고는 순간적으로 취기가 사라지는 기분을 느꼈다. 그도 그럴 것이 형식은 한때 사장으로 모셨던 영주 씨 아버지의 소개로 만나 집안의 축복 속에 결혼한 커플이었다. 성준이 볼 때 적어도 겉으론 남자들이 웬만큼 부러워할 만한 형식의 결혼 생활은 마치 당연히 누려야 할 것들로만 채워진 안락한 보금자리 같았다. 그만큼 남들의 부러워할 만큼 잘 살고 있는 줄 알았는데 형식은 성준도 모르게 아내 외의 다른 여자를 2년씩이나 만나 온 거였다.

"영주 씨랑 사이에 내가 모르는 무슨 문제라도 있었던 거냐? 아니면 그냥 한때의 불장난인 거야?"

성준은 형식을 다그치며 둘 사이에 무슨 일이 있었는지 생각해 보았다. 하지만 전혀 짚이는 게 없었다. 장인의 도움으로 홀로서기에 성공한 형식은 친구들 중에서 가장 성공한 사업가였다. 서울로 올라와 배운 유통 일로 일찌감치 자리를 잡아 부부간에 불화가 될 만한 일이라곤 짐작조차 되지 않았다.

"특별히 문제는 없어. 그냥 그렇게 됐어."

"휴, 그래… 앞으로 어쩔 셈이야?"

"글쎄, 당장은 나도 그걸 모르겠으니 맘이 복잡해."

형식은 조금 전 급박했던 표정과는 달리 어느새 착 가라앉은 목소리로 고개를 흔들고 있었다.

"남 일처럼 얘기하네. 너도 무슨 생각이 있을 거 아냐? 앞으로 어떻게 하겠다든가, 지금 어떻게 하겠다든가 하는 계획 같은 거 말이야. 너 정말 아무 대책도 없이 이러고 있는 건 아니겠지? 인마, 무슨 생각을 하고 있는지 말이라도 해 줘야…."

여유를 주지 않고 몰아붙이는 성준의 질문이 거북한지 형식은 더 듣기 싫다는 듯 인상을 찌푸리면서 퉁명스럽게 답했다.

"진짜 아무 생각 없다니까! 살다 보니 정말 대책 없는 문제도 있더라고!"

성준은 형식을 질타할 마음 같은 건 없었다. 몇십 년을 누구보다 가까이 지켜보며 지내 온 친구였다. 하지만 벌써 2년이나 지속된 관계에 아무런 생각이 없다는 형식의 말이 성준의 가슴을 답답하게 했다.

"짜식, 이거 보기보다 영 대책 없는 놈이었네!"

"네가 뭐라고 해도 좋다. 그래, 사실 나 아주 나쁜 놈이야. 하지만 너도 남자니까 내 마음 알 거 아니냐! 내 잘못이라면 하필 결혼을 한 후에 진정으로 사랑하는 사람을 만났다는 것뿐이야. 그렇게 따지면 그게 그리 대단한 잘못을 저지른 거냐? 나한테 그렇게 부도덕하다고 손가락질하면 그 사랑이 전부 없던 일로, 거짓말이 돼 버려? 내 사랑이나 감정을 너까지 세속적인 잣대로만 재단하진 마라."

"인마, 난 네 어쭙잖은 사랑 타령이나 듣고 있을 생각은 없어. 그렇다고 너를 비난할 마음도 전혀 없고…. 그냥 앞으로 그럼 어떻게 할 생각인지 걱정돼서 물어보는 거야."

"지금은 그냥 계획 자체가 아예 없다니까! 오늘은 그냥 가만히 내 얘기나 좀 들어 주면 안 되냐?"

형식의 눈빛이 어느새 촉촉이 젖어 있었다. 성준으로서도 오랜만에 보는 형식의 눈물이었다.

"듣기 싫으면 넌 그냥 가라. 난 오늘은 혼자라도 좀 더 마셔야겠어."

딴엔 조심하자고 한 말이었건만 성준의 충고가 귀에 거슬리는지 형식의 말투가 퉁명스럽게 변해 갔다. 조금 전 고민 얘기를 꺼내 놓을 때와는 다른 느낌이었다. 급하게 퍼진 술기운 때문인지 형식의 얼굴이 벌겋게 달아올라 있었다.

"기분 나쁘게 들렸다면 미안해, 형식아! 내가 뭐라 한다고 달라지는 것도 없는데…. 내 말이 좀 심했다면 네가 이해해라."

"내 말 안 들어 줘도 상관없다. 비난하더라도 아무 소리 하지 않으마. 그냥 너무 답답해서 그랬던 것뿐이야. 내가 너 아니면 또 어디 가서 이런 얘기를 털어 놓겠냐!"

"그러게. 나도 너무 갑작스러운 얘기라… 잔소리부터 나간 거 미안해."

성준은 반쯤 남은 잔을 들어 한 입에 털어 넣고 형식에게 잔을 건넸다.

"그나저나, 상대는 뭐 하는 여자야? 혹시 어디 화류계 쪽 여자는 아니겠지?"

"흐흠, 이제야 내가 누구랑 사랑에 빠졌는지 궁금해진 모양이네. 왜, 내가 나이 어린 호스티스에라도 빠져서 허우적대고 있을까 걱정인 거냐? 매우 미안한 일이지만, 너무 평범한 회사원이다."

"이 자식, 아직도 뭔 대답이 그리 뻣뻣해? 혹시 사업차 술집 드나들다 만난 여자는 아닌가 걱정돼서 물어본 것뿐인데…. 그럼 그 여자도 결혼한 사람?"

가급적 질문 대신 형식의 얘기를 많이 들어 주자고 다짐했지만 막상 대화가 계속 이어지자 성준은 그 여자가 대해 많은 것이 궁금했다.

"짜식, 오늘 완전히 나를 나쁜 놈 만드는구나."

형식이 들었던 술잔을 탁자 위에 다시 내려놓았다.

"결혼 안 한 미스야. 근데, 그게 그렇게 중요한 거냐?"

예전의 형식과는 전혀 다른 모습이었다. 형식은 좀처럼 자신의 감정을 드러내지 않는 성격이었다. 그를 아는 사람들 중에는 형식이 오히려 너무 보수적이라고 말하는 사람들도 많았다. 형식이 젊은 나이에 사업으로 자리를 잡을 수 있었던 데는 예측 범주를 벗어나지 않는 그의 신중한 처신도 분명히 한몫을 하고 있었다. 하지만 형식은 지금 도덕적이고, 모범적인 가장과는 가장 거리가 먼 것처럼 보였다.

아마도 형식은 성준이라면 자신의 얘기를 들어 주고 또 때에 따라서는 해결책도 제시할 수 있는 의논 상대로 여겼겠지만 성준의 마음은 아까부터 계속 복잡하기만 했다. 아니, 그를 도와줄 방법은커녕 "인마, 네 부부생활이 뭐가 부족해서!"라고 말하고 싶은 충동을 꾹 누르고 있었다.

돌이켜 생각해 보면, 세상에 차고 넘쳐서 부족함 없는 사랑이란 없지 않은가. 비록 친구의 감정이 진짜 사랑이 아니라고 해도 성준은 함부로 그를 비판하거나 질책할 수는 없다고 생각했다. 어차피 사랑이란 감정은 지금처럼 세상을 다 잃을 것 같은 괴로움으로 여겨지다가도 어느 순간에는 덤덤한, 너무나도 덤덤한 처음의 그 모습으로 돌아가는 속성이 있다는 걸 성준이 모를 리 없었다.

어쨌든 복잡한 마음이 들기는 하지만 일단은 형식이 올바른 결정을 내릴 수 있도록 내버려 두는 편이 최선이었다. 이렇게 괴로움에 못 이겨 입 밖으로 꺼낸 이상, 형식은 조만간 어떤 식으로든 그 일을 처리하려 입장을 정리할 게 분명했다.

형식은 이미 만취해 있었다. 성준은 잠시 친구를 멍하게 바라보다가 형식의 겨드랑이에 팔을 끼웠다. 형식이 성준의 손을 뿌리쳤다.

"그냥 놔둬! 나 혼자 갈 수 있다구. 봐라, 인마! 나 아직 안 취했어. 자, 봐! 나 취한 것 같아? 안 취했다니까…."

"너 안 취한 거 나도 알아. 하지만, 시간도 늦었고, 이런 얘기는 맨정신으로 나중에 다시 차분히 얘기해 보기로 해."

"무슨 소리야. 모처럼 만났는데 더 마셔야지! 아니, 오늘은 우리 둘이 밤새워 마셔 보자니까!"

혀 꼬인 발음으로 몇 마디 더 내뱉던 형식이 잠깐 엉덩이를 들었다가 풀썩 주저앉았다. 형식이 자꾸 몸을 비틀거렸다. 성준은 끙, 하고 힘을 주어 형식을 다시 일으켜 세웠다. 성준의 손에 이끌려 나오는 형식이 몸이 휘청거렸다. 그 무력함이 형식의 모든 것을 지배하고 있는 듯했다. 오랜만에 보는 형식의 그런 행동 때문에 성준은 그가 많이 힘들어한다는 것을 느낄 수 있었다.

성준은 형식이 사랑하게 된 그 여자가 누구일까 생각해 보았다. 아마 그녀는 성준이 걱정했던 것처럼 술집 여자나 부정한 목적을 가지고 접근해 온 꽃뱀은 아닐 것이다. 늘 이성적인 형식의 경계심이 저렇게 맥없이 무너질 정도라면 그녀는 뭔가 대단한 매력을 가진 여자일 것이다.

형식이 괴로움은 거기서 비롯되는 것이 아닐까? 술집 여자라면 돈 몇 푼 쥐여 주고 끊어내면 되겠지만, 그녀는 형식이 그렇게 마무리하고 싶은 여자가 아니었다. 형식은 무엇이 부족했던 것일까. 성준은 여자 이야기를 하면서도 웃음기 한번 비치지 않던 형식의 얼굴을 떠올렸다. 그런 생각이 드니 갑자기 형식이 측은하게 느껴졌다.

성준은 더 이상의 아무 말도 하지 않는 편이 나을 것이란 생각이 들었다. 잔소리가 아니라 해도 다른 어떤 말도 하지 않은 게 나을 것이다.

몸도 제대로 가누지 못하게 엉망으로 취한 형식이 성준의 팔에 의지해 간신히 몸을 가누었다. 덥고 눅눅한 공기와 만난 술기운이 확 오르는지 테이블에서 일어난 형식의 몸이 크게 휘청거렸다. 형식이 큰 숨을 몰아쉴 때마다 달큼한 술 냄새가 전해져왔다. 형식의 몸을 바싹 다잡아 끌어놓은 성준은 주머니를 가리키며 주인에게 계산을 청했다.

"여기 제 주머니에 지갑 꺼내서 계산 좀 해 주십시오. 보시다시피…."

"아, 예예. 오늘따라 두 분이 많이 드셨네요!"

주인이 성준의 지갑에서 4만 원을 꺼내 들며 "3만 3천 원입니다"하고 말했다.

"거스름돈은 넣어 두세요. 저희, 갑니다. 사장님."

거스름돈 7,000원을 팁으로 받은 사장이 웃으며 작별 인사를 건넸다.

"조심해 들어가세요."

3.

미완의 사랑

몇 시간 사이에 바깥 공기가 사뭇 달라져 있었다. 그 사이 비가 그친 거리에는 한꺼번에 쏟아져 나오는 취객들이 도로까지 침범해 뒤엉켜 있었다. 비에 젖은 아스팔트가 성난 짐승의 눈처럼 번들거렸다.

택시는 쉬이 잡히지 않았다. 오늘처럼 비 오는 저녁, 종로에서 택시를 잡기란 하늘의 별 따기나 마찬가지였다. 택시들은 약삭빠르게 방향이 같은 손님들만 골라 태우고 있었다. 성준은 비틀거리는 형식의 몸을 굳게 다잡아 안은 채 앞으로 다가온 택시를 향해 목적지를 외쳤다.

"기사님, 방배동이요."

"아, 미안합니다. 방향이 안 맞아요."

택시 기사가 서둘러 창문을 올린 채 다음 손님에게로 다가갔다. 이런 시간, 택시 기사들에게 가장 환영받는 건 방향이 같은 합승 손님이다. 눈치가 빠른 택시 기사들은 차 문을 안에서 잠근 채 창문만 조금 내려 손님들의 행선지를 확인하고 있었다. 성준의 앞에서 멈췄던 택시 몇 대가 방향이 맞지 않는다며 슬금슬금 앞으로 내뺐다. 성준은 결국 정상적인 택시 잡기를 포기하고 다가오는 택시 앞 유리를 향해 손가락 두 개를 펼쳐 보였다.

"방배동 따블, 따블!"

택시비의 두 배를 얹어 주겠다는 항복 선언이었다. 그제야 택시 한 대가 잽싸게 성준 일행의 앞으로 다가왔다. 가까스로 형식의 몸을 택시 안으로 밀어 넣은 성준은 끄응 소리를 내며 차 문을 닫고 자세를 고쳐 앉았다.

"어서 오십시오. 택시 잡느라 고생 많으셨지요? 아이구, 친구분이 어지간히 많이 드셨나 봐요."

택시 요금을 두 배로 받게 되어 기분이 좋아진 택시 기사가 백미러로 눈을 맞추며 성준에게 공치사를 했다. 손님에게라도 자신이 만난 행운을 자랑하고 싶어하는 눈치였다.

"아, 예. 친구 녀석인데… 오늘 술이 조금 과했네요."

"이렇게 옆에서 잘 챙겨 주는 친구가 있으니 맘 놓고 드신 모양이지요. 하하."

차에 타자마자 형식은 정신을 놓은 듯 눈을 감고 꼼짝도 하지 않았다. 성준은 한 손으로 형식의 몸을 지탱한 채 밤이 깊어가는 도심의 거리를 물끄러미 내다보고 있었다. 택시는 복잡한 종로 거리를 간신히 벗어나 강남을 향해 차츰 속도를 올렸다. 차가 막

동작대교 위로 올라섰을 때 택시 기사가 다시 입을 열었다.

“근데 말이죠, 확실히 작년에 88올림픽 끝난 뒤로 경기가 좋아진 걸 많이 느낍니다. 하하. 안 그렇습니까? 평일인데도 다들 이렇게 부어라 마셔라 하는 걸 보면…. 저는 언제나 평일 저녁에 맘 편히 친구들이랑 술 한 잔 마실 수 있을지….”

택시 기사는 30대 후반쯤으로 보이는 남자였다. 씁쓸하게 웃는 그의 얼굴에서 삶에 대한 피로가 느껴졌다.

“실례합니다만, 운전을 하신 지는 몇 년이나 되셨습니까?”

“예?”

“아. 그냥 궁금해서요.”

“글쎄요, 한 십오륙 년 다 돼 가는 것 같습니다. 배운 게 도둑질이라고, 군대 있을 때 운전을 배워 제대한 뒤 쭉 이 일을 하고 있습니다. 택시 운전하다 보면 정말 별 사람을 다 태우게 됩니다. 엊그제는 글쎄….”

택시 기사의 얘기를 귓등으로 들으며 사실 성준은 아득한 향수에 젖어 들고 있는 중이었다. 그 옛날 그가 한때 평생의 직업이라고 생각하던 일 중의 하나가 택시 운전이었다. 시내에 돌아다니는 택시 기사들을 보면 지금도 많은 상념이 스쳐 지나갔다. 남자에게 굳이 자신의 과거를 드러낼 필요는 없었지만, 또 어떤 말로도 자신의 느낌을 다 표현할 수가 없었다.

“운전, 어떠세요? 할 만하십니까?”

"손님 같은 분이야 이런 험한 일 하시래도 못 할 겁니다. 참, 힘든 직업입죠. 아주 점잖은 사람에서부터 저 밑바닥에서 뒹굴며 사는 사람들까지 다 만나게 되거든요. 잘 모르는 사람들이야 무조건 기사들이 잘못했고, 성질 더럽다고 욕부터 하잖아요. 하하, 하긴 사람 상대하는 직업이야 어딜 가나 다 마찬가지겠지만요."

기사는 부드러운 말솜씨를 이어 가면서 능숙하게 운전대를 돌렸다.

"중간에 잠깐 다른 일도 좀 하다가 말아 먹고 어쩔 수 없이 택시로 돌아왔지요. 한 3년만 더 고생하면 개인택시 면허를 받을 수 있을 것 같아요. 그거 하나만 바라보고 여태 이 짓거리를 하고 있는 제 맘을 손님처럼 점잖으신 사장님이 이해나 하실지 모르겠네요."

기사는 무심결에 자신의 고생스러운 처지를 내비친 게 무안한 듯 너털웃음을 지으며 "아무튼 택시 기사가 이게 그리 만만한 직업이 아닙니다. 하하하." 하는 말로 대화를 마무리했다. 아마도 그는 성준을 단순히 유달리 호기심이 많은 손님이라 생각하는 모양이었다. 하지만 성준은 그와의 대화를 통해 택시 기사 시절의 어느 밤을 떠올리고 있었다. 성준은 다시 또 코끝이 찡하게 아려오는 것을 느끼며 그 악몽 같은 기억을 떠올렸다.

지금의 성준을 아는 사람들은 믿지 않겠지만, 젊은 시절 성준도 택시 회사에서 기사 생활을 한 적이 있었다. 그 시절엔 밤새 부지런히 시내를 운행하면 사납금을 채우고도 적지 않은 금액이 기사 몫으로 떨어졌다. 교대 시간이 다 될 때까지 택시 손님이 많지 않아 이리저리 돌아다니다 보면 어느덧 날이 밝아오곤 했다. 길거리에 기름만 흘리고 다니는 것보다 일찍 들어가 교대하는 게 낫다고 생각하던 날이었다. 그날의 성준은 차고지 쪽으로 방향을 잡고 돌아갈 채비를 했다.

"택시, 택시!"

시청 앞에서 두 남자 승객을 태우게 된 성준은 자신을 찾아온 그 작은 행운에 남몰래 안도의 한숨을 내쉬었다. 돌아가는 길에 몇 푼의 택시비라도 벌 수 있으니 불행 중 다행이었다. 행선지는 망우리였다. 편한 뒤 자리를 놔두고 굳이 조수석에 앉은 남자 승객이 슬쩍 성준의 얼굴을 쳐다보았다.

"기사 양반이 굉장히 어리시구만! 그나저나 우리가 사정이 급해서 그러는데, 지름길도 좋으니 빨리 좀 갑시다."

삼십 대쯤으로 보이는 옆자리 남자가 학교에 지각하는 학생처럼 자꾸 재촉을 했다. 덩달아 마음이 급해진 성준은 시내를 벗어났고 남자들이 요구하는 대로 어둑한 주택가 지름길로 접어들었다. 차도 거의 없고, 신호등도 많지 않은 한적한 길이라 그제야 좀 속도가 올랐다.

"밤새 운전하느라 피곤하겠네. 기사 양반, 오늘 많이 벌었어?"

뒷자리에 앉은 승객이 물었다. 남자에게서 희미하게 술 냄새가 풍겨 오고 있었다. 밤새 힘든 일을 마치고 반주 한잔 걸친 후 귀가 중인 모양이었다. 성준은 왠지 모르게 그들에게 동질감을 느끼며 기분 좋게 말을 받았다.

"웬걸요. 오늘은 손님이 많지 않아 헛심만 쓰다 들어가는 길인 걸요. 야근하고 돌아가시나 봐요?"

"응, 뭐 그런 셈이지. 근데 우린 아직 일이 안 끝났어."

"그래요? 아유, 힘든 일 하시나 봅니다. 이 시간까지…."

앞자리 승객의 대답에 뒷자리에 앉은 사내가 어깨를 들썩이며 낄낄 웃었다. 좁은 차 안이라 그런지 성인 남자 둘이 뿜어내는 술 냄새에 실내 공기가 금방 탁해졌다. 뭔가 재미있는 일이라도 있었는지 남자들은 서로 눈빛을 교환하며 간신히 웃음을 참고 있었다.

사람의 육감이라는 게 정확한 게 없다고 했던가? 그때쯤에는 성준도 왠지 모를 불안감의 정체를 의식하고 있었다. 그런데 그 막연한 불안감은 큰길로 나서기 전에 현실이 되어 나타났다. 차가 막 좁다란 골목 안으로 진입하자마자 옆자리 남자가 성준의 목에 섬뜩하게 날이 선 금속조각을 들이밀었다. 날이 시퍼렇게 선 부엌칼이었다.

"스톱! 입 다물고, 조용히 저 앞으로 차 대."

갑자기 정신이 아득해졌다. 남자들이 시키는 대로 도로 한

편에 차를 댄 성준의 목소리가 가늘게 떨려 나왔다.
“아저씨, 왜 이러세요?”
“그러게 말이야. 그럼 네 눈엔 우리가 지금 뭐 하는 것 같아 보이냐?”
“이러지 마세요. 저도 아저씨들처럼 하루 벌어 하루 먹고 사는 처집니다.”
“그러니까 서로 좀 돕고 살자는 것뿐이야.”
“장난하지 마세요…. 차비 안 내도 좋으니… 그냥 내려서 가세요.”
뒷자리에서 낄낄거리던 사내가 성준의 뒤통수를 후려치며 조롱 섞인 말투로 협박을 했다.
“쳇, 어린 새끼가 뭐 이리 말이 많아. 너 이런 일 처음 겪냐? 나도 쓸데없이 기운 쓰고 싶진 않다. 확 그냥 모가지 따 버리고 가기 전에 주머니에 든 거나 다 내놔.”
택시 안에 분위기가 살벌해졌다. 헉헉거리는 성준의 숨소리가 차 안을 가득 채우고 있었다. 성준은 남자들을 달랠 요량으로 목소리를 낮춰 사정을 했다.
“아저씨들, 이러지 마세요. 나도 오늘 손님이 없어 공치고 들어가는 길입니다. 막막하긴 저도 마찬가지예요. 그래도 젊은 분들이 뭐 할 짓이 없어서, 윽!”
“씨팔, 이 조그만 게 누구한테 계속 훈계를 하는 거야. 확 문어 버릴까 보다! 니미럴, 별게 다 덤비네."

그나마 사태를 진정시켜 보려던 성준의 말이 오히려 역효과를 불러왔는지 뒷자리 사내가 구둣발로 성준의 허리를 사정없이 짓이겼다. 아! 고통은 차라리 편한 것이었다. 성준은 차 안에 갇힌 채로 두 남자에게 흠씬 두들겨 맞고 주머니 속에 고이 간직했던 하루 수입을 모두 빼앗기고 말았다.

"야, 이 겁대가리 없는 운짱 자식아. 이걸로 기름값이나 하든지!"

택시강도들이 낄낄거리며 100원짜리 동전 하나를 던져 놓고 어둠 속으로 사라지는 것을 보며 눈물을 흘렸던 젊은 날의 기억이 오늘따라 성준의 뇌리에 또렷이 되살아났다. 그때 나는 왜 울었을까? 그 돈이 뭐 그렇게 소중하다고? 돈을 빼앗긴 게 분해서? 두 놈에게 일방적으로 맞은 게 억울해서? 성준은 아직도 그 몇 푼의 돈이 세상의 전부였던 그날의 절망이 잊히지 않았다.

"자, 다 왔습니다!"

택시 기사가 뒤를 돌아보며 성준의 상념을 깨뜨렸다. 밝게 웃는 기사의 얼굴이 좋아 보였다. 아마 그는 점잖아 보이는 뒷자리 승객이 이십여 년 전 택시강도에게 몰매를 맞았던 택시 운전수 출신일 거라고는 상상도 못할 것이었다.

'어느새 그렇게 많은 시간이 지났군!'

성준은 안주머니에서 지갑을 꺼내 약속한 택시비를 지불한 뒤 축 늘어진 형식을 흔들어 깨웠다. 다행히 형식은 금방 눈을 떴다. 아파트단지 입구에서 술 취한 두 남자를 내려놓은 택시는 다시 수많은 차량 속으로 섞여들었다. 성준은 비틀거리는 형식을 부축해 단지 안으로 들어갔다.

형식의 아내 영주가 인터폰으로 성준의 목소리를 확인하고는 "잠깐 기다리세요." 하고 말했다. 잠시 후 단정한 옷으로 갈아입고 문을 여는 그녀의 눈꼬리가 살짝 치켜 올라가 있었다. 아무리 가까운 남편 친구라지만 한밤의 불청객에 대한 완강한 거부 의사가 느껴지는 반응이었다. 언제 보아도 참 변함없는 사람이라고 느끼며 성준은 축 늘어진 형식의 몸을 집 안으로 밀어 넣었다. 집에 도착한 걸 알았는지 형식이 간신히 몸을 추슬러 어적어적 신발을 벗었다.

"어, 여보 나 왔어."

"미안합니다, 제수씨. 어쩌다 보니 너무 많이 마시게 됐습니다."

"성준 씨, 오랜만이에요. 근데 무슨 일 있었어요? 이 사람, 웬 술을 이렇게나 많이…."

그 와중에도 깍듯한 인사를 잊지 않는 영주는 술 취해 들어온 남편을 넘겨받은 뒤에도 좀처럼 굳은 얼굴을 풀지 않았다. 술에 잔뜩 취해 돌아온 남편이 보기 싫은 건 세상 모든 여자가 마찬가지일 거라고 성준은 자위했다.

가족끼리도 수시로 어울릴 만큼 가깝게 지냈지만 한 번도 남들 앞에서 흐트러진 모습을 보이지 않는 성격 때문에 성준도 실은 영주가 마냥 편하진 않았다. 때때로 형식은 술에 취하면 "우리 와이프는 남편과 아이들의 성공을 위해서라면 모든 걸 희생할 수 있을 현모양처야. 하하." 하고 자조적으로 웃곤 했다. 그게 어떤 뜻인지 성준 또한 모르진 않았다.

신발을 벗다 말고 다리에 힘이 풀린 형식이 바닥에 주저앉았다. 간신히 다시 몸을 일으키는 남편을 손으로 가리키며 영주가 무슨 일이라도 있었느냐고 물었다. 성준은 얼른 고개를 가로저었다.

"그냥 심심해서 한잔한 겁니다."

"그렇다면 다행이지만요. 근데 둘이 죽고 못 사는 사이라는 건 알지만 무슨 술을 이렇게 인사불성이 될 때까지 마셨어요? 내일 이이 출근 못 하면 전부 성준 씨 책임이에요."

물론 마지막 말은 영주 특유의 블랙 유머였다. 영주의 기분이 조금 나아진 것 같아 성준은 바로 한술 더 떠 능청을 떨었다.

"아이고, 어떤 벌이라도 달게 받을 테니 제발 저놈만 집에서 쫓아내지 마세요."

"이이가 집에서 쫓아낸다고 애들 놔두고 순순히 나갈 사람인가요? 지금도 애들 말이라면 벌벌 기는 사람인데…. 아무튼 성준 씨도 얼른 집으로 가세요."

성준은 형식을 무사히 인계했다는 생각에 홀가분한 기분으로 돌아섰다. 등 뒤에서 영주가 탐탁지 않은 눈빛으로 성준을 배웅했다.

“다음부터는 차라리 우리 집에 와서 마시세요. 제가 술상은 봐드릴 테니까.”

“네! 그렇게 할게요. 자, 그럼 저는 이만 갑니다.”

성준은 그렇게 아무것도 모르고 있는 영주의 눈을 바로 볼 수가 없었다. 물론 형식의 일탈이 자신의 탓은 아니었다. 하지만 친구로서의 도의적인 책임은 면하기 어려웠다. 자신 또한 형식의 일탈을 어떻게든 되돌려 놓아야 할 의무가 있는 사람이었다.

형식을 집에 데려다 놓고 내려오자 일시에 온몸의 긴장이 풀린 듯 두 다리가 후들거렸다. 두 다리의 힘이 빠져나가는 게 완연히 느껴졌다. 성준은 잠시 벤치에 앉아 쉬어 갈까 싶어 주위를 둘러보다 이내 다시 도로가로 걸음을 내딛었다.

‘그래, 차라리 잠깐 걸으면서 술이나 깨고 들어가야겠어.’

비도 그친 데다 이렇게 혼자서 밤공기를 마시면서 걸어 본지가 언제인가 싶었다. 성준은 오늘밤만이라도 형식이 아무 고민 없이 잘 수 있기를 빌며 집을 향해 걸음을 옮겼다. 강남은 언제나 불면증을 앓는 환자였다. 늦은 시간이지만 여전히 많은 상가들이 화려한 네온사인 조명을 반짝이고, 불나방처럼 부지런히 그 불빛을 따라 움직이는 사람들이 있었다. 성준의 집은 큰길 몇 개를 사이에 둔 멀지 않은 아파트단지였다. 4차선 도로엔 이 시간까지 차들이 굉음이 내며 질주하고 있었다.

"많이 안 마실 거라더니 늦게 들어오는 건 여전하시네! 대체 또 누굴 만난 거예요?"

현관문을 열어 주던 아내가 술 냄새에 인상을 찌푸리며 잔소리를 늘어놓았다.

"아냐, 아냐! 많이 안 마시고 왔어. 대충 씻고 잘 테니까 당신도 어서 들어가 자."

성준은 서둘러 손발을 씻고 침대 안으로 들어가 눈을 감았다.

다음 날 아침 성준은 평소보다 이른 시간에 눈이 떠졌다. 하루를 시작하는 시간은 언제나 좋은 기분을 가져오지만 오늘 아침은 컨디션이 그리 좋지 않았다. 별로 많이 마시지도 않았는데 밤새 잠을 뒤척인 까닭에 성준은 자리에서 일어나면서 메스꺼운 기분을 느꼈다. 속이 울렁거리고 눈앞이 침침한 게 확실히 몸이 나른했다. 자리를 털고 일어나는 몸이 천근만근 무거웠다.

확실히 마흔 초반에 접어들면서 몸이 예전 같지 않다고 느껴지는 날이 많았다. 지난봄 어느 날엔 과음하고 돌아와 다음날 식전 댓바람부터 코피가 터진 적이 있었다. 입속으로 흘러드는 피 맛이 왠지 모르게 소름 끼쳐 당분간 술자리를 피해야지 다짐했지만 그 약속은 사흘도 가지 못했다. 스스로 폭음을 즐기는 술버릇이 가장 큰 문제였다. 요즘도 성준은 술 마신 날 아침이면 심심치 않게 화장실 변기를 붙들고 하루를 시작할 때가 많았다. 그럴 때마다 성준은 자신의 나약한 의지력을 자책하곤 했다.

그에 비하면 아내는 맺고 끊는 게 분명한 성격의 소유자였다. 보통의 여자들과 달리 전혀 수다스럽지 않게 차분한 성격도 그렇지만, 어떤 상황에서도 이성적인 판단을 잃지 않는 그녀를 볼 때마다 성준은 아내가 남자로 태어났으면 군인이란 직업이 잘 어울릴 거라는 생각이 들곤 했다. 그녀는 티끌 하나 보이지 않게 잘 손질된 정원의 안주인 같은 여자였다.

침대에서 몸을 일으키던 성준은 머리맡에 놓인 꿀물 한 사발을 들어 단숨에 들이켰다. 하얀 접시엔 입을 닦을 작은 물수건이 함께 준비되어 있었다. 두말없이 남편을 위한 배려였다. 하지만 성준은 아내의 이런 행동에 외려 거리감이 느껴질 때가 많았다. 성준은 자신의 그런 마음이 참 희한하다고 생각했다. 분명 아내에게 특별한 불만을 있는 것도 아니고, 그럴만한 사건도 없었지만 그녀 특유의 건조함이 왠지 모르게 성준의 마음을 겉돌게 했다.

"당신 일어났어요?"

몸에 바짝 달라붙는 티와 하늘색 홈스커트 차림으로 걸레질을 하던 아내가 방에서 나오는 성준을 돌아보았다.

"응!"

"속은 좀 괜찮아요? 침대맡에 꿀물 타 뒀으니 마시고 나와요."

"이미 마셨어."

성준은 꿀물부터 챙기는 아내를 보며 얼른 눈을 피했다. 조금 전, 까닭 없이 아내의 배려에 이질감을 느꼈던 마음이 죄스러워 서둘러 욕실로 들어간 성준은 가만히 거울 속에 얼굴을 비춰 보았다. 숙취 때문인지 눈에 띄게 얼굴이 꺼칠해져 있었다. 거울 속의 남자는 조금씩 청춘의 흔적을 지워 가고 있었다. 이렇게 힘든 날은 어쩔 수 없지만, 날아갈 듯 마음이 가벼운 날에도 나이 드는 흔적은 지울 수가 없었다. 비추는 자리는 변하지 않지만, 하루하루 그 대상이 서는 자리는 변해 가고 있었다.

손으로 얼굴에 찬물을 끼얹고 나니 정신이 좀 드는 것 같았다. 성준은 일부러 찬물을 더 세게 틀어 피부에 부딪는 느낌이 들 때까지 얼굴을 비볐다.

하루도 빠뜨리지 않는 아내의 아침 청소는 거의 끝나가고 있었다. 성준은 삐죽 고개를 내밀어 걸레질로 바쁜 아내의 뒷모습을 물끄러미 쳐다보다 다시 얼굴에 찬물을 끼얹었다. 그래도 자신이 지금껏 무난하게 살아온 8할이 모두 아내 덕분이라는 건 부인할 수 없는 사실이었다.

성준에게 아내는 늘 고마운 게 더 많은 사람이었다. 때로는 자신에게 너무 과분한 여자라는 생각까지 들 만큼 아내는 자라온 집안 환경이나 학벌, 심지어 성격까지 모든 조건이 대부분 그의 기대치를 웃돌았다. 하지만 사업이 지금처럼 자리를 잡기 전까지 성준은 때때로 바로 그런 점 때문에 너무나도 감사해야 할 행복을 완전히 받아들이지 못할 때가 있던 것도 사실이었다.

아내와는 젊은 날의 그 열정적인 사랑으로 맺어진 것은 아니었다. 결혼 적령기에 접어들고 보니, 스스로 마음이 급해졌고 그럴 때 주변의 적극적인 소개로 만나 가정을 꾸린 게 지금의 아내였다. 아내에게 애정이 없는 것도 아니었다. 성준은 자신이 진심으로 아내를 사랑한다고 믿었다. 아내도, 성준도 불꽃처럼 확 달아오른 적은 없었지만 적어도 서로를 사랑한다는 마음만은 말없이, 그리고 끊임없이, 큰 변화 없이 오늘날까지 이어져 왔다.

성준은 어쩌면 그게 가장 현실적이고 무난한 사랑이라는 생각에 의심을 품어 본 적이 없었다. 사랑이라는 미완성의 어떤 것을 결혼이라는 제도 안에 안착시키는 데엔 서로가 불안하지 않을 만큼만 사랑할 수 있으면 된다는 게 성준의 인생관이었다. 그는 태생적으로 많은 좌절이나 시련이 따르는 사랑에 거부감이 먼저 들었다. 그래서 그는 결혼을 결심할 때도 사랑한다는 감정 그 자체만을 믿기로 했으며, 지금도 그런 마음에는 변화가 없었다.

'형식이는 지금쯤 일어나 출근했을까?'

문득 형식의 안부가 궁금했다. 세수를 마치고 나온 성준은 아내에게 "당신, 근데 요즘 영주 씨랑 통화한 적 있어?" 하고 물었다. 성준의 젖은 머리카락에서 물기가 뚝뚝 떨어졌다.

"거기 물 떨어지잖아요. 저리로 가요, 방금 바닥 닦았는데….
참, 뭐라구요?"

"어, 최근에 영주 씨랑 통화한 적 있냐구."

"갑자기 영주 씨는 왜요. 형식 씨 집에 무슨 일 있어요?"

하던 걸레질을 멈추고 아내가 성준을 돌아보았다. 성준은 뭔가 캐묻는 듯한 아내의 반응에 말을 얼버무리고 말았다.

"아니, 그냥…. 갑자기 생각나서."

미안한 마음이 들기는 하지만 괜한 얘기로 아내의 호기심을 자극할 필요는 없었다. 아내에게 영주 씨와 통화를 했는지 물어본 것도 아내에게 그 이야기를 꺼내려던 건 아니었다. 그저 답답한 마음에 혹 아내가 영주 씨에게 무슨 얘기라도 들었을까봐 떠보려던 것뿐이었다.

"뭐 서로 자주 통화하는 사이도 아니잖아요. 영주 씨가 사람이 어지간히 차가워야지요. 얼마 전에 수영 배우러 다닌다는 얘긴 들은 것 같아요. 형식 씨가 비싼 회원권 끊어 줬다고 자랑하던데, 왜 그 집에 무슨 일 있어요?"

"아냐, 당신도 수영 좀 배워보면 좋을 것 같아서 그냥 물어본 거야. 늦었으니까 얼른 밥 좀 차려 줘."

차를 몰고 집을 나온 건 평소보다 1시간쯤 늦은 시간이었다. 도로엔 여전히 러시아워의 흔적이 남아 있었다. 서울시가 한강

종합개발사업의 하나로 건설한 올림픽대로가 개통된 것이 착공 3년 7개월 만인 1986년 5월이었다. 그 덕분에 수도 서울의 위상은 높아졌지만 그것으로 출퇴근길 서울의 교통 혼잡을 해결하기엔 역부족이었다. 라디오에서 강의 남북을 연결하는 모든 다리 위에서 차들이 뒤엉켜 거북이걸음을 하고 있다는 뉴스가 흘러나왔다.

회사로 들어가면 가장 먼저 형식에게 전화부터 해 볼 참이었다. 괜히 어제 형식에게 듣기 싫은 얘기들을 쏟아냈던 게 후회스러워 성준은 라디오의 볼륨을 높이며 조심조심 차들 사이로 끼어들었다.

형식이 말하던 진정한 사랑이란 대체 무얼까. 성준에겐 참 낯설고 어려운 질문이었다. 모두들 사랑이란 감정은 시간이 지나도 닳거나 무너지지 않는다고 한다. 그만큼 영원불변하는 가치도 없다고 입을 모은다. 하지만 성준의 아내는 그렇다면 세상에서 벌어지는 숱한 이별들은 모두 어떻게 설명해야 하느냐고 반문하곤 했다. 그 감정이 무뎌지고 닳아 버렸기 때문에 한 줌의 추억만이라도 남기기 위해 모두들 순순히 이별을 받아들이는 게 아니냐는 냉정한 해석이었다.

사랑의 영원성에 회의적인 생각을 내비치는 아내와 달리 성준은 아직도 사랑의 순정함을 믿는 쪽이었다. 그 사랑의 완성된 형태가 결혼이라고 생각했다. 결혼이란 제도를 통해 많은 것을 얻을 수 있다는 성준의 생각은 변함이 없었다. 사랑이야말로 사람에 따라, 또 생활에 따라 자신이나 상대를 더 성숙된 길로 인도하는 삶의 이정표가 아닌가. 형식이 말한 진정한 사랑이란 말에 쉽게 동의할 수 없던 이유도 하필 결혼이란 울타리 밖에서 돌발적으로 벌어진 일이었기 때문이다.

빵! 빵!

뒤차의 경적 소리에 성준은 퍼뜩 꼬리를 물고 이어지던 상념에서 깨어났다. 뒤차 운전자가 창밖으로 손을 뻗어 뭐라고 소리치고 있었다. 아마도 자신이 끼어들 수 있도록 조금 더 앞으로 움직여 달라고 부탁하는 것 같았다. 성준은 뒤차를 위해 자리를 내어주며 그 자신도 길게 이어진 차량 행렬 속에 끼어 조금씩 조금씩 앞으로 나아갔다.

가다 서다를 반복하는 도로 사정처럼 형식의 일로 성준 역시 아직은 머릿속이 복잡했다. 사실 그는 이 갑작스러운 사태에 대해 어느 쪽으로도 결론을 내리지 못하고 있었다. 아니 결론을 내릴 수 없는 문제라고 서둘러 종지부를 찍으려 하고 있었다. 그 갑작스러운 고백이 불러온 고민들이 실타래처럼 얽혀 들어갔다.

녀석에겐 대체 무엇이 부족했던 것일까? 형식은 남들이 부러워할 만한 결혼을 한 녀석이었다. 대부분의 사람들이 근본적으로 결혼을 통해 많은 것을 얻을 수 있었던 것처럼 형식 역시 영주를 만난 뒤로 생활의 만족과 마음의 안정을 찾았다. 하지만 이제 와서 녀석은 자신이 결혼을 통해 무엇인가를 잃어버렸다고 생각할 수도 있었다. 잃는다는 의미가 반드시 손해를 의미하는 것은 아닐지라도 그 선택에 있어서 얼마만큼의 가치를 느끼는가에 따라서는 잃는 것이 얻는 것보다 더 중요하다고 판단할 수 있는 게 형식이었다.

그렇게 보면 결혼이란 얼마나 깨지기 쉬운 약속인가. 아무리 굳은 다짐이나 맹세도 어찌 보면 그 자체가 영속성을 보장할 순 없는 것들이었다. 결혼 후에도 사랑의 맹세를 어기거나, 파기되는 부분들이 없지는 않다. 어쨌든 지금껏 알아 온 형식이라면 그 자신을 컨트롤 하지 못할 만큼 무언가에 쉽게 빠져들기 쉬운 성격이었다.

어젯밤 형식의 뜬금없는 고백이 내내 머리를 떠나지 않는 것은 비단 친구의 일이란 이유만은 아니었다. 형식은 분명 영주에게서 느낄 수 없는 그 무언가 때문에 새로운 여자에게 정을 느꼈을 테고, 무조건 그 일탈을 비난한다고 해서 해결될 일도 아니었다. 성준은 형식의 빗장을 열어 버린 사랑을 도무지 자신의 머리로는 이해할 수가 없었다.

차량이 흐름이 다시 눈에 띄게 느려지자 성준은 라디오 볼륨을 조금 더 올렸다. 답답한 마음을 아는 것처럼 라디오에서는 "운전자 여러분, 차가 막혀 슬슬 짜증이 나기 시작하시죠? 자, 내 맘대로 안 되는 일에 너무 신경 쓰지 마시고, 지금부터 저와 함께 아침 활력을 되찾아 보시는 건 어떨까요?"라는 여자 아나운서의 멘트가 흘러나왔다.

신선한 아침 기분을 과장하는 고음의 목소리가 오늘따라 가식적으로 들려 성준은 클래식 채널로 다이얼을 돌렸다. 평소 그런 고상한 음악에 취미를 가지고 있는 건 아니지만 오늘만은 그 익숙함에서 탈피하고 싶었다.

4

부족하고 모자라지만

회사에 도착했을 때는 평소보다 1시간이 늦은 시간이었다. 정말 오랜만의 지각이었다. 사실 성준은 출근 시간을 어기는 것을 가장 싫어해 적어도 업무 개시 10분 전에 도착하는 것을 원칙으로 삼아 온 사람이었다. 직원들의 기강을 잡기 위한 행동만은 아닌 게 그는 지금껏 성실함을 최고의 덕목으로 여기며 살아왔다. 직원들이 볼 땐 융통성 없는 사장이라고 생각할지 몰라도 성준은 자신이나 남을 평가할 때 정해진 약속을 지키는 걸 가장 중요한 척도로 여겼다.

이런 날에 한 가지 좋은 점은 그 성실성의 기준을 어김없이 구겨 버리는 직원들의 지각을 보지 않아도 된다는 것이다. 걸핏하면 몇 분씩 늦게 출근하던 미스 윤이 오늘은 자신보다 먼저 자리를 지키고 있는 걸 보며 성준은 왠지 모를 안도감을 느꼈다.

"늦으셨네요, 사장님."

미스 윤이 전에 없이 여유 만만한 표정으로 이유로 성준을 맞았다. 언제나 간발의 차이로 문을 들어설 때와는 달리 평온한 얼굴이었다. 성준이 자리에 제대로 앉기도 전에 미스 윤이 뭔가 열심히 일하고 있었다는 걸 어필하기나 하려는 듯 전언(傳言)을 했다.

"사장님, 어제 퇴근하시고 나서 전화가 왔었어요."

"그래요? 누구라고 하던가요?"

"그게…."

미스 윤이 말을 얼버무렸다. 성준이 답답한 얼굴로 물끄러미 그녀를 바라보았다. 서투른 일 처리 때문만은 아니었다. 미스 윤의 행동들은 모두 최소한의 성의조차 보이지 않았다.

"누구였는지 기억 안 나나요? 혹시 메모 안 해 놨어요?"

"성함을 밝히지는 않으셨어요. 그냥 다시 전화하시겠다는 말씀밖에는…. 여자분이었는데…."

"알았어요. 가서 일 보세요."

성준은 얼른 단념했다. 정말 아무렇지 않아서가 아니었다. 하지만 아침부터 더 이상 그런 자질구레한 일로 신경질을 부리고 싶진 않았다. 은근히 화가 치밀어 올랐지만 체념의 경지에 이른 탓인지 성준을 얼른 호흡을 가다듬고 자신을 진정시켰다.

잠깐의 침묵이 흘렀다. 어제오늘 성준의 기분이 심상치 않다는 걸 눈치챈 것인지 직원들이 사내 분위를 곁눈질하고 있었다. 사실은 누가 누구의 눈치를 보고 있는 것인지 분간이 가질 않았다. 미스 윤이 억울하다는 표정을 지으며 자리로 돌아갔다.

성준은 주머니를 뒤져 담배 하나를 꺼내 입에 물었다. 라이터를 꺼내 불을 붙이며 그는 담배라는 물건이야말로 진정 인류의 위대한 발명품 중 하나라는 생각이 들었다. 만약 담배가 없었다면 일상이 몰고 오고 온갖 스트레스를 어떻게 다 풀어낼 수 있을까? 적어도 자신은 하루하루 쌓여 가는 스트레스 때문에라도 당분간은 담배를 멀리 할 수 없을 게 자명했다. 담배를 끊으라는 건 아내의 오랜 잔소리 레퍼토리이기도 했다. 하지만 성준은 무던하게도 고집했다. 담배라도 있어야 이런 착잡한 순간들을 관용으로 무마할 수 있었다.

"사장님, 다음 주쯤 일본 스케줄이 잡히게 될 것 같습니다."

김 과장이 일본 출장 얘기를 꺼냈다. 성준은 순간적으로 불안한 느낌이 들어 되물었다.

"무슨 문제라도 생겼나요?"

"아, 문제라기보다는…. 지난번 보낸 서류에 조금 착오가 있었던 것 같네요. 그리고 배송 문제도 확실히 해 둬야 할 것 같아서 제 생각에는 사장님이 직접 한번 가셔서 설명회를 여시는 게 여러모로 도움이 되지 않을까 싶습니다."

"그런가요? 그러면 가야지. 아쉬운 사람이 가야지 어쩌겠어요."

성준은 미리 가네모토에게 진행 상황을 귀띔받은 사실을 이야기하지 않았다. 어쨌든 직원들 스스로 문제를 해결하도록 가만히 기다려 줄 필요가 있었다.

“그럼 김 과장이 가네모토랑 잘 얘기해서 일정을 잡아 보도록 하세요. 정 대리한테 미리 티켓 확인하라 일러 놓으시고. 차근차근히 계획 좀 짜 봅시다. 참, 오후 회의는 내가 직접 주재하겠습니다.”

성준은 간단히 업무 지시를 끝냈다. 일본 출장은 다른 일보다 더 신경이 곤두세워지기는 했지만 확실히 지금의 이 분위기를 벗어나는 데만은 성공한 화제였다. 한편으로는 일이 본격화되기 전에 문제가 발견된 게 차라리 잘된 일인지도 몰랐다. 사실 지금과 같은 어수선한 상황으로는 일 처리가 제대로 될지 자신할 수 없는 일이었다.

해결되지 못한 일에 대해서는 그 여파가 다른 일에도 미칠 것이기 때문에 그게 무엇이든 간에 정체된 사내 분위기를 전환할 적기가 필요했고, 지금이 바로 그 기회였다. 이번처럼 사소한 문제로 일이 틀어지는 걸 방지하기 위해서라도 사내 분위기를 일신한 필요가 있었다.

얼추 급한 오전 업무를 마무리하고 나자 이내 다시 형식의 일이 떠올랐다. 아무래도 그를 다시 만나 차분히 얘기를 들어 보는 게 좋지 않을까 싶었다. 이렇게 아무런 말도 없이 사태를 관망하기엔 성준의 마음이 편치 않았다. 이렇게까지 형식의 문제에 대해 민감해져 모든 신경을 집중하고 있으면서 마냥 모른 척

하는 것도 탐탁지 않았다. 한편으로는 당사자인 형식 해결할 수 있는 문제라는 생각 때문에 아예 처음부터 관심의 단절을 시도해 보기도 했지만 역시 마음대로 되지 않았다.

망설이던 형식은 결국 먼저 전화기를 들었다.

"나야, 인마!"

"어, 성준아! 안 그래도 전화하려던 참이었어."

다행히 형식은 직접 전화를 받았다.

"살아 있는 거 확인됐으니 다행이긴 한데, 어젠 왜 그렇게 혼자 퍼마신 거야?"

"후후, 그러게 말이다. 내가 어제 너무 많이 취했지? 어젠 네가 고생이 많았다."

"해장이나 좀 했어?"

"말도 마. 속이 쓰려 죽겠어. 그렇게 취해 버릴 줄 알았으면 안주나 좀 좋은 데서 마실 걸 말이야. 야, 다음엔 내가 종로5가 광장시장 가서 육회 한번 쏠게. 지난번에 우리 직원들끼리 월급날 거길 갔다 왔다는데 고기가 그렇게 좋다더라고. 너도 육회 좋아하던가?"

어제와 달리 형식은 목소리가 밝았다. 어쩌면 일부러 그러는 것일 수도 있었다. 형식은 마치 성준이 무슨 말이라도 꺼낼까봐 그러는지 말할 기회를 주지 않고 술 얘기로 대화를 몰아가고 있었다. 아무 고민도 없는 듯 쾌활하기까지 한 친구의 목소리에

기가 찬 성준이 말을 잘라 버렸다.

"야, 인마. 너 진짜 이럴래? 사람 한참 피 말려 놓더니 이젠 한가롭게 안주 타령이야? 나 원 참. 너, 오늘 나 좀 보자. 맨정신으로 이야기나 하려고 전화했어. 너 오늘 퇴근 후에 시간 있지?"

"야야, 어제 봤는데 뭘 오늘 또 만나. 성준아, 우리 다음에 보자. 오늘은 내가 일도 좀 있고…."

"일은 무슨 일! 지금 그 문제보다 더 중요한 일이 어디 있다고…. 잔말 말고 퇴근 후에 잠깐 만나."

"아니야, 정말 오늘은 별로 만나고 싶지 않다. 뭐 책임을 회피한다거나 할 생각은 없는데 그냥 며칠간 조용히 생각 좀 정리하고 싶다. 어제 너한테도 괜히 걱정거리를 안겨 준 거 아닌가 싶은 생각밖에 안 들어. 이렇게 정리 안 된 상태에서 만나봐야 어제 얘기 재탕하는 거밖에 안 될 거야. 내가 조금 생각해 보고 상의할게. 미안한데, 그럼 나중에 보자."

형식이 전화를 뚝 끊었다. 성준은 허 참, 하고 혀를 차며 수화기를 만지작거렸다.

'뭐야, 이 자식!'

형식에 대한 서운한 마음이 들었다. 오전 내내, 아니 어젯밤 잠자리에서까지 뒤척이던 걸 생각하면 형식의 말이 조금은 서운하게 들렸다. 형식의 일을 언제까지나 비밀에 부칠 수도 없는 노릇이고, 죽마고우로 지내 온 관계를 생각하면 영주 씨에게까지 위선자 노릇을 해야 할 판이었다. 평생을 함께 해 온 친구의 고민을 자기 일처럼 생각하는 자신에 비해 생각할 시간을 달라는 형식의 얘기는 아무리 생각해 봐도 당장의 회피로 밖에는 보이지 않았다. 형식과의 통화를 마친 뒤에도 성준은 착잡한 기분이 가라앉지 않았다.

성준은 잠시 멍하게 창밖을 내다보다 책상 정리를 서둘렀다. 퇴근 시간을 1시간여 남겨둔 사무실 안엔 여전히 엷은 적막이 흐르고 있었다. 어제오늘 사장의 기분이 좋지 않아 보이니 직원들이 알아서 목소리를 낮추는 분위기였다. 처음 있는 일도 아니어서 금방 분위기가 제자리로 돌아올 줄 알았는데 직원들이 받아들이는 무게가 다른 모양이었다.

느슨해진 사내 분위기에 짜증이 나긴 했어도 언제까지나 직원들이 자신의 눈치를 보게 할 생각은 없었다. 차라리 이런 날 잡무라도 많다면 어찌어찌 말을 붙여볼 기회라도 있을 텐데, 어제오늘은 걸려오는 업무 전화도 많지 않았다. 성준은 사뭇 쥐 죽은 듯 납작 엎드려 있는 직원들을 바라보다 견디지 못하고 먼저 큰 소리로 입을 열었다.

"내가 커피 한 잔씩 쏠게요. 날씨도 좋은데 다들 커피라도 한 잔씩 하고 오늘은 좀 일찍 업무 마감합시다."

모두들 어리둥절한 표정이었다. 몇몇 직원들이 '이 분위기 뭐야?' 하는 표정으로 고개를 갸웃거렸다. 전에 없이 짜증을 부리며 직원들을 경직시키더니 갑자기 커피를 돌리겠다는 사장의 제안에 반색하기도, 거절하기도 어색해하는 표정이 역력했다. 어쨌든 성준의 한마디가 잔뜩 경직돼 있던 사무실에 미세한 균열을 만드는 데 성공했는지 미스 윤이 쭈뼛거리며 탕비실에서 쟁반을 들고 나왔다.

"자, 이리 와서 동전 가지고 가세요."

쭈뼛거리며 앞으로 다가오는 미스 윤의 표정이 볼만했다. 어제오늘 한껏 몸을 사리던 당사자라 짙은 화장에 눈살은 웃음을 보이고 있었지만 안면 근육이 이제야 조금 안정을 찾아가고 있었다. 성준은 미스 윤 때문에 당장 웃음이라도 나올 것 같았지만 아직은 그렇게 완전히 무장해제 할 때가 아니다 싶어 무표정한 얼굴로 미리 준비해 둔 동전을 건네주었다. 어쨌든 성준 역시 자신의 잘못을 수습하고 있는 중이었다.

커피 자판기는 사무실 바로 앞에 있었다. 고작 250원짜리 커피이기는 했지만 직원들 모두가 '커피 한 잔의 여유'에 조금은 기분이 풀어지는 눈치였다. 좀 어색하기는 했지만 성준은 애써 입가에 미소를 띠며 일어나 사무실 문을 나섰다.

"나 먼저 퇴근합니다."

"예, 안녕히 들어가십시오."

직원들이 일제히 자리에서 일어나 고개를 까닥 숙였다.

"조심해 들어가세요, 사장님."

미스 윤의 작별 인사를 마지막으로 사무실 운을 나서는 성준의 마음이 한결 가벼웠다. 인사를 하는 직원들의 모양새가 그래도 자신의 걱정을 조금은 누그러지게 한 덕분이었다. 만족할 만한 정도는 아니지만 평소에 언제나 넘치지 않는 걸 좋아하는 성준으로서는 모자라지도, 넘치지도 않을 적당한 정도의 화해였다고 할 수 있었다.

엘리베이터가 올라와 성준을 지하 주차장으로 데려갔다. 6층짜리 빌딩치고는 그리 넓지 않은 지하 주차장은 퇴근 시간 전이라 아직 빈자리를 찾기 힘들 정도로 빼곡히 차가 들어차 있었다. 그 사이에서 성준의 그랜저가 바로 눈에 띄었다.

성준은 운전을 즐기는 편이었다. 차가 막히지 않을 때는 집으로 운전해 가는 1시간여의 시간을 혼자만의 오붓한 드라이브처럼 사랑했다. 그건 젊은 시절 잠깐 택시 기사로 생활할 때부터 몸에 익은 습관이었다.

퇴근길 러시아워가 시작되기 전이라 승용차로 40여 분밖에 되지 않는 거리였지만 성준은 별로 서두르고 싶은 마음이 없었다. 시동을 걸고 잠시 아무것도 하지 않고 라디오를 켰다. 가수 이지연의 '바람아 멈추어다오'란 노래가 흘러나오고 있었다.

해가 뜨면 찾아올까 바람 불면 떠날 사람인데

행여 한 맘 돌아보면 그대 역시 외면하고 있네

바람아 멈추어 다오

세월가면 잊혀질까 그렇지만 다시 생각날 걸

붙잡아도 소용없어 그대는 왜 멀어져 가나

바람아 멈추어 다오

요즘 한창 젊은이들에게 인기 있는 노래지만 성준은 잠깐 가사를 들어 보고는 다른 채널로 다이얼을 돌렸다. 떠나버린 사랑을 그리워하는 가사 내용이 왠지 서글펐다. 그에 비하면 현재진행형인 유부남 형식의 사랑은 정말 부질없는 고민일까?

누구나 절절한 사랑을 꿈꾼다. 사랑에 대한 욕심을 탓한다고 해서 없어지지도 않을뿐더러 그리 큰 잘못일 것까지는 없다는 의견도 있을 것이다. 사람이니까 하고 싶은 대로 다 하면서 살 수는 없지만 그가 진정 마음으로 갈구하던 그 무엇인가를 찾았다면 그 자체를 탓할 수는 없는 일이 아닐까?

사실 성준은 이 갑작스러운 일에 대해서 어느 쪽으로도 결론을 내리지 못하고 있었다. 아니 결론을 내릴 수 없는 문제란 결론만 이미 내린 뒤였다. 갑작스러운 형식의 일탈 때문에 하루 종일 일이 손에 잡히지 않는 와중에도 성준은 사실 자신이 왜 친구보다 더 이 문제에 집착하고 있는지 스스로 의아한 생각을 갖고 있었다. 그게 형식에 대한 걱정이든, 영주 씨에 대한 의리든 자기 스스로 자꾸 더 깊이 빠져드는 생각을 제어하기 힘들었다.

'형식이 이 자식은 벌써 고민을 끝낸 건지, 내가 별다른 도움이 되지 못할 거라 판단해서 연락을 꺼리는 건지 속을 알 수 없으니….'

생각할수록 성준은 입맛이 썼다. 이런 문제가 자신의 생활에 어떻게 작용할지는 모르겠지만 당사자인 형식보다 자신이 더 고민을 하고 있다는 생각에 미치니 바보스럽다는 생각까지 들었다. 어렸을 때부터 모든 걸 함께 해온 각별한 친구이지만 이런 감정적인 문제에까지 개입하려는 자기 자신이 유별난 것도 부인할 수 없는 사실이었다.

다소 붐비고 정신이 없기는 해도 형식의 혼란을 함께 겪고 난 때문인지 그다지 짜증스러울 것도 없는 퇴근길이었다. 과음 탓에 여전히 속이 좀 메스껍기는 했지만 성준은 조금씩 늘어나기 시작한 차량 행렬 속에 끼어들었다.

외출 약속이 있다던 아내는 다행히 성준이 퇴근하기 전에 집에 돌아와 있었다.

"별일이야, 당신! 해도 안 졌는데 맨정신으로 퇴근하는 날도 다 있고…. 얼른 씻고 앉아요. 저녁 밥 차려 줄게요."

"응. 그냥 입맛 없으니 냉장고에 있는 반찬만 몇 개 꺼내서 차려 줘."

저녁 준비를 서두르는 아내에게 성준은 겸연쩍게 웃어 보였다. 모처럼 일찍 들어온 남편 때문에 기분이 좋아졌는지 아내가 얼른 앞치마를 두르며 주방으로 들어갔다.

성준은 밥이 차려질 동안 소파에 앉아 TV에서 흘러나오는 국제 뉴스를 듣고 있었다. 앵커가 요즘 한창 국제적 이슈로 떠오른 중국 천안문 유혈 진압 사태에 대한 해설을 늘어놓고 있었다. 며칠 전 10만 명에 가까운 인민해방군이 천안문 광장에 모여 민주화를 요구하던 시위대를 유혈 진압하면서 50여 일 동안 계속되던 중국의 민주화 시위는 새로운 국면으로 접어들고 있었다. 일부 외신에 의하면 사망자가 7천 명을 웃돈다는 소식까지 전해지면서 전 세계의 눈과 귀가 천안문에 쏠려 있었다.

"그럼 이제 중국 민주화는 완전히 물 건너갔다고 봐야 하는 거지요?"

식탁을 차리던 아내가 뉴스에 대해 아는 체를 했다. 앵커는 천안문 광장에서 몸을 피한 시위대 지도부, 특히 시위를 주도했던 학생 대표들에게 수배령이 내려졌고, 잡히면 총살에 처해질 것이라는 어느 대학 교수의 의견을 진지한 표정으로 경청하고 있었다. 성준은 아내가 무엇을 걱정하는지 알 것 같았다.

"글쎄, 중국 정부가 이번 사태를 어떻게 정리할진 몰라도, 당분간 중국 내에서 다시 민주화 요구가 나오긴 어렵다고 봐야 하지 않을까?"

"아우, 난 어쨌든 당신 일본에서 물건 수입해 오는 일에나 지장 없었으면 좋겠네. 어서 와 앉아요. 밥 다 차려 놨어요."

"응. 걱정 마. 우리 회산 줄곧 일본 바이어들이랑 거래해 왔으니깐 별 영향은 없을 거야."

형식의 일로 머릿속이 복잡해서인지 입맛이 없었다. 하지만 성준은 아내의 성의를 생각해 애써 밥 한 그릇을 싹 비웠다. 흡족한 얼굴이 된 아내가 빈 그릇을 씻는 동안 성준은 베란다에 나가 담배 한 대를 피워 물고 차들로 엉켜 있는 아파트 앞 대로변을 가만히 내려다보았다. 별 약속이 없다면 형식도 퇴근해 돌아와 있을 시간이었다.

전화라도 한번 해 볼까 생각하던 성준은 이내 고개를 가로저었다. 당분간 혼자 생각할 시간이 필요하다던 형식의 말이 떠올랐다.

성준에게는 종일 형식의 일을 마치 자신의 일인 것처럼 걱정하고 있었다. 괜스레 그 문제를 자신이 해결해야 한다는 책임감 혹은 강박까지는 아니지만 누구보다 가깝게 지내 온 친구로서 도의적인 책임까지 회피할 수는 없는 노릇이었다. 이 일로 형식에게 복잡한 일이 생기는 건 막아야 했다.

기독교 신자는 아니지만 성준은 늘 신은 시련을 주는 것만큼 인간에게 해결 능력을 함께 부여한다는 생각을 갖고 있었다. 이번 일도 마찬가지였다. 당사자가 아니라고 손을 딱 놓아버리는 건 비겁한 일이라는 생각밖에 들지 않았다. 신은 인간의 의지를 배반하지 않는다. 성준 역시 언제나 노력한 만큼의 결과를 얻어 왔기 때문에 그 믿음이 틀렸다고는 생각되진 않았다.

지금의 이렇게 복잡해 보여도, 성준은 진심으로 깊은 고민에 빠져 있었고 그랬기 때문에 어떻게든 형식의 입장을 이해해 주려는 입장이었다.

"회사에 무슨 일 있어요? 무슨 생각을 그리 골똘하게 해요?"

커피 한 잔을 내오던 아내가 걱정스런 눈빛으로 성준을 불렀다. 무슨 일엔가 골똘히 잠겨있는 모습이 회사에서 받은 스트레스 때문이라고 여기는 투였다. 성준은 아내의 얼굴을 돌아보며 문득 작은 행복감을 맛보았다. 자신도 모르게 얼굴에 미소가 올랐다. 쉬이 벗어 버릴 수 없는 잡념들 속에서도 간간히 이런 여유가 깃들어 있다는 게 다행스러웠다.

"당신, 무슨 생각을 그렇게 골똘히 해요? 진짜 이상하네. 무슨 고민 있어요?

"어? 아니, 고민 없어."

"후후. 당신 늦봄이라고 바람 타는 거 아니에요? 혹시 이러다 우리 남편 바람이라도 나는 거 아닌지 몰라."

"왜, 그럴까 봐 걱정돼?"

"뭐라구요? 이이가 진짜!"

아내가 흘깃 성준에게 눈을 흘겼다. 성준은 문득 자신이 아내를 진정으로 사랑하고 있는 것일까 생각해 보았다. 그는 분명 아내를 사랑하고 있었다. 그런데 그 사랑이 영원불변의 완벽한 것인가 물으면 함부로 답할 수 없을 것 같았다.

세상에 완벽한 사랑이란 게 존재하기나 하는 것일까? 성준은 자신할 수 없었다. 사랑할 때는 누구나 그 사랑만으로 충만하다고 느끼겠지만 사랑의 본질은 애초에 완벽하게 채워지지 않는 것이다. 부족함이야말로 사랑의 본질일지도 모른다. 그렇지 않다면 우리가 계속 사랑을 갈구하는 이유를 성준은 설명하기 힘들었다.

'나는 정말 누군가를 부족함 없이 사랑해 본 일이 있던가?' 성준은 가만히 고개를 흔들었다. 그 순간 가슴 속에 잊고 이름 하나가 바람처럼 스쳐 지나갔다. 그 바람은 너무나 미세한 공기의 흐름이라서 당사자조차도 의식하기 힘들었다.

성준은 문득 자신도 하루하루가 이렇게 덧없이 지나가는 게 허무하다는 생각이 들 때가 있다는 걸 떠올렸다. 아내의 말마따나 봄을 타고 있는 거라면, 그래서 이 늦봄이 지나고 나면 아무렇지도 않게 한세월이 지나가 버리면 좋겠다는 생각이 들었다.

5.

어느 날 문득

일본 출장은 생각보다 급하게 잡혔다. 몇 차례 가네모토와 국제전화로 저간의 상황을 공유한 성준의 회사에서 방문 날짜를 앞당긴 탓이었다. 성준은 묘한 긴장감을 느끼며 출장 준비를 서둘렀다. 신경이 많이 쓰이는 일인 만큼 준비할 게 많았고 그래서 며칠 동안이나 직원들에게 필요한 서류 준비를 채근했다.

아내 역시 성준의 이번 출장이 사업상 중요한 일이라는 걸 느낀 모양이었다. 양복의 질감, 넥타이 색깔, 구두까지 어느 하나 허투루 넘기지 않고, 심지어 성준이 지참해야 할 서류들까지 몇 번이나 체크해서 묶어 두었다.

무엇보다 달라진 건 직원들의 분위기였다. 지난번 실수를 만회하려는 마음인지 김 과장은 서류 사본까지 복사해 주며 만반의 채비를 서둘렀다. 이번 출장에 동행해 성준을 보좌할 정 대리에게도 몇 번씩이나 일본 업체와 꼭 협의해야 할 사항을 체크하는 걸 보고 성준은 걱정을 조금 내려놓았다.

주로 일본에서 물건을 수입하면서도 성준은 일본어 실력이 그리 뛰어난 편은 아니었다. 반면 정 대리는 무역이나 비즈니스 일본어에 능숙해 이번 출장에 실무적인 일을 맡도록 할 참이었다. 성준은 미리 정 대리가 적어 준 몇몇 중요한 일본어 단어들을 들여다보며 오랜만에 다시 가슴이 뛰는 것을 느꼈다. 사업 초창기, 현지 파트너를 알아보기 위해 무작정 일본으로 건너가 생산업체들을 찾아 헤매던 때의 배짱과 자신감이 되살아났다. 현지 업체와 계약만 성사된다면 국내 영업은 걱정할 게 없었다. 신성통상은 이 바닥에서 제법 알아주는 중견 업체였다.

잠자리에 들어서도 일본어 단어를 웅얼거리는 성준을 보며 깊이 잠든 줄 알았던 아내가 조용히 입을 열었다.

"출장이 코앞인데 뭘 그리 열심히 해요?"

"그냥 뭐…. 당신, 아직 안 잤어?"

"당신이 자꾸 부스럭거려서 선잠에서 깼어요."

"미안하게 됐군. 조용히 할 테니 얼른 다시 자."

"근데, 요즘 당신이 생각이 많아 보여요. 일본 출장 문제뿐만 아니라 혼자 멍하게 있는 시간도 많아지고…. 뭐, 나한테 말하기 힘든 걱정거리 있는 건 아니죠?"

"걱정은 무슨!"

"당신처럼 40대 남자들이 문득 인생이 허무해지면서 바람나는 경우도 많다던데…. 어쨌든 당신 좀 요즘 뭔가 고민이 많아

보여요. 평소 같지 않게 침대에 멍하니 누워 있는 것도 그렇고."

아내의 농담이었지만 성준은 쉽게 웃을 수가 없었다. 아내 말처럼 형식의 일로 계속 마음이 심란한 게 사실이었다.

그날 이후 형식은 연락이 뜸했다. 그 덕분에 성준은 마음을 가다듬고 한동안 자신을 충동질하던 흥분에서 벗어난 뒤였다. 필요 이상으로 형식의 개입하려 한 게 부끄러워지는 면도 있었다. 형식은 그렇게 실없고 허한 친구가 아님을 한두 해 알고 있었던 것이 아닌데, 액면 그대로 받아들인 자신이 조금은 우스꽝스러웠다. 아무리 허물없는 친구라 해도 친구 일에 너무 깊숙이 끼어드는 건 월권이었다.

성준은 형식의 판단을 믿어 보기로 했다. 이제라도 이성적인 판단이 중심을 잡고 있다는 건 성준에게는 매우 다행스러운 일이었다. 그렇게 생각을 정리하자 의식적으로 형식에게 먼저 연락하려는 충동을 제어할 수 있었다. 그가 나서서 무작정 막는다고 해결될 문제가 아니었다. 어찌 됐든 그는 친구에게 최소한의 조언이라든가 차선책 정도를 상의할 수 있는 상대일 뿐 마지막 선택권은 결국 당사자인 형식의 몫이었다.

"왜 아무 말도 없어요? 진짜 내 예감이 맞는 거 아닌지 모르겠네."

아내의 채근에 성준의 의식이 현실로 돌아왔다. 벽시계가 벌써 밤 12시를 지나고 있었다.

"잘못 짚었어. 그냥 회사 일로 생각할 게 많은 것뿐이니까 괜한 소리 말고 잠이나 자."

아내가 성준의 겨드랑이를 파고들었다.

"나 당신 일본 출장 간다고 할 때마다 편두통 생기는 거 알아요?"

오랜만에 들어 보는 아내의 볼멘소리였다. 좀처럼 불평이라곤 하지 않던 아내가 편두통을 앓을 정도였다면 꽤 신경을 쓰게 했던 게 분명했다. 성준은 팔에 힘을 주어 아내의 몸을 당겨 안았다. 아내의 몸에서 달큼한 체취가 전해졌다.

"내가 그렇게 예민했나? 그랬다면 미안해, 진짜. 앞으로는 그런 일 없도록 할게."

"뭐예요, 너무 쉽게 항복하잖아. 에구, 투정한 내가 바보지. 이런 남편한테 뭔 소리를 듣겠다고. 얼른 자요."

생각보다 싱거운 대답에 아내는 이불을 머리까지 끌어당기고 도로 눈을 감았다. 성준은 잠자코 아내가 잠이 들기를 기다렸다. 성준은 더 이상 다그쳐 묻지 않는 아내의 성격이 새삼 고맙게 느껴졌다. 평소에도 시시콜콜 회사 일을 풀어놓아 버리지 않는 성준의 태도에 적응을 한 것인지 아내는 깊이 무엇인가를 알려고 하지 않았다. 아내가 계속 보채고 다그치는 성격이 아닌 게 다행스러웠다. 잠깐은 마음이 편해질지 모르지만 함부로 자신의 속마음을 다 꺼내 보이는 게 반드시 좋은 방법이라고는 할 수 없었다.

성준이 다시 상념에 빠져 있는 동안 아내는 남편의 팔에 안겨 쌔근거리는 소리까지 내면서 잠이 들어 있었다. 오늘따라 아내의 모습이 측은함까지 느끼게 했다. 성준은 그녀의 이마를 조심스럽게 두어 번 쓸어 올린 다음 한참이나 생각이 잠겨 있다가 잠이 들었다.

김포공항 게이트마다 승객들이 길게 줄을 서 있었다. 지난해 88올림픽 이후 올해 들어 해외여행 자유화 조치 시행 이후 생긴 변화였다.

"확실히 우리나라도 먹고 살 만해진 사람들이 확실히 많이 늘어난 모양이네요. 아직 휴가철도 아닌데 해외 여행객이 이렇게나 많다니!"

출국 수속을 마친 정 대리가 주변을 둘러보며 낮게 탄성을 질렀다. 몇 차례 해외 출장 경험이 있는 성준에게도 익숙지 않은 광경이었다. 1945년 광복 이후 기업인의 출장, 학생 유학, 해외 취업 등 특별한 목적이 있는 사람에게만 발급되던 여권이 일반 여행객에도 허용된 덕분인지 들뜬 표정으로 탑승 시간을 기다리는 승객들이 꽤 많았다.

해외여행이 자유화되자 여행사들도 각종 여행 패키지 상품을 내놓고 판촉에 열을 올리고 있었다. 성준 역시 86아시안게임, 88서울올림픽 이후 국내의 경제 성장과 생활 수준 향상을 피부로 느끼고 있었다. 따지고 보면 성준의 회사 역시 올림픽의 수혜를 보는 업종 가운데 하나였다.

"그러게 말이야. 그동안 막혀 있던 해외여행의 물꼬가 터졌으니 얼마나 많은 사람들이 이날만 기다렸겠어!"

"툭하면 국제화다, 세계화다, 개방화다 외치더니 결국 우리나라도 이렇게 선진국 대열로 가는가 봐요. 잘된 일이죠, 뭐."

정 대리가 성준의 말을 받으며 시계를 확인했다.

"너무 일찍 나온 모양이네요. 사장님은 여기 계속 계실 거죠? 아직 탑승 시간이 많이 남았는데, 저는 그동안 공항 구경이나 더 하고 오겠습니다."

정 대리가 시야에서 사라진 뒤에도 성준은 덤덤하게 공항 대합실 의자를 지키고 있었다. 공항에서 시간을 보내는 일이 생각만큼 지루하진 않았다. 올림픽 전에는 자주 보기 힘들던 외국인 관광객들을 가까이서 보는 것도 아직은 신기했다. 올림픽을 위해 새롭게 단장된 김포공항 게이트마다 최신식 공중전화가 즐비하게 늘어서 있었다. 성준은 뭔가 결심한 듯 전화기 앞으로 다가가 익숙하게 번호를 눌렀다.

"나다!"

"어, 성준아, 오랜만이다. 어디야?"

"공항이야. 오늘 일본 출장 있다."

"짜식, 또 비행기 탄다고 자랑하려고 전화했냐? 안 그래도 저녁에 너 좀 보려고 했는데."

수화기 너머에서 형식이 아쉽다는 듯 목소리를 높였다.

"언제는 생각 좀 하게 내버려 두라며? 어때, 그 사이에 나한테 하고 싶은 얘기는 정리됐냐?"

"어, 그래! 한번 보긴 봐야지."

형식의 목소리가 갑자기 빨라졌다.

"응, 나 지금 집사람이 와서 같이 있다. 이제 막 밥 먹으러 나가려던 참이야."

출국 전에 얘기를 좀 듣고 싶었는데 옆에 아내가 함께 있으니 말조심하라는 형식의 신호였다. 성준은 가볍게 이마를 찌푸리며 다음을 기약했다.

"그래, 그럼 다녀오면 전화 다시 하마."

당연한 일이지만 아내의 존재를 크게 의식하는 형식의 태도가 오늘따라 더 위선처럼 느껴졌다. 위선적이라는 말로만으로는 다 표현할 수 없는 감정이었다. 성준은 어쩌면 그런 감정이 가까운 사람이 저지르고 있는 일탈에 동조 혹은 묵인하고 있는 공범의식에서 비롯된 것일지도 모른다고 생각했다. 갑자기 몸이 으스스한 게 때 아닌 한기가 느껴졌다.

"무슨 일 있으십니까?"

언제 돌아왔는지 정 대리가 전화기를 내려놓고 돌아서는 성준의 굳은 표정을 보며 걱정스럽게 말을 붙였다.

"아니, 일은 무슨…. 근데 아직 들어갈 시간 안 됐나?"

"예. 이제 슬슬 들어가도 될 것 같습니다. 그 손가방 이리 주세요!"

오랜만에 말쑥하게 차려입은 정장 때문에 목이 답답하기도 했지만 그래도 여기를 잠시 벗어나 다른 곳으로 가야 해방감까지라도 느낄 수 있을 것 같았다.

오랜만에 타는 비행기라 그런지 기내에 들어서자 잠깐 현기증이 일었다. 아까부터 미적지근한 열이 오르는 것 같기도 하고 불쾌감마저 들었다. 성준은 좌석을 찾아 등받이에 몸을 묻은 다음 잠시 눈을 감았다. 옆자리에 앉은 정 대리가 걱정스런 표정으로 성준을 바라보았다.

"컨디션이 안 좋으세요, 사장님?"

성준은 괜찮다는 뜻으로 가볍게 어깨를 으쓱해 보이며 정 과장이 들고 있던 일본의 월간잡지를 턱짓으로 가리켰다.

"정 대리는 도쿄에서 유학 생활을 했다고 했지? 어때? 지금도 일본어가 우리말처럼 술술 읽히나?"

"일본어로 대화하는 건 잊어버리지 않는데 틈틈이 읽고 쓰는 연습을 해 두지 않으면 자꾸 막히는 부분이 생기더라구요. 그래도 일본 출장 모시고 갈 만큼은 되니까 걱정 마시고 한숨 주무세요."

"그래, 그럼 벨트 매고 잠깐 눈 좀 감고 있을게."

성준은 정 대리가 권하는 대로 조용히 시트에 몸을 기댔다.

잠깐 졸았던 것 같은데 눈을 떠보니 비행기는 어느덧 일본 영공으로 깊숙이 들어와 간사이 공항 가까이 접근하고 있었다. 아래를 내다보니 여름빛 풍경이 손에 닿을 듯 펼쳐져 있었다. 연둣빛 물감을 풀어놓은 것처럼 싱그럽게 빛나는 빛무리가 시야를 가득 채웠다.

입국 수속을 마치고 나온 건 점심때가 지난 뒤였다. 공항 곳곳에 식당들이 눈에 띄었지만 마땅한 메뉴가 눈에 띄지 않았다. 평소에 별로 즐기는 음식은 아니지만 지금 시간에 간단하게 허기를 때우려면 패스트푸드가 가장 적당해 보였다.

"정 대리, 배고프지 않나?"

"글쎄, 좀 전에 기내식을 먹었는데도 금방 허기가 지네요. 하늘에서 먹은 거라 땅으로 내려오니 더 일찍 배가 꺼지나 봐요. 그나마 사장님은 주무시느라 기내식도 안 드셨으니…. 예, 오사카로 이동하기 전에 우선 뭘 좀 먹기로 하죠."

"그런데 저런 거밖에 없는 것 같은데…."

"아무거나 상관없습니다."

공항 패스트푸드점에 들러 햄버거와 콜라 한 잔으로 허기를 달래며 성준은 정 대리에게 대신 이따 호텔에 짐을 풀고 나면 맛있는 걸 사주겠다고 약속했다. 정 대리가 웃으며 "아무렴요. 이런 거 먹고는 배도 안 찹니다."하고 대답했다. 모처럼 일본에 온 게 신이 나는지, 정 대리의 표정이 평소보다는 많이 들떠 보였다.

"슬슬 일어나실래요?"

성준은 정 대리를 따라 다 먹은 햄버거 포장지를 쟁반 위에 올려놓고 서둘러 일어섰다. 성준보다는 일본어에 익숙한 정 대리가 여행자 안내소(information desk)에 물어 오사카 시내로 가는 버스 티켓 두 장을 끊어왔다. 사전에 연락을 취했더라면 일본 회사 측에서 픽업을 나왔겠지만 거래를 트기 위해 찾아온 마당이라 일부러 그렇게 하지 않은 것이었다.

"조금 불편하더라도 이번엔 버스 타고 갑시다. 첫 거래부터 뭔가 신세를 지게 되면 그쪽 페이스에 말려들 수밖에 없어!"

"참, 사장님 고집도 대단하십니다. 고생을 마다 않으시니 말입니다."

어지간해서는 불평 한마디 하지 않는 정 대리가 희미하게 웃음을 흘렸다. 성준이 처신이 마땅치 않아서가 아니라 그 결연한 의지와 협상 기술의 결과가 내일 어떤 결과로 나타날지 흥미가 더해진다는 표정이었다.

속칭 가방끈은 길지 않지만 성준은 형식의 말처럼 '꼼꼼한 협상가이자 전도유망한 사업가'였다. 오래전 형식과 동업하는 형태로 가게를 운영하던 시절은 물론이고, 신성통상으로 독립해 나온 후에도 특유의 그 실력은 유감없이 발휘되고 있었다. 시장 점유율이 높은 몇몇 경쟁업체들도 엄두를 내지 못하던 일본 거래선을 확보하게 된 것도 따지고 보면 모두 성준의 전략이 주효한 덕분이었다.

“좀 고생스럽겠지만, 이번에도 우리식대로 한번 부딪쳐 봅시다.”

“물론이죠, 사장님.”

“가네모토하고는 이따 호텔에서 만나기로 한 거 맞지요?”

“예, 아마 늦지 않게 도착할 겁니다. 업체 미팅에 앞서 서로 검토해볼 사항도 있구요.”

“그럽시다. 그럼 늦기 전에 출발하지요.”

버스 승강장을 찾아 공항 밖으로 나서자 오사카, 고베 등의 행선지를 써 붙인 대형 버스들이 도열해 승객들을 태우고 있었다. 눈에 띄는 모든 차들이 갓 출고된 신차처럼 번쩍거렸다. 말로만 듣던 2층짜리 관광버스에도 파란 눈의 외국인 관광객들이 자리를 꽉 채우고 있었다. 모두 눈부신 일본의 경제 성장에 놀랐는지 공항 청사 앞에서 놀란 입을 다물지 못하고 있었다. 2년 전 마지막으로 일본에 다녀갔던 성준의 눈에도 GDP 세계 1위 국가라는 일본의 위상이 몸으로 느껴졌다.

주위를 둘러보면 공항부터가 알 수 없는 활기로 차 보였다. 모두들 어딜 그렇게 바쁘게 가는지 한 무리의 사람들이 떠난 자리를 다시 그만한 수의 사람들이 채웠다.

무엇보다 가장 인상적인 공항 이용객 모두가 정말 조용하다는 것이었다. 일본에 올 때마다 느끼는 것이지만 특히 일본인은 남을 배려하는 태도가 몸에 배어 있었다. 역사적 적대감 때문에 일본인들을 좋아하진 않지만 오늘의 경제 성장이 그냥 만들어진 게 아니라고 성준은 생각했다.

"아직 시간이 좀 남았는데 자판기 커피라도 한잔하시겠습니까?"

"아, 그럴까?"

햄버거와 콜라로 허기를 때웠더니 속이 느끼했다. 이럴 때 커피 한 모금으로 입가심이라도 하면 속이 좀 달래질 것 같아 성준은 선선히 고개를 끄덕였다. 그냥 멍하니 앉아있는 게 심심했던지 정 대리가 얼른 자판기 쪽으로 걸어갔다. 성준은 무심한 눈으로 정 대리의 모습을 쫓았다.

수많은 사람들이 공항을 오가고 있었다. 정 대리의 등 뒤에도 한 무리의 사람들이 스쳐 지나갔다. 생각 없이 그들의 뒷모습을 좇던 성준의 눈동자가 지진을 만난 듯 일순 흔들렸다. 그의 시선은 지금 막 정 대리의 옆을 스쳐 간 한 여자의 뒷모습에 고정되어 있었다.

'아! 윤희….'

챙이 넓은 연한 카키색 모자를 쓰고, 하얀 블라우스에 카키색 빌로오드 스커트를 멋들어지게 차려입은 여자의 뒷모습이 어딘가 눈에 익었다. 성준의 심장이 오그라들었다. 동공이 크게 열린 눈은 행여 놓칠 새라 여자의 뒷모습을 쫓고 있었다.

아닐 수도 있지만 그녀일 수도 있었다. 성준은 지금 어떤 가능성에 사로잡혀 있었다. 단순히 체형이나 외모가 비슷한 사람일 수도 있지만 여자는 지금 막 성준의 기억 속에서 걸어 나온 듯 그토록 그리워하던 옛 모습 그대로 또각또각 소리를 내며 멀어져 가고 있었다. 성준의 손이 바들바들 떨렸다.

여자의 얼굴은 짙은 선글라스에 반쯤 가려져 있었다. 뒷모습이라 그녀가 정말 윤희인지 확신하기는 어려웠다. 하지만 성준은 뭔가에 홀린 듯 여자의 움직임을 좇으며 필사적으로 옛날의 기억과 매칭시키고 있었다.

'그래, 어쩌면….'

더 이상 기다릴 여유가 없었다. 성준은 바삐 오가는 승객들 사이를 헤치며 그녀를 사라진 방향을 향해 줄달음을 치기 시작했다. 마음이 급해서인지 몇 걸음 떼어놓기도 전에 숨이 가빠왔다. 오가는 승객들이 성준을 급하게 손으로 헤치고 달려가며 성준은 "잠깐만요, 잠깐만!" 하고 크게 소리쳤다. 깜짝 놀란 여행객들이 눈살을 찌푸리며 길을 터주었다.

여행용 캐리어를 끌고 걸어가던 서양 여자가 무례한 동양 남자의 앞을 막아서며 "조심하라구요!" 하고 항의했다. 하지만 성준은 걸음을 멈출 수가 없었다. 선글라스의 여자가 시야에서 사라져 보이지 않게 되자 마음이 더 조급했다.

"좀 비켜 주세요!"

급한 김에 성준은 서툰 일본어로 소리치며 선글라스의 여자가 사라진 방향으로 몸을 틀었다. 그 바람에 진로를 막고 서 있던 서양 여자가 성준의 팔에 걸려 엉덩방아를 찧으며 바닥으로 넘어졌다.

"미안합니다. 미안해요!"

성준은 바닥에 쓰러져 황당한 표정을 짓고 있는 여자에게 손으로 사과의 제스처를 취해 보인 후 여인의 행방을 확인하기 위해 주위를 두리번거렸다.

"이봐, 이봐! 이 빌어먹을 동양놈아! 날 밀쳐놓고 사과도 없이 가 버린다고? 너 일본인? 아니면 대만인?"

서양 여자는 동양 남자의 무례함에 단단히 화가 난 모양이었다. 항의가 아니라 숫제 멱살이라도 잡아챌 기세였다. 지나가던 사람들이 걸음을 멈추고 언쟁을 벌이는 두 사람을 힐끗거렸다. 순찰을 돌던 공항 경비원이 무슨 일인가 싶어 급히 이쪽으로 다가오는 게 보였다. 더 이상 소란이 커지는 건 피해야 했다. 성준은 여자를 향해 연신 미안하단 표정을 지어 보이며 "아임 쏘리, 아임 쏘리!"를 연발했다. 여자도 그제야 상황 파악이 된 모양이었다. 성준의 얼굴을 매섭게 쏘아보던 서양 여자가 성준의 사과 제스처를 확인하더니, 선심 쓰는 것처럼 그만 가 보라는 손짓을 했다.

"쌩뀨, 쌩큐!"

성준은 마지막으로 선글라스의 여자가 서 있던 지점에 서서 주위를 둘러보았다. 아쉽게도 이미 그녀는 자취를 감춘 뒤였다. 그녀가 향하던 방향을 봐서는 그사이 출국장으로 들어가 버렸을지도 모를 일이었다. 성준은 무엇에 이끌리기라도 한 사람처럼 출국장 쪽으로 걸음을 옮겨 놓았다.

"뭐 하는 겁니까?"

날카로운 소리가 들려왔다. 무작정 출국장 안으로 들어가려는 성준을 공항 직원이 급하게 손을 들어 제지하고 있었다.

"탑승객이 아니면 들어갈 수 없습니다."

"잠깐만요, 아는 사람이 있어서…."

"안 됩니다."

"잠깐이면 돼요."

"안 된다니까요. 당장 뒤로 물러서지 않으면 경비원을 부르겠어요."

공항 직원의 얼굴에서 미소가 사라졌다. 지나가던 사람들이 성준을 보며 킥킥 웃어댔다. 아쉬운 마음이 가득했지만 어쩔 도리가 없었다. 성준은 미안하다는 손짓을 하고 뒤로 물러나며 어깨를 떨구었다. 휴우! 아까부터 참고 있던 한숨이 터져 나왔다. 가슴 속에 가득 차 있던 무언가가 한숨과 함께 썰물처럼 빠져나가는 게 확연히 느껴졌다.

'정말 윤희였을까?'

성준은 어딘가 아픈 사람처럼 혼자 중얼거리며 정 대리가 기다리는 곳으로 돌아왔다.

“사장님, 어디 갔다 오세요? 별로 안색이 안 좋아 보이십니다.”

뭔가에 넋이 나간 얼굴로 돌아온 성준을 보며 정 대리가 걱정스럽게 물어왔다. 하지만 아직 제정신이 돌아오지 않은 성준은 정 대리의 말이 제대로 귀에 들어오지 않았다. 조금 전 미친 사람처럼 허겁지겁 공항 대합실을 헤매던 일이 까마득한 옛날의 일처럼 느껴졌다. 정말 꿈이라도 꾸고 있는 것일까?

“어, 아무 일 아니야.”

“정말 괜찮으세요, 사장님?”

정 대리의 얼굴에 근심이 떠올랐다. 성준의 얼굴이 하얗게 질려 있었다. 성준은 금방이라도 울 듯한 표정이 되어 정 대리가 들고 있던 커피를 집어 얼른 입으로 가져갔다.

“혹시 어디 아프신 데라도…”

“아냐, 아냐! 잠깐만 혼자 놔둬 주겠어? 잠시만 나 혼자 숨 좀 돌릴게.”

오사카 시내로 들어와 호텔 프런트에서 체크인을 하고 방으로 들어가면서도 성준은 내내 조금 전 공항에서 일로 마음이 뒤숭숭했다. 아주 짧은 순간 눈앞을 스쳐 간 어느 한 여자의 실루엣이 너무도 간단하게 그의 마음을 헝클어놓고 거세게 흔들고 있었다.

'아냐, 내가 잘못 본 걸 거야! 마지막으로 본 게 10년 전인데…. 윤희도 많이 변했겠지!'

성준은 너무도 쉽게 흔들려 버린 자신의 마음을 들킨 것 같아 끊임없이 자신이 착각한 것일 뿐이라고 혼잣말을 되뇌었다. 수없이 묻고 답해도 이 머나먼 일본 땅에서 그녀를 마주친다는 건 불가능한 일이었다.

6.

서울의 달

철이 들면서부터 성준은 늘 무엇인가가 되고 싶었다. 그 무엇이란 하나의 구체적이고 특정한 직업을 말하는 게 아니었지만 어렴풋하게나마 성준은 자신이 바라는 삶의 모습을 눈에 그릴 수 있었다. 어쨌든 그것이 이 비루한 현실에 있는 게 아니라는 것만은 분명히 알 수 있었다. 그게 뭔지는 몰라도 이대로, 이 자리에 주저앉아 있어선 결코 닿지 못할 거라는 분명한 사실이었다.

그때 성준을 둘러싸고 있는 여러 환경들은 가만히 안주할 수 없는 것이었다. 어쩌면 그 무언가에 열망 덕분에 지금의 자리까지 올 수 있었는지도 몰랐다. 그런 면에서 성준에게는 남보다 좀 더 일찍 성숙한 자아가 찾아왔고, 늘 지금 보다 나은 그 무엇이 되어야 한다는 생각이 그의 삶을 한 계단 올려놓았다는 생각엔 의심의 여지가 없는 일이었다.

한때는 그 자리에 주저앉아 운명을 받아들이고 싶은 마음이 들기도 했지만 그 생각은 오래 가지 않았다. 지극히 평범하고 단순한 행복조차도 지금의 자신에게는 너무나 멀리 떨어져 생각이 성준을 다시 일으켜 세웠다. 지금 돌아보면 참으로 당돌하고 위험한 생각이지만 그런 조바심이 최악의 선택만은 하지 않도록 삶을 인도해온 것은 부인할 수 없는 사실이었다.

끼니를 거를 정도는 아니었지만 성준의 집 역시 그리 넉넉하지 않은 빈농에 속했다. 그 바람에 성준은 애초에 고등학교에 진학할 꿈도 꾸지 못하고 있었다. 아무도 자신에게 고등학교 진학을 포기하라고 강요하지 않았지만, 철이 들면서부터 성준은 이미 자신의 앞날을 예감하고 있었다. 중학교를 졸업하고 나면 그 역시 아버지를 따라 논에 나가 하루를 보내야 할 신세였다.

"뭐? 그게 무슨 뚱딴지같은 소리니? 얘가 지금 정신이 있는 거야, 없는 거야?"

열여섯 살이 되던 해, 성준은 어머니에게 일자리를 찾아 서울로 올라갈 계획을 털어놓았다. 예상대로 어머니는 집을 나가 우선 일자리를 찾겠다는 아들의 말을 간단히 일축했다. 쉬운 일은 아닐 거라 예상했지만 무조건 반대 입장만 고수하는 어머니의 고지식함이 성준을 야속하게 했다.

"어차피 대학도 못 갈 건데 일이 년 더 공부해서 뭐해요. 그렇다고 이런 시골 바닥에서 한평생 농사꾼으로 썩긴 싫으니 일찌감치 서울 올라가 일거리를 찾아볼래요."

"이놈아! 농사꾼이 농사만 한 게 또 어디 있다고 그래. 여기 남아서 꾀 안 피우고 열심히 일하면 최소한 굶어 죽진 않는다. 그렇게 알고 너, 아버지 앞에선 절대 이런 이야기 꺼내지도 마. 괜히 아버지한테 그런 말 했다간 지게 작대기로 작신 두들겨 맞기밖에 더 하겠니?"

성준의 말을 들은 척 만 척 어머님은 머리에 쓰고 있던 누런 수건을 풀러 무릎께에 탁탁 털어 버리며 다시 밭에 나갈 채비를 서둘렀다.

"어머니, 그래도 난 서울 갈 테요."

"시끄러, 이놈아!"

어머니는 그저 안 된다는 손짓을 하며 뒤도 돌아보지 않고 대문을 나갔다.

"어머니, 잠깐 내 말 좀 들어 보래두요!"

성준은 답답한 마음에 어머니를 따라나서다 이내 마음을 단념하고 터덜터덜 집으로 발길을 돌렸다.

쳇!

집 안으로 들어서던 성준은 눈에 띄는 돌부리를 찾아 발끝으로 세게 걷어찼다. 엄지발가락으로 뭉근한 통증이 전해져 왔다. 하지만 그것보다도 더 자신을 아프게 하는 건 도저히 나아질 기미가 보이지 않는 답답한 현실이었다. 형제자매라고는 제법 나이 차가 나는 두 누나뿐이었다. 누나들은 당연히 초등학교도 채 마치지 못하고 집안 농사를 짓다가 차례로 시집가 이웃 마을에 살고 있었다. 여기 가만있으면 부모나 누나들처럼 평생을 농투사니로 살아야 할 게 뻔했다.

그냥 이렇게 집에 눌러앉아 평생을 허비할 순 없는 노릇이었다. 그나마 말이 통하는 어머니와 상의를 하면 방법이 좀 찾아질 것이라 기대했지만 의외로 완강한 반대에 부딪히고 보니 이만저만 실망스러운 게 아니었다.

'쳇, 계속 이러면 확 가출이라도 해 버려야지!'

결국 최후의 선택은 가출이었다. 그나마 고향에 비빌 땅 한 평 없어 일찌감치 서울로 올라간 동네 형들이 그랬던 것처럼 자신도 얼른 서울로 올라가 돈벌이를 해 살길을 찾아야만 했다. 세상이 변했다는 걸 완고한 부모나 두 누나는 결코 인정하지 않으려 했다.

얼마 되지도 않는 농사에만 매달려서는 지긋지긋한 가난을 벗어날 길이 막막한데 어른들은 예나 지금이나 송충이는 솔잎을 먹고 살아야 한다고 말만 맹신하고 있었다.

고향에 내려 온 형들에게 들으니 서울은 요즘 일자리가 넘쳐난다고 했다. 동네 형들이 안주머니에 척척 지폐를 꺼내 으스대며 친척들에게 용돈을 드리던 모습이 눈에 선했다. 성준도 얼른 그렇게 돈을 벌어 집안을 일으키는 아들이 되고 싶었다.

'어머니마저 저리 완강히 반대하시니 이를 어쩐다?'

당연히 부모님의 지지를 받을 것이라고 기대했던 만큼 자신의 결정이 어그러진 것에 대한 실망감이 깊었다. 그렇게 계속 상황에 따라 지체하고 있기에는 현실에 안주하지 않겠다는 의지가 끊임없이 끝없이 성준의 마음을 충동질했다. 지금껏 단 한 번도 성준은 부모님의 명령을 거역했던 적이 없었지만, 이번만은 순순히 따를 자신이 없었다. 평생을 논에 파묻혀 산다는 건 생각만 해도 목을 조여 오는 일이었다.

성준은 결국 자신을 부르는 그 운명의 소리를 따르기로 마음을 다잡았다. 성준이 뒤도 돌아보지 않고 열여섯 해 동안 자신의 발자국을 새겼던 고향을 떠나 서울행 기차에 몸을 실은 건 그로부터 며칠이 지난 뒤였다.

고향과 달리 서울은 적어도 희망을 품을 수 있는 도시였다. 가끔씩 아버지에게 듣던 서울이란 대도시에 첫발을 내디디면서 성준은 뭔지 모를 기운이 몸속에서 꿈틀대는 걸 느꼈다. 반겨 줄 사람 하나 없는 낯선 타향살이가 이제 막 시작되려는 참이었다. 성준에겐 신물이 나게 보았던 논밭의 누런 흙먼지 대신 시야를 가득 메운 빌딩과 도로를 질주하는 차들이 신기하기만 했다.

'먼저 서울로 올라와 자리 잡은 동네 형들의 연락처라도 좀 알아 올 걸 그랬나?'

하지만 곧 성준은 고개를 흔들었다. 자기 힘으로 뭔가를 이룰 때까지 서울에 있는 누구와도 먼저 연락하지 않겠다던 다짐이 떠올랐기 때문이었다. 누군가에게 기대려는 마음은 나약한 놈들이나 하는 짓이다! 그래서 일부러 아무에게도 말하지 않고 서울로 올라온 것 아닌가!

성준에게 있어 고향을 떠난다는 건 단순한 가출이 아니라 도전의 시작이란 말로 표현할 수 있는 일이었다. 이제는 지금껏 지니고 있던 작고 쓸모없는 생각들을 떨쳐버리고 성공을 실현할 계획과 의지로 가득 채워야 했다. 그 꿈이 비록 세상 물정 모르는 시골 촌놈의 무딘 신경이라거나, 단순한 무지(無知)의 소산이라 하더라도 달라질 건 없었다. 고향 사람들과 달리 서울은 길거리를 지나는 사람들마저 눈빛이 초롱초롱했다.

성준은 들뜬 기분을 감추며 기차에서 내리자마자 미리 계획한 대로 바로 남대문시장을 찾아갔다. 아무런 계획도 없이 집을 나섰으니 우선 먹고 잘 곳을 마련하는 게 제일 시급한 문제였다. 집에서는 너무나 당연히 제공되던 먹고 자는 일이 이제부턴 스스로의 노력으로만 얻을 수 있는 특혜였다. 생각하면 막막했고 겁이 났지만 성준은 그래도 사람들이 많이 오가는 시장에 가면 자기 같은 시골 출신을 필요로 하는 일자리가 있을 것이란 확신이 있었다. 서울에 도착했으니 어떻게든 바로 숙식이 제공되는 직장을 찾지 못하면 노숙자로 전락할지 모른다는 공포감이 성준의 마음을 조급하게 만들고 있었다.

'성실하게 일할 점원 구함, 숙식 제공'

제법 규모가 커 보이는 남대문시장 식료품점 벽에 걸린 구인 광고를 발견한 것은 해가 뉘엿뉘엿 저물어 가는 저녁 무렵이었다. 주인 남자가 촌티가 줄줄 흐르는 성준의 옷차림을 아래위로 쓱 훑어보더니 사람 좋게 고개를 끄덕였다.

"저 창고 방에 짐 풀고 내일부터 일하도록 하게! 대신 혹시 요령 피우다 걸리면 곧바로 내보낼 테니 그리 알아. 나도 일 가르쳐야 하니까 1년 동안은 월급의 반만 줄 테니 싫으면 미리 말해. 나중에 딴소리 말고…."

"아닙니다, 사장님. 감사합니다."

성준으로는 이것저것 따질 계제가 아니었다. 먹여 주고 재워 주는 일자리를 얻은 것만 해도 천만다행이었다. 숙식이 제공되는 일거리를 찾았으니 이제는 어떻게든 빨리 자리를 잡는 게 지상과제였다. 성준은 대신에 처음부터 많은 것을 쉽게 얻어 보려는 요행심을 버리자고 다짐했다. 말도 안 되는 일확천금의 욕심은 버리는 게 나았다. 이제부터 믿을 것은 늘 최선을 다해 성실히 살라던 아버지의 지극히 평범한 가르침뿐이었다.

현실적으로 고향의 아버지에게 물려받은 건 '고고한 가난'이 전부지만 이제는 스스로 더 단단해지는 길밖에 없었다. 성준은 그날 밤 남몰래 두 주먹을 불끈 쥐었다.

성준의 일은 가게에 들어오는 물건 정리와 판매, 배달이었다. 어릴 때부터 농사일로 다져진 몸이지만 생각보다 쉽지 않은 일이었다. 무엇보다 장사는 흙이 아니라 사람들을 상대하는 작업이라 일이 더 만만치 않았다. 무엇인가를 사고판다는 상행위에 익숙지 않은 시골 출신의 성준은 그런 일들이 몸에 배지 않아 상당 기간 적응이 필요했다.

"이봐, 뭘 꾸물거려! 시간 없으니 얼른 짐 실어달라니까!"

물건을 사러 오는 사람들에게서는 묘한 우월감이 느껴졌다. 그들 스스로가 돈을 주고 물건을 구입한다는 사실이 그렇게 만들기도 하지만, 자신이 갖고 있는 열등감을 상대적으로 만만해 보이는 대상에게 풀고 싶은 건 인간의 공통된 심리인 모양이었다. 시골에 살 때 성준은 경제적으로 풍요한 사람들은 그래도 마음이 더 따뜻하고 여유가 있으리라 생각했지만 그 생각이 얼마나 순진했는지를 깨닫는 데는 며칠이면 충분했다.

어쨌든 성준은 성향이 다른 여러 사람들을 상대해 보는 경험도 그리 나쁘지 않다고 마음을 바꾸었다. 실망하고 말 것도 없는 일이었다. 일을 배우고 희망을 구체화하면서 자기 일에 열중하다 보면 언젠가 그 노력에 대한 대가가 정당하게 주어질 것이었다.

식료품점은 항상 자정을 넘겨서야 문을 닫았다. 주인아저씨가 하루 매상을 계산해 금고를 정리한 뒤 집으로 돌아가고 나면 성준은 전기료를 아끼기 위해서 두서너 개의 알전구만 켜 놓은 매장에서 꽤 오랫동안 뒷정리를 하고 문단속을 한 뒤에 가게에 딸린 작은 방에서 지친 몸을 누일 수 있었다. 하루 동안의 육체적 피곤을 다 풀 수 있을 만큼 안락한 잠자리도 아니고 또 자기 집처럼 편안한 잠자리도 아니었지만 성준은 주인아저씨의 배려가 그저 감사하기만 했다.

그렇지만 성준은 늘 그곳에 안주해 모든 시간을 다 갉아먹을 수는 없다고 생각하고 있었다. 애초에 집을 등지고 나올 때의 마음은 그대로였다. 자신이 원하던 그 무엇인가가 되기 위해서는 항상 다음 단계를 준비하고 계획을 짜야 했다.

그럭저럭 별다른 변화 없이 지내는 일에 안주하고 있다는 생각에 마음이 심란할 무렵, 성준은 한 가지 반가운 제의를 받게 되었다. 그 얘기를 꺼낸 건 평소에 자주 가게에 들러 이것저것 한꺼번에 많은 양의 생필품들을 구입하고 배달도 자주 시키곤 했던 낯익은 노부인이었다.

“어, 안녕하세요? 오늘은 뭐 필요하세요?”

“응, 뭐 그냥 나와 봤지 뭐. 그런데 말이지…”

“예. 말씀하세요. 뭐 찾으시는 거 있으세요?”

노부인은 그날따라 유난히 조용히 그리고 조심스럽게 주위를 살폈다.

“그냥 궁금해서 그러는 건데 여기 일은 할 만한가?”

"예? 왜 갑자기 그건 왜 물어보세요?"

"그냥 총각이 워낙 싹싹하고 부지런하니까 궁금해서 그래. 이런 데는 보수가, 그냥 그렇지?"

성준은 궁금증을 이기지 못하고 노부인에게 단도직입적으로 물었다.

"그냥 궁금해서 물어보시는 것만은 아닌 것 같아서요. 왜 그게 궁금하신 건지 속 시원히 얘기해 주세요."

노부인은 그제야 슬며시 입가에 미소를 띠며 말했다.

"실은 우리 아저씨가 잘 아는 거래처에 일할 사람이 하나 필요하다는데, 내 보기엔 총각이 나인 어려도 일은 똑 부러지게 잘하는 것 같아 소개해 줄까 하고…. 에구, 기분 나빴으면 미안해요."

"다른 일자리요?"

"응. 생각해 보고 관심 있으면 저녁에라도 잠깐 우리 가게에 들러요. 우리 가게 알지요? 그리고 괜히 여기 주인아저씨한테는 말하지 마. 괜히 좋은 사람 빼 간다고 나 욕할 것 같으니까. 아무튼 내 말 잘 생각해 봐요."

뜻밖의 제안이었다. 하지만 성준은 서울살이를 시작한 지 1년이 다 돼 가는 지금, 누군가가 자신을 위해 선뜻 그 정도 호의를 베풀어 줄 수 있게 된 게 그렇게 반가울 수가 없었다. 무엇보다도 월급을 더 올려 주겠다고 말에 귀가 솔깃했다. 성준은 며칠 동안 노부인의 제안을 곱씹어 보다 그녀가 소개해 준 곳으로 직장을 옮겼다. 식료품점 사장은 싼값에 부려 먹던 어린 일꾼이 나가는 걸 몹시 아쉬워하며 만류했지만, 어느 정도 세상물정을 알아 버린 성준은 고집을 굽히지 않았다.

노부인의 소개로 들어간 인쇄소는 식료품점 점원보다 훨씬 나은 일임에는 틀림이 없었지만 힘에 버겁기는 매한가지인 곳이었다. 인쇄소에서 찍어 낸 책들을 배송하는 게 성준의 일이었다. 밖에서 보기에는 그만그만해 보이지만 사실 남영동 일대엔 제법 규모가 큰 인쇄소들이 즐비했다. 좁은 골목마다 매일매일 책을 실러 온 트럭들이 찾아와 장사진을 이뤘다. 성준은 인쇄를 마친 책들이 출고될 때마다 수량을 확인해 싸인을 해 주고, 트럭에 책을 옮겨 싣는 도맡았다.

빳빳한 노끈으로 책들을 꽁꽁 묶어 트럭 위로 옮겨 싣는 일은 만만치 않은 노동 강도를 필요로 했다. 하루 일을 마치고 나면 온몸이 녹초가 되었다. 하지만 성준은 그래도 이제야 제대로 된 월급을 받게 되었다는 생각에 약간의 자부심까지 느끼며 한눈팔지 않고 열심히 주어진 일에 매달렸다. 하루 종일 엉덩이 붙일 새도 없던 식료품점 점원 생활에 비하면 이곳은 동료들이나 트럭 운전사들과 잠깐씩 얘기를 나누며 세상 돌아가는 이치를 보고 배울 게 많았다. 쾌쾌한 종이 냄새조차도 삶의 활력처럼 느껴졌다.

정식으로 첫 월급을 받은 날, 성준은 누가 볼세라 월급봉투를 주머니에 깊이 넣고는 암모니아 냄새로 가득한 재래식 화장실로 들어가 문을 걸어 잠갔다. 봉투를 꺼내 들자 만감이 교차했다. 한 장 한 장 돈을 넘길 때마다 가슴이 벅차 목이 메었다.

고향 집에서는 한 번도 보지 못한 큰돈이었다. 혹시 십 원 한 장이라도 덜 받았을까 봐 네 번이나 다시 세어 본 월급을 안주머니 깊숙한 곳에 다시 넣으며 성준은 지금의 이 기쁨을 오래도록 잊지 말자고 자신을 타일렀다. 어쨌든 한 달 동안 스스로 열심히 일해서 번 돈이니 절대 함부로 쓰지 말자고 성준은 자신과 약속을 했다.

성준은 당장 그다음 날 업무를 마친 후 인쇄소에서 옷가지가 든 가방을 들고 나와 회사 근처에 자그마한 자취방 하나를 얻어 짐을 풀었다. 이제는 차디찬 인쇄소 바닥이 아니라 남의 눈치를 보지 않고 편하게 잘 수 있는 방이 생겼으니 더 바랄 게 없었다. 내친김에 시장에 나가 몇 가지 생필품을 사 들고 돌아오면서 성준은 이제나저제나 애타게 자신의 기별을 기다리고 있을 고향의 부모님을 떠올렸다. 두 분은 모두 건강히 잘 계실까?

'아, 어머니! 아버지!'

성준의 눈시울이 뜨거워졌다. 성공해 돌아오겠다는 쪽지 한 장 남겨두고 집을 뒤 성준은 인쇄소에 취직한 뒤 딱 한 번 어머니에게 편지를 부친 적이 있을 뿐 일부러 집에 소식을 전하지 않고 있었다. 아직은 아무것도 이룬 게 없으니 그저 잘 있다는 안부만 전하기엔 자존심이 허락지 않았다. 금의환향까지는 아니더라도 스스로 자기 인생을 책임질 준비는 마쳐 놓고 다시 소식을 드리고 싶었다. 지금은 그 기초를 다져 가는 준비의 과정이었다.

성준은 가만히 '그래 아직은 괜찮아. 이제 내겐 남에게 손 벌리지 않아도 될 만큼 안정된 일자리도 있고, 꿈을 위해 나아갈 의지도 있잖아.'하고 자신을 다독였다. 꿈이 있으니 외로울 틈이 없었다. 돌이켜 보아도, 성준에겐 그해 겨울처럼 행복하고 따뜻한 기억이 없었다.

어느 날, 인쇄소로 생각지도 않은 사람이 찾아왔다. 고향 친구 형식이었다.

"야, 인마! 너 여기 있었구나!"

"어, 형식아! 네가 여길 어떻게?"

형식이 달려와 성준을 부둥켜안았다. 몇 년 못 본 사이에 형식은 완연한 청년이 되어 있었다. 떡 벌어진 어깨며 코밑에 거뭇거뭇한 수염이 세월의 흐름을 말해 주고 있었다.

"어떻게는 뭐가 어떻게야 인마! 집에 다니러 갔다가 너희 어머니한테 너 서울에 있다는 얘기 듣고 찾아냈지. 일부러 그랬는지, 네가 엉터리 주소를 적어 놓아서 이 일대를 다 뒤졌다, 짜식아!"

"아, 그랬구나. 혹시 나 있는 곳으로 찾아오실까 봐 그냥 일하는 동네만 써 놓았던 건데…. 아무튼 널 이런 곳에서 만날 줄은 생각도 못 했어."

집안 형편이 좋지 않은 형식 역시 성준이 고향을 떠난 뒤 얼마 지나지 않아 서울에 있는 먼 친척네 가게에서 점원으로 일하고 있었다. 형식은 친하게 지내던 자신에게마저 소식을 끊어 버린 성준의 무심함을 탓하기보다 멀리 타지에서 다시 만난 감격에 겨워 쉽사리 손을 놓지 못했다.

"미안하다, 형식아! 참, 그럼 너는 직장이 어디야?"

"여기서 그리 멀지 않아. 난 청계천에 있는 자동차부품 매장에서 일하고 있어."

"그랬구나. 이 넓은 서울에서 이렇게 널 다시 만나다니!"

그날 밤 형식은 가게로 돌아가지 않고 성준의 자취방에서 밤새 많은 얘기를 나누다 돌아갔다. 형식네 가게는 친척 아저씨의 수완이 좋아 제법 장사가 잘되는 모양이었다. 새벽부터 밤늦게까지 가게에 꼬박 붙어 있어야 하는 점원 생활이 고달프지만 형식 역시 나름 잘 적응을 하고 있는 것 같았다.

"짜식아, 이제 서로 우리 있는 곳 알았으니 가끔씩 얼굴 좀 보며 살자!"

헤어지기 전 형식이 성준이 머리를 쥐어박는 시늉을 하며 싱긋 웃었다. 성준은 군말 없이 고개를 끄덕였다. 성공하기 전까진 누구와도 연락을 하지 않겠다는 마음가짐도 중요했지만, 막상 이 넓은 서울에서 친하게 지내던 친구를 다시 만나고 보니 자신에게도 의지할 친구가 있다는 게 새삼 마음이 든든했다. 형식과는 어렸을 때부터 서로 부엌에 숟가락이 몇 개 있는지 알 정도로 친한 친구였다. 형식이 또한 비슷한 처지의 성준에게 친구 이상의 정을 느끼고 있었다.

형식을 다시 만난 덕분에 인쇄소 생활이 새롭게 다가왔다. 워낙 아무것도 없이 빈손으로 시작한 서울 생활이라 돈은 거의 모으지 못했지만, 서울 하늘 아래 어느 곳에 혼자 떨어뜨려 놓아도 굶어 죽지 않을 정도의 자신감과 경험이 쌓이고 있었다.

형식은 가끔 공구점이 쉬는 날이면 인쇄소에 찾아와 하루 종일 성준의 일을 도우며 놀다가곤 했다.

"야, 여기까지 뭐 하러 왔어? 너도 좀 쉬어야지! 차라리 자취방으로 가서 잠이나 실컷 자고 가!"

하지만 형식은 굳이 성준의 일을 도우며 종일 성준의 옆을 떠나지 않았다. 한바탕 짐을 부린 뒤 시간이 나면 둘은 종이 무더기 위에 나란히 앉아서 서로의 꿈에 대해 얘기를 나눴다. 아직은 모든 가능성이 열려 있는 나이였지만, 어떤 가능성도 확실하지 않은 나이였다.

"형식이 넌, 이담에 뭐가 될래?"

"글쎄! 난 가게 일 열심히 배워서 언젠가 내 가게나 하나 차릴 수 있었으면 좋겠어. 성준이, 넌?"

"난 아직 모르겠어. 근데 뭔가 지금보다 근사한 사람이 되고 싶긴 해!"

그 당시 하루하루 성준을 지탱해 준 힘은 언젠가는 자신이 바라던 '그 무엇'이 되고야 말겠다는 꿈이었다. 물론 그게 구체적으로 어떤 모습인지, 어떻게 해야 그 꿈을 이룰 수 있는지 성준은 확신할 수 없었다. 하지만 적어도 젊은 시절의 이 만만찮은 고생과 경험이 자신의 꿈에 한 걸음 더 가까이 다가가는 과정이라는 점만은 성준도 확실히 느낄 수 있었다.

식료품점 주인도, 인쇄소 사장도 그가 최종적으로 되고 싶은 '그 무엇'은 아니었다. 그가 닿고 싶은 세상은 어쩌면 하나의 직업으로 규정할 수 없는 영역에 있는 꿈인지도 몰랐다. 자신의 삶에 안일하지 않겠다는 생각은 분명했다.

'무엇인가에 익숙해져 안주한다는 건 다른 수많은 가능성을 포기한다는 것과 마찬가지일 수도 있지 않을까?'

성준의 마음속엔 끝없이 바람이 불고 있었다. 성준은 뭔가에 빨리 싫증을 느끼거나 끈기가 부족한 부류는 아니었다. 다만 한 곳에 고여 있는 물처럼 썩어 버리지 않겠다는 바람이 가득 차 늘 새로운 세상으로 나아갈 기회를 엿보고 있는 게 다를 뿐이었다.

친구들처럼 고등학교에 제대로 들어갔다면 이제 둘도 학교를 졸업하고 먹고 살길을 찾아야 할 나이였다. 십 대의 마지막에 접어든 요즘 성준은 자기 자신의 미래에 대해 진지하게 고민하는 시간이 부쩍 길어지고 있었다. 가게 일이 바쁜지 보름 넘게 형식도 모습을 드러내지 않고 있었다.

인쇄소 일이 녹록치 않지만, 배울 게 많은 직업인 건 분명했다. 산업화의 속도가 빨라지면서 옵셋이나 윤전 인쇄뿐만 아니라 제본, 재단, 코팅 등 인쇄 전반의 산업이 해가 다르게 부쩍 성장하고 있었다. 눈치 빠른 선배들은 그동안 배운 기술을 밑천으로 남영동이나 충무로 골목에 조그맣게 자기 사무실을 차려 독립해 나가는 경우도 많이 있었다. 그중 몇몇은 성준에게도 같이 일하자며 손을 내밀었지만 성준은 여전히 자신의 미래에 대해 결정을 내리지 못하고 있었다.

요즘 성준이 한참 관심 있게 눈여겨보고 있는 건 사실 인쇄업이 아니라 운전 일이었다. 산업이 발전할수록 국내에서도 물류나 유통에 대한 수요가 급증하리란 건 누구나 예상할 수 있는 일이었다. 전국적으로 새마을운동이 들불처럼 번지고 있었다. 70년대로 접어들면서 국내 물류회사들의 매출은 매년 성장을 계속하고 있었고, 트럭 운전사들에게 주워들은 것처럼 운전기사의 수요도 나날이 급증했다. 모두들 조만간 우리도 일본처럼 제조업이 더 성장할 것이라도 입을 모으고 있었다. 그러자면 우선 운전을 배워 두는 것도 나쁘지 않은 선택이었다.

성준은 만 오 년이 되어 가는 서울 생활을 돌아보면 자신을 지탱해온 경제적 바탕은 무엇인가를 되짚어 보았다. 그냥 잘 먹고 잘 사는 게 인생의 궁극적인 목표라면 인쇄업도 그리 나쁜 직업은 아니었다. 하지만 만약 더 넓은 세상으로 나아가고픈 마음이 있다면 더 이상 현실에 안주하고 있어선 안 될 시점이었다.

7.

소년에서 어른으로

자신이 원하는 무엇인가가 되기 위해선 우선 그 출발점이 되어줄 디딤돌을 마련하는 게 급선무였다. 자기 이외엔 성준에겐 기댈 것이 전혀 없었다. 남들보다 많이 배운 것도, 머리가 좋은 것도, 재산이 많은 것도 아니었다. 하다못해 부모의 경제적 지원을 받거나 사회적으로 잘나가는 친인척의 도움을 바랄 환경도 아니었다. 아무리 생각해 보아도 결론은 자기의 노력뿐이었다.

'그래, 일단 운전부터 배워 두자!'

마음을 굳힌 성준은 자신의 결심을 바로 실천에 옮겼다. 운전 교습비가 적잖은 부담이 되었지만, 그저 단순한 기술 습득이나 자격증 취득을 위해서가 아니라 먹고살기 위한 방편이라는 생각으로 열심히 매달려 볼 생각이었다. 가장 중요한 건 이제부터 내리는 그 모든 결정은 스스로 책임져야 한다는 사실이었다.

운전을 배워보겠다는 성준의 결심을 전해 들은 형식도 성준의 추진력을 부러워했다. 형식 역시 가게 앞으로 물건을 실어

나르러 온 트럭 기사들을 볼 때마다 바퀴 달린 커다란 쇳덩이가 사람의 의지대로 움직이는 게 신기해 배우고 싶은 마음이 굴뚝같았다. 하지만 형식은 가게 일이 바쁜 데다 아무래도 자신이 저 커다란 차를 운전할 수 있다는 게 엄두가 나지 않아 속으로 부러움만 삼키고 있던 중이었다.

"야, 그럼 운전 교습은 언제부터 시작하는 거야? 떡 하니 운전대를 잡고 있는 네 모습이 쉽게 상상이 되질 않지만, 그래도 넌 잘 해낼 거야! 나중에 나도 너한테 운전 좀 배워야겠다, 인마!"

타고난 운동신경 덕분인지 성준은 다른 교습생들보다 습득 속도가 빠른 편이었다. 아직은 서툰 솜씨였지만 책을 상차하고 나서 남는 시간 동안 트럭 기사들에게 양해를 구하고 운전석에 앉아 핸들을 만져보며 부지런히 감을 익혔다. 집에 돌아와서도 마찬가지였다. 한 손에 저녁 반찬거리를 들고 운전대를 상상하며 운전하는 시늉도 해 보고, 입으로 차 소리를 내 가며 후진 공식을 반복해 보았다.

얼마 뒤 성준은 운전면허 시험을 통과해 자그마한 증명사진이 박힌 운전면허증을 손에 쥘 수 있었다. 이루 말할 수 없을 만큼 가슴이 벅차올랐다. 고향을 떠나올 때만 해도 생각조차 못한 일이었다. 시골에만 가도 차는 여전히 동네 사람들 모두가 구경 나올 만큼 신기한 물건이었다. 커다란 쇳덩이가 사람이 시키는 대로 앞뒤로 굴러가는 걸 보면 모두가 탄성을 지르며 신기해했다. 이제 고작 스무 살밖에 안 된 성준이 그 커다란 자동차를 운전할 자격을 갖추게 된 걸 알면 고향 사람들 모두가 눈이 동그래질 것이었다.

성준은 면허증을 받아들자 인쇄소에 사직 의사를 밝히고, 보무도 당당하게 택시 회사로 찾아갔다.

"어떻게 오셨지요?"

"저 택시 운전 좀 해 보고 싶습니다."

"이력서 놓고 가세요. 필요하면 연락할 테니 그때 와요."

이력서만 들고 가도 모두가 두 손 벌려 환영할 거란 환상이 깨지는 데는 딱 하루면 충분했다. 택시 회사 상무가 이력서도 보는 둥 마는 둥 시큰둥한 반응을 보였다. 다른 택시회사를 찾아가 봐도 마찬가지였다. 모두들 성준의 나이와 이력을 확인하곤 고개를 절레절레 흔들었다.

사실은 너무나 당연한 일이었다. 아무런 경력도 없는 신참, 또 이제 갓 면허를 취득한 초보자에게 선뜻 귀한 택시 운행을 맡길 회사는 거의 없었다. 인정하기 싫지만 성준은 자신의 결정이 너무 성급했다는 사실을 받아들일 수밖에 없었다.

당시만 해도 한국이 자동차를 많이 생산하지 않을 때라 차를 구하기가 쉽지 않던 시절이었다. 일본에서 폐차 직전의 차를 가져다 고쳐서 쓸 때라 고장 나면 수리할 곳이 마땅치 않았다. 그런 만큼 회사마다 운전 실력이 숙련된 사람들에게만 차를 배차해 줄 때였다.

다음 날 또 그리고 다음 날도 성준은 매일 허탕을 쳤다. 집으로 돌아오는 길이 어둡고 길기만 했다. 매일같이 이어지는 시도였지만 쉽지가 않았다. 일주일이란 시간이 그렇게 덧없이 흘러가 버렸다. 그날 밤 집으로 돌아온 성준은 밤새 뒤척이다 새벽녘에야 겨우 잠이 들었다. 꿈속에서도 자신의 방황은 끝없이 되풀이됐다. 찾아가는 택시 회사마다 퇴짜를 놓았다.

'네? 제가 왜요? 정말 저는 여기서 일할 수가 없습니까?'

'너 같은 애송이는 우리 회사에 필요 없으니 어서 나가라구!'

꿈속에서 택시회사 면접관들은 하나같이 매서운 눈초리로 성준을 노려보기만 했다. 당장이라도 잡아먹을 듯한 표정들이 너무 무서워 성준의 눈이 퍼뜩 떠졌다.

'아, 꿈이었구나!'

꿈이었다는 걸 알고 난 뒤에도 심장이 쿵쾅거렸다. 마음이 쉬이 진정되지 않았다. 성준은 문득 손으로 이마를 짚어 보았다. 온몸이 불덩이처럼 뜨거웠다. 한여름도 아닌데 입고 있던 옷이 식은땀으로 축축해져 있었다. 성준은 아직도 생생하기만 한 악몽에서 벗어나려고 필사적으로 손을 내젓다가 다시 정신을 잃고 말았다.

며칠 동안 성준은 시름시름 앓으며 자다 깨기만을 반복했다. 며칠 동안 밥 한 끼 먹지 못했지만 배고픔조차 느껴지지 않았다. 간신히 정신을 차리고 보니 그 사이 닷새가 지나 있었다. 그 사이 열이 내리고 몸도 한결 가뿐해졌지만 몸이 후들거려 이불 밖으로 나설 기운이 없었다. 성준은 간신히 몸을 일으키고 앉아 '겨우 이 정도로 무너질 내가 아니야!' 하고 자신을 다독거렸다.

오랫동안의 겨울잠이었다. 웅크리고 뒤척이던 그 많은 날들을 일시에 다 어찌해버릴 수는 없지만 성준은 본능적으로 자신이 길고 길었던 삶의 성장통에서 빠져나오고 있다는 것을 알 수 있었다.

스스로 무엇인가를 선택할 수 있다는 즐거움은 대단한 것이다. 다른 사람들 눈에야 어떻게 비춰질지 모르지만 자기 의지로 무엇인가에 열중할 수 있는 시간만큼 행복한 순간도 없다. 성준은 어렴풋이 그걸 느끼고 있었다. 무언가가 되고 싶다는 열망, 행복이라는 막연한 꿈을 좇아 열심히 달려온 시간들이 어느덧 그를 어린 소년에서 한 명의 당당한 청년으로 성장시켜 놓고 있었다.

'그래. 난 유년시절부터 뭔가를 좇아 내 스스로의 힘으로 찾아가야 한다는 걸 알았어. 내가 의지할 수 있는 건 노력뿐이었어. 조금은 두렵고 망설여지는 결정이 많았지만 고향을 떠나 서울로 올 때도, 서울에서 뭔가를 결정할 때도 내 자신의 선택을 후회한 일은 없어. 이만하면 잘해 온 거니까 괜히 기죽어 살지

는 말자!'

가끔씩 스스로를 다독이다 보면 신문에서 보았던 성공한 사업가들의 이야기가 기억났다. 그들처럼 눈물겨운 고생을 통해 이미 뭔가 대단한 걸 이룬 건 아니지만 자신은 이제 세상살이를 본격적으로 시작하는 젊은 청년일 뿐이었다. 어설픈 성취보다는 미래에 대한 가능성이 더 아름다운 나이였다. 누군가의 뻔하고 어설픈 성공 신화는 식상하기만 했다. 그리고 성준은 이제 자신이 어떤 삶의 목소리를 따라야 할지 알고 있었다.

조금씩 몸과 마음의 안정을 되찾은 성준은 어느 순간 인쇄소에서 보았던 책의 한 구절을 떠올렸다. 우연히 펼쳐본 그 책에는 '어른이 된다는 건 아무리 아프고 고통스러운 일이 있어도 소리 지르지 않는 것'이라고 쓰여 있었다. 성준 역시 이제 진짜 어른이 되어 가고 있었다.

다음 날 아침, 성준은 말라비틀어진 노란 단무지 몇 조각을 물에 헹궈 금이 간 접시에 담아내고, 라면을 끓여 아침을 해결한 뒤 상을 물렸다. 아직 몸이 완전히 회복된 건 아니지만 서울에 올라와 일자리를 찾던 그 마음으로 다시 돌아가 일자리를 구하러 다녀 볼 생각이었다. 자세를 좀 바꿀라치면 몸 구석구석이 벽에 맞닿는 좁은 부엌에서 다 먹은 라면 냄비를 물에 헹궈 버리고 성준은 오랜만에 들뜬 마음으로 외출 준비를 서둘렀다.

동대문에 있는 한 택시 회사에 찾아가 대기 운전사 명단에 이름을 올리고 돌아서는 마음이 한결 가벼웠다. 당락여부는 며칠 기다려야 하지만, 이제 성준에게 택시 기사는 단순한 직업의 변화가 아니었다. 어떤 마음으로, 또 어떤 곳에서 시작하게 될지 몰라도 자신의 인생에 있어서는 잊지 못할 작은 불씨가 지펴지고 있는 중이었다. 간절히 기다리던 합격 통보가 전해진 것은 며칠 후였다.

우리나라에서 본격적으로 택시운송업이 시작된 것은 1962년 일본에서 '새나라' 자동차가 수입되고, 얼마 뒤 부평에 '새나라자동차공장'이 세워지면서부터라고 알려져 있다. 초창기부터 지입제라는 변칙적인 방식을 도입해 적잖은 사회문제가 야기되기도 했지만 경제 성장과 더불어 택시는 해마다 비약적인 발전을 거듭하며 최고급 교통수단으로 자리를 잡았다.

1967년부터는 처음으로 개인택시가 등장했고, 70년 4월부터는 서울과 부산에서 콜택시가 시범운영을 시작하기도 했다.

지하철도 없을 때라 택시 기사들의 수입이 웬만한 대기업 직원 월급을 웃돌았다. 택시 운전으로 돈을 모아 서울 요지에 땅을 샀다는 사람들도 심심찮게 보일 때였다. 이제 자신도 그런 택시 기사가 된 것이었다.

성준은 부푼 꿈을 안고 회사로 출근했다. 처음부터 베테랑 운전자가 될 순 없을 테니 처음엔 적지 않은 시행착오를 거치게 될 것이었다. 무엇보다 급한 건 시간관념을 다시 정립하는 일이었다. 세상이 변하고 있었다. 그런데도 아직 많은 사람들이 '코리안 타임'이라 부르던 옛날의 시간관념에서 벗어나지 못하고 있었다. 성준 역시 크게 다를 바가 없었다. 공교롭게도 그가 거쳐 온 직업들이 시간 약속에 크게 구애받지 않던 업종이라 성준은 아직도 하루를 시간 단위로 구분해 인식하는 일이 낯설었다. 택시를 운행하자면 그런 고리타분한 생각부터 버려야할 일이었다.

기본요금 600원이 적지 않은 금액이지만 교통편이 마땅치 않으니 택시 승객은 늘 끊이지 않았다. 어떤 날은 점심도 거르기 일쑤였다. 큰길만 벗어나면 아직도 시내 곳곳에 비포장 이면도로가 많아 온종일 운전석에 앉아 있다 집에 돌아오면 온몸이 다 뻐근했다. 어깨며 등에 매달린 피로가 떨어지지 않았다. 그 고통은 다음 날 아침 또다시 성준의 눈을 뜨게 해 주는 자명종 같은 것이었다.

처음이라 그런지 하루하루 벌어들이는 돈이 그리 많지 않아 성준은 되도록 많은 승객을 태우기 위해 분주히 돌아다녔다. 거리가 좀 멀더라도 마다하지 않았고, 돌아오는 길에는 지름길을 익히며 복귀 시간을 줄이기 위해 노력했다.

성준이 그렇게 쉬지 않고 일하는 이유가 단순히 돈 때문만은 아니었다. 일종의 생활 리듬을 잡으려 했던 의도도 있었다. 또 스스로 엄격한 자기 관리를 할 수 있으려면 아주 작은 게으름조차도 비집고 들어올 생각을 하지 못하게 해야 했다.

그 무렵 성준은 형식과 함께 술을 배우기 시작하고 있었다. 나이가 나이인 만큼 술은 그에게 일찌감치 아주 친근하게 다가왔다. 아마도 일이 힘든 데다, 전부터 하루 일이 끝나면 머리 희끗희끗한 중년의 사내들이 퇴근 후 소주를 들이키면서 무엇인가를 풀어낸다는 느낌을 받았던 탓이 컸다. 자주 마시지는 못하지만, 성준은 가끔 형식과 술잔을 기울이면서 술이라는 존재를 가까이 하게 되었다.

"야, 어른들은 이 맛없는 걸 왜 마시는 거지? 난 한두 병만 마시면 여지없이 머리가 어지러운데…."

"인마, 바로 그 맛에 마시는 거야. 술 취하면 세상이 돈짝만 하게 보인다고 하잖아! 못생긴 여자도 양귀비처럼 예쁘게 보이고."

처음 술을 배울 때부터 성준은 자신의 주량이 얼마인지를 정확히 알지 못했다. 가끔 기분이나 컨디션에 따라서 취하는 정도가 달랐다. 얼마만큼 마셔야 만취가 되는지도 가늠하기가 어려웠다. 그렇기 때문에 성준은 그저 머리가 좀 어지럽다 싶으면 덜컥 겁이 나 얼른 술잔을 내려놓았다.

성준이 서울 생활을 정리한 건 택시강도를 당한 며칠 뒤였다. 누군가에게 목숨을 위협당해 생사의 갈림길에 섰던 사람들은 그 충격으로 한동안 넋이 나간다고 한다. 생각지도 못한 택시강도를 당한 성준의 상태가 딱 그랬다.

택시강도에게 흠씬 맞은 뒤 차고로 돌아와 간단히 경위를 보고하고 사무실 문을 나섰지만 그날따라 왠지 집으로 돌아가기가 싫었다. 자취방으로 돌아가 봐야 자신을 기다리거나 반겨줄 사람도 없었다. 그렇다고 그 부끄러운 얘기를 형식에게 털어놓고 위로받고 싶지도 않았다. 그런다고 해결될 일도 아닐 뿐더러 아무리 친구라지만 퉁퉁 부은 얼굴을 보여 주는 게 자존심이 상했다.

성준은 숙직실에 들어가 그 자리에 벌렁 드러누웠다. 오랫동안 연탄불을 꺼뜨리지 않은 덕분에 그나마 방바닥에 온기가 많이 남아 있었다. 수많은 생각들이 파도처럼 밀려왔다. 아무리 칼 든 강도라지만 제대로 저항 한 번 못 해 보고 곤죽이 되도록 얻어맞은 게 억울하기만 했다.

'제길! 맞을 때 맞더라도 얼굴이나 확실히 보아 둘 걸!'

따뜻한 방에 몸을 맡기고 나니 세게 걷어차인 옆구리가 다시 쑤셔오기 시작했다. 생각할수록 분한 마음이 가시지 않았다. 단순히 하루 수입을 모두 빼앗겨서가 아니라 자신이 쏟아부은 노력들이 조롱당하는 기분이었다. 누군가에게 자기 돈을 갈취당한 것도 액수의 많고 적음과 관계없이 허망함을 느끼게 했다. 성준은 베개에 얼굴을 묻고 괴로운 듯 몸을 뒤척였다.

"김 군, 그만 일어나봐. 이봐, 김 군!"

어느새 잠이 들었던 모양이었다. 평소에 성준에게 친절하게 대해 주던 정 씨 아저씨가 몸을 흔들고 있었다. 배차실에서 사정을 들어 알고 있는지 걱정스런 얼굴로 다가온 그가 성준을 일으켜 세우면서 "어디 몸 상한 곳은 없나?"하고 물었다. 밖에서 맞고 들어온 아들을 바라보는 아버지의 눈빛이었다.

평소에도 어린 나이에 혼자 서울로 올라와 고생하는 성준을 대견해하며 신경 써 주던 선참 기사의 위로가 고마웠지만 성준은 얼굴을 들기가 민망했다. 아까의 그 괴로움이 다시 왈칵 달려드는 기분이었다. 한참이나 계속된 정 씨 아저씨의 위로가 귀에 들어오지 않았다. 그 비참함과 허무한 기분은 금방 씻어지지 않을 것이었다. 택시강도를 만나 몸과 마음이 상해 돌아온 성준을 혼자 두는 게 영 불안했는지 정 씨 아저씨가 억지로 성준을 대폿집으로 데리고 갔다.

"처음이었지?"

"… 예."

"택시 운전하다 보면 어쩔 수 없이 그런 경우도 만난다네. 내 더 뭐라고 말을 하겠는가만 그저 얼른 툴툴 털고 일어나기만 바라네. 그놈들 다시 잡아 보겠다는 생각 같은 건 절대 하지 마! 어여, 이 술 한 잔 마시고 잊어버리게."

기름때가 시커멓게 끼어 있는 철판 위에서 고기 몇 점이 기름을 뚝뚝 떨어뜨리며 구워졌다. 정 씨가 말없이 잘 익은 고기를 집어 성준의 밥 위에 얹어 주었다.

"어여, 먹어!"

"…."

성준은 문득 정 씨에게서 잊고 있던 부모님을 다시 보는 것 같았다. 한동안 둘 사이에 말없이 술잔이 오갔다. 사고보고서는 다음 날 작성할 예정이었다. 그나마 목덜미와 허리에 난 선명한 발자국을 확인한 회사에서도 사고 경위를 짐작했는지 몸이 아픈 성준이 조금 더 쉬도록 배려해 주었다. 정 씨 아저씨와 헤어져 숙직실로 돌아오는 길에 성준은 구멍가게에 들러 소주 한 병을 사 들고 와서 안주도 없이 벌컥벌컥 들이켠 후 바닥에 쓰러져 잠이 들었다.

다음 날 아침, 출근하자마자 숙직실로 찾아온 정 씨 아저씨가 성준을 조심스럽게 흔들어 깨웠다.

"김 군, 집에서 회사로 전화가 왔다는데, 자네 어머님이 꼭 전화 한 번 달라고 당부를 하시더라네."

늦게까지 함께 술을 마신 정 씨는 언제 그랬냐는 듯 말쑥한 얼굴이었다. 저런 게 바로 세상을 오래 산 사람들의 연륜인 걸까? 숙취로 고생 중이던 성준은 자신과는 대조적으로 너무나 말끔한 정 씨를 보면서 민망한 기분마저 들었다.

"괜찮으세요? 어제 저만큼이나 과음하신 것 같은데…."

"뭐가? 술? 에이, 그거 마시고 뭘…. 외려 자네는 여전히 얼굴빛이 안 좋아 뵈는구먼. 아무튼 잊지 말고 집에 꼭 전화 드리게."

가족 중 유일하게 연락을 유지하고 있는 건 어머니뿐이었다. 서울에 온 지 이 년 만에 전화 한 통화를 한 게 유일한 연락이었는데 어머니는 그저 목이 메여 "잘 지내 줘서 고맙다."는 말만 되풀이하며 눈물이 글썽글썽했다. 성준은 당분간 아버지에겐 자신에게서 연락이 왔었다는 얘기를 하지 말아 달라고 신신당부를 했다. 아버지의 불같은 성격을 알기 때문이었다.

어머니께 택시 회사 전화를 알려 드린 게 얼마 전이었는데, 이렇게 아침 일찍 급하게 연락이 왔다니 무슨 급한 일이라도 생긴 게 아닐까? 성준은 문득 불안한 마음이 들어 회사에 사고보고서를 작성해 제출하기 무섭게 배차실 옆 공중전화로 달려갔다. 지금 이 판국에 또 좋지 않은 일을 감당하기엔 스스로 너무 지쳐 있다는 생각이 들었지만 더는 미룰 수 없는 일이었다.

"어머니, 저 성준이에요."

"야야. 전화를 왜 그리 늦게 하냐, 응? 혹시 전화 왔었단 얘길 안 전해 줬나 해서 걱정하던 참인데 아무튼 네 목소릴 들으니 맘이 놓이는구나. 잘 지내니? 별일 없고?"

성준은 아직 피멍이 가시지 않은 입술을 지그시 깨물며 평소처럼 태연한 목소리로 안부를 전했다.

"저야 잘 지내죠. 근데 집에 무슨 일 있으세요?"

"아니다. 내 그제 꾼 꿈이 하도 뒤숭숭해서 너한테 무슨 일이 있나…. 자꾸 불안한 마음이 들어서 전화해 봤다."

"아니요. 별일 없어요."

"다행이구나. 집에도 별일 없으니 걱정하지 말고 항시 네 몸부터 잘 챙기도록 해라."

어머니의 목소리를 들으니 가슴 속에서 울컥 뜨거운 것이 치밀어 올랐다. 아들에 대한 걱정이 얼마나 뼈에 사무쳤으면 때마침 그런 흉흉한 꿈까지 꾸셨던 걸까. 성준이 새삼 엄마의 품이 너무도 그리웠다. 하지만 어머니에겐 그런 내색을 비치기 싫었다. 아들이 서울에서 택시강도를 당한 걸 아신다면 몇 날 며칠을 앓아누우실 게 뻔했다. 성준은 그저 가슴에 사무치는 지금이 기분을 오래 간직하자 다짐하며 모친의 말을 툭 잘랐다.

"어머니, 저 일 나가야 해서 길게 통화는 못 합니다. 나중에 또…."

수화기 속으로 어머니의 다급한 목소리가 흘러 나왔다.

"성준아, 성준아!"

"네. 말씀하세요."

"너 앞으로 또 입대 영장이 나왔더라. 이번에도 입대 안 하면 잡혀간대."

"…."

영장이란 말에 갑자기 뭔가가 덜컹 내려앉는 기분이었다. 생각해 보지 않은 상황도 아니었다. 하지만 막상 더 이상 미룰 수 없는 나이가 됐다고 생각하니 세상이 그대로 멈춰 버린 것 같았다.

"엄마 말 듣고 있니?"

"네. 들었어요."

"네 친구들도 요즘 한창 입대 영장 나오는 모양이더라. 넌 어떻게…. 군대 가야지?"

"가야죠. …. 조만간… 정리해서 내려갈게요."

성준은 애써 침착함을 유지하며 어머니를 다독인 뒤 수화기를 내려놓았다. 갑자기 세상이 낯설게 느껴졌다. 왜 하필 지금이지? 아니, 차라리 정식으로 뭔가를 시작하기 전에 군 문제부터 해결하는 게 순서일까? 머릿속이 혼란스러웠다. 어렵게 얻은 직장이었고, 의욕적으로 시작한 택시 기사 생활이었다. 하지만 이제 그 모든 것들이 잠시 멈춰야 했다.

며칠 후 성준은 회사에 퇴직 의사를 밝히고 짐을 정리해 고향으로 내려갈 준비를 서둘렀다. 입대일이 며칠 남지 않은 까닭에 오래 지체할 여유가 없었다. 얼마 되지 않는 자취방의 짐들을 정리하다 보니 몇 년 동안 정신없이 살아온 날들이 괜히 허망하게 느껴졌다.

아직 영장을 받지 못한 형식이 서울역까지 나와 성준을 배웅해 주었다. 사실은 형식도 몇 달 후면 어쩔 수 없이 군에 입대해야 할 형편이라 표정이 어두웠다.

"어디든 자대 배치 받으면 꼭 이 형님한테 먼저 편지해라!"

"응."

"성준아."

"응?"

"너랑 자주 붙어 다니다가 다시 혼자 서울에 남게 되니 세상에 혼자 버려진 기분이다!"

"나도 그래. 성공할 때까진 아무한테도 연락하지 않겠다고 맘먹었다가 널 다시 만나면서 참 의지가 많이 됐는데…. 아무튼 우리 군대 다녀와서 다시 만나자. 고마워, 형식아!"

성준은 이제 현실을 있는 그대로 받아들이기로 마음을 정한 뒤였다. 생각해 보면 군 생활은 그에게 일종의 구제책이 될 수도 있었다. 자의는 아닐망정, 택시강도 일로 혼란스럽던 상황을 잠시나마 벗어날 수 있으리란 기대도 없진 않았다. 그래서인지 몇 년 만에 서울을 떠나는 마음이 마냥 서운하지만은 않았다.

대도시에 비할 바는 못 되지만 그 사이 고향마을도 조금씩 변화의 바람에 직면하고 있었다. 그다지 말끔하지는 않지만 마을로 들어서는 황톳길이 반듯한 신작로로 바뀌었고, 시멘트를 덮어 새로 닦아 놓은 마을 진입로도 눈에 띄었다. 버스가 지날 때마다 뿌연 흙먼지가 일던 길들은 대부분 발바닥에 닿는 느낌부터 다른 개량 도로로 바뀌어 있었다.

"밥은 안 굶었니? 내려오느라 고생했다."

몇 년 만에 마주한 아버지의 무심한 첫 마디에 성준은 눈물이 날 것 같았다. 자신을 보면 당장 집에서 나가라고 역정부터 낼 줄 알았던 예상이 보기 좋게 빗나간 것이었다. 어릴 때부터 성준에게 아버지는 늘 무섭고 두렵기만 한 존재였다. 그런데 그렇게 호랑이 같던 아버지가 그새 많이 쇠약해진 모습으로 아들을 맞고 있었다. 성준은 그제야 아버지가 자신을 기다려왔는지 짐작이 됐다.

"용서해 주세요, 아버지!"

성준은 그저 말없이 고개를 숙인 채 아버지의 처분을 기다렸다.

"용서하고 말게 뭐 있는 일이더냐. 됐다! 몸 성하게 돌아왔으면 그걸로 된 거지."

남편 앞에서 어떤 표정을 지어야 할지 몰라 엉거주춤 서 있는 어머니를 돌아보며 아버지가 "얘 저녁이나 챙겨 먹이구료!" 하고 말했다. 어머니는 그제야 안심한 듯 달려들어 청년 꼴이 완연해져 돌아온 아들을 와락 껴안으며 눈물을 내비쳤다. 아버지가 흐흠, 하고 헛기침을 하며 뒤꼍을 돌아 들어갔다. 모자가 조금 더 편하게 얘기를 나눌 수 있도록 짐짓 자리를 비켜 주려는 심산이었다.

그날 성준은 태어나서 처음으로 밤새도록 아버지와 이런저런 이야기를 나눴다. 아버지와 대화를 나누는 게 전처럼 무섭거나 지루하지 않았다. 밤새 성준은 부정(父情)이 얼마나 위대한 것인지 실감하고 있었다. 이 넓은 세상에 자기 혼자가 아니라는 게 얼마나 다행스러운 일인지 성준은 새삼 깨닫고 있었다. 한 달도 남지 않은 입대일이 원망스러울 뿐이었다.

8.

우연을 가장한 인연

오사카 시내 호텔에 여장을 푼 성준은 저녁 일정을 소화하면서 왠지 모르게 마음이 조급하고 생각이 복잡해 일에 제대로 집중을 못하고 있었다. 내일 있을 미팅에 앞서 현지 파트너인 다나카를 만나 저녁 식사를 겸해 의견을 나누는 와중에도 생각이 자꾸 샛길로 빠져들었다.

"어차피 일본 업체들도 한국과 무역을 해야 이윤이 많으니 괜찮은 업체가 나타나면 거절할 이유는 없습니다. 더구나 지금까지 거래해 오던 한국 수입 업체가 일 처리를 깔끔하게 하지 못해 실무선에서도 클레임이 쌓여 거래처를 바꾸려고 검토 중이라는 얘기가 흘러나오는 중입니다. 우선 귀사에서 갖고 있는 한국 내 영업망을 충분히 어필한 후에…, 김 사장님, 제 얘기 듣고 있는 거지요?"

"네? 네. 듣고 있습니다. 그러니까 국내 영업망이나 노하우가 관건이란 말이군요."

아까부터 평소와 다른 성준의 태도를 느꼈는지 얘기를 마친 가네모토가 묘한 웃음을 흘리며 후식으로 나온 커피 잔을 집어 들었다.

"그렇습니다. 물량은 많지 않지만 첫 거래가 가장 중요하다는 걸 기억해야 합니다. 사실 이쪽 생산업체와 이렇게 미팅을 성사시키는 것만 해도 쉽진 않았습니다. 대신 이번 일만 문제없이 진행되면 서로 더 돈독한 관계로 발전할 수 있습니다. 다시 말씀드리지만 첫 거래에서 어떤 태도를 보이느냐가 제일 중요합니다."

커피 한 모금을 마신 가네모토가 테이블에 잔을 내려놓았다. 호텔에서 직영하는 고급 레스토랑이라 한국에선 쉽게 보기 힘든 원두커피 향이 후각을 자극하고 있었다.

"어려서부터 부모님한테 자주 듣던 한국 속담이 있습니다. '잘하면 술이 석 잔, 못하면 뺨이 석 대'라는 말이지요. 제가 지금 중매를 서는 건 아니지만 제가 내일 술을 석 잔 받을지, 아니면 뺨을 석 대 맞을지는 다 김 사장님이 하기에 달렸습니다. 이왕이면, 저는 술을 받고 싶습니다. 제 평판도 김 사장님이 하기에 달려 있으니 도장 찍는 순간까지 절대 긴장을 풀면 안 됩니다."

가네모토는 한국인 부모를 둔 재일교포 2세 출신의 현지 사업가였다. 사업을 위해 어쩔 수 없이 일본으로 귀화를 한 지금도 한민족이라는 동류의식 때문인지 한국의 많은 업체들에게 도움을 아끼지 않고 있었다. 성준은 가네모토의 조언이 새삼 고맙고 든든했다.

"물론입니다. 가네모토 씨의 평판에 흠집이 나지 않도록 최대한 진심을 다해 임하겠습니다."

"자, 그럼 오늘은 많이 피곤하신 것 같으니 이만 일어나겠습니다."

성준은 정 대리를 시켜 한국에서 가지고 온 김 상자를 차에 실어 주었다. 언젠가 가네모토가 자신의 부모님들이 어릴 적 고향 바닷가에서 먹던 김 맛을 그리워하더라고 얘기한 걸 잊지 않고 기억한 것이었다.

"아직 결과도 나오기 전에 술부터 받아도 될지 모르겠습니다. 하하하."

가네모토의 입이 귀에 걸리는 게 느껴졌다. 성준은 굳이 김 선물을 준비해 주던 김 과장의 마음을 알 것 같았다. 아무리 큰 돈이 오가는 비즈니스라 해도 사람 관계는 이렇게 사소한 것으로부터 마음이 열리는 건 한국이나 일본이나 인지상정이었다.

"일본에선 이렇게 맛있는 김을 구하기 힘듭니다. 부모님들이 정말 좋아하시겠네요. 그럼 저는 내일 오전, 약속한 시간에 차로 모시러 오겠습니다. 두 분 모두 편히 쉬세요!"

가네모토 돌아가고 나자 정 대리가 기다렸다는 듯 얼른 자리를 정리했다. 저녁 내 사업 얘기만 듣고 있으니 몸이 근질근질

할 만도 했다. 정 대리도 외가 쪽 친척 몇 명이 오사카 시내에 살고 있었다. 아마도 정 대리가 어려서부터 일본어 공부에 관심이 많았던 것도 가끔 한국에 오는 친척들을 보며 영향을 받았을 것이었다.

"사장님, 간만에 일본에 왔는데 시내 구경이라도 모시고 나갈까요?"

시간을 확인한 정 대리가 성준에게 시내 구경을 제안했다. 호텔 주변은 아직 한낮이나 다름이 없었다. 해가 지자마자 주변이 온통 화려한 네온사인으로 불야성을 이루고 있었다.

"뭐 새삼스럽게…."

"그래도 모처럼 오셨는데 그냥 자긴 좀 아깝지 않아요?"

정 대리가 왠지 아쉬운 표정을 지었다.

"난 종일 몸이 피곤해서 먼저 들어가 쉴 테니까 오늘은 정 대리 혼자 나갔다 와요.

성준은 하루 종일 자신의 수발을 드느라 지쳐 있을 정 대리 손에 미리 환전해둔 고액권 지폐 몇 장을 쥐어 주었다.

"나 신경 쓰지 말고, 혼자라도 어디 좋은 데 가서 술 한 잔하고 들어와 자요!"

정 대리가 신이 나 호텔 문을 나서는 걸 본 성준은 혼자 객실로 올라와 샤워실로 들어갔다. 사실은 조금 전 가네모토와 나눴던 얘기가 기억에 많이 남아 있지 않았다. 그의 생각은 종일 공항 라운지에서 보았던 선글라스의 여자를 떠나지 못하고 있었다.

'이제와 어쩌라는 거냐! 공항에서 본 여자 때문에 왜 하루 종일 이렇게 갈팡질팡하고 있는 꼴이라니! 그게 설사 그게 윤희였다 해도 이제 옛날 일 따위는 다 잊었을 텐데….'

샤워기를 틀자 뜨거운 물이 쏟아져 나왔다. 성준은 머릿속에 고인 잡념을 씻어 버리려는 듯 흘러내리는 물줄기 속으로 몸을 들이밀었다. 온수로 몸을 적시자 하루의 피로와 오래 머물던 생각들이 씻겨 나가는 기분이었다.

샤워가 끝날 때까지 성준의 생각은 내내 같은 자리를 맴돌고 있었다. 자신의 존재를 송두리째 쥐고 흔들던 알 수 없는 감정이 비 온 다음 날의 죽순처럼 불쑥불쑥 솟아오르는 게 느껴졌다.

저녁 내내 성준은 사람의 감정이란 환한 조명들 속에서는 잘 보이지 않는다는 생각을 하고 있었다. 주변이 어두워지고 사위에 적막이 내리면 정체를 감추고 있던 감정이 슬며시 고개를 쳐들고 나타난다. 윤희에 대한 자신의 감정이 그런 것이었다. 한때의 상처로 너무 단단하게 굳어 버려 이제는 다시 원래의 형체를 알아볼 수도 없을 거라고 생각했던 그 감정들. 하지만 오늘 낮 공항에서의 일로 잊고 있던 그 감정들이 이슬처럼 형체를 맺고 있었다.

샤워를 끝낸 성준은 오사카 시내의 야경을 내려다보다 냉장고에서 맥주 한 병을 꺼내 들었다. 한 모금의 맥주가 성준의 목을 타고 내려갔다. 성준은 입도 떼지 않고 맥주 한 병을 단숨에 비워버렸다. 그래도 몸의 긴장이 누그러지는 기색이 없었다. 가네모토와의 일이 걱정했던 것보다 쉽게 풀리긴 했지만 하루 종일 복잡했던 마음은 좀처럼 가라앉지 않고 있었다. 성준은 침대에 털썩 주저앉았다. 마음속에 다시 바람이 불고 있었다. 그것은 아직 회오리였다. 너무 한스럽고 안타까워 단 한 번의 한숨만으로도 훅하고 사라져 버릴 작은 회오리…. 성준의 기억회로는 어느덧 윤희를 처음 만나던 그 봄으로 돌아가 있었다.

윤희를 만난 건 군에서 제대해 택시 기사 생활을 이어 가고 있던 1983년 어느 날이었다. 굳이 좋은 기술을 놔두고 다른 일을 찾을 이유도 없을 뿐더러 입대 영장 때문에 흐지부지 끝나 버린 기사 생활에 미련이 남은 탓에 전역과 함께 성준은 서울에 자리를 잡고 택시 기사로 일하고 있었다.

핸들을 잡는다는 게 처음 그 일을 하고 싶어 할 때처럼 어려운 절차는 아니었다. 성준은 또래 기사들에 비해 꽤 관록이 있는 베테랑 기사라 오라는 곳이 수두룩했다. 몇 년 사이 성준도 여유가 느껴질 만큼 관록이 제법 경력이 쌓이고 있었다. 운전이라는 직업에 완전히 젖어 가던 그 무렵, 여름이 왔다. 그 여름이 오래도록 기억에서 지워지지 않는 건 성준에게는 첫사랑이라 해도 좋을 질긴 인연이 시작된 해이기 때문이었다.

그날따라 시트에 배인 승객들의 땀 내음 때문에 라디오에서 흘러나오는 유행가 소리까지 끈적끈적하게 느껴지던 무더위가 기승을 부리고 있었다. 한 시간 넘게 차 속에서 에어컨에서 뱉어내는 찬바람을 맞은 성준은 머리가 어지러워지는 걸 느꼈다.

에취!

재채기가 터져 나왔다. 이대로 계속 에어컨 바람을 맞으면 어김없이 냉방병이 찾아올 것이었다. 그렇다고 에어컨을 꺼버리면 10분도 되지 않아 등줄기에 땀이 흘러내리는 날씨였다. 그런 일련의 과정에 짜증이 났지만 성준은 손님들을 찾아 부지런히 도심을 운행하고 있었다.

날이 더운데도 길거리를 활보하는 사람이 많았다. 상대적으로 운임이 비싼 택시 이용객은 많지 않았지만 시내 버스마다 손님들이 꽉 들어차 비지땀을 흘리고 있었다. 교대시간이 아직 한 시간이나 남았는데 벌써부터 슬슬 허기가 느껴졌다. 빵이라도 하나 사 먹을 요량으로 바깥 차선을 타고 주위를 둘러보던 성준의 눈에 가게 하나가 눈에 띄었다. 성준은 가게 앞에 조심스럽게 차를 세웠다. 그런데 성준이 막 운전석 문을 열고 나가기도 전에 가게에서 걸어 나온 한 여인이 차 문을 열고 뒷자리에 성큼 올라탔다.

양해를 구하고 빵이라도 하나 사 올까 생각하던 성준은 룸미러로 뒷자리 여자 승객의 얼굴을 힐끔 쳐다보았다. 여인은 자신도 모르게 차 문을 세게 닫아 미안했는지 가볍게 웃음을 지어 보이며 고개를 까딱했다. 성준은 엉겁결에 빵 대신 운행을 택하고 말았다.

"어디로 모실까요?"

"압구정 사거리로 가 주세요."

"네, 그럼 출발하겠습니다. 그나저나 아직 6월인데 뭔 놈의 날씨가 벌써 이리 덥죠?"

"예."

그녀는 별로 말이 없었다. 대개의 다른 여자 손님도 그렇지만 룸미러로 언뜻 보기에도 그녀는 뭔가 골똘히 생각에 빠져 처음 보는 택시 기사와 얘기를 나누고 싶은 마음 따윈 일절 없는 듯 보였다. 성준은 운전대를 쥔 손에 힘을 주며 차창 밖에 시선을 뺏긴 그녀의 모습을 곁눈질로 훔쳐보았다. 여자는 천박하다거나 가벼운 느낌을 찾아볼 수는 없게 고혹적이었다. 엷게 화장을 하긴 했지만 피부가 깨끗하고 투명한 모양새가 나이를 쉽게 가늠하기 어려웠다.

운전 중에도 성준은 자신도 모르게 자꾸 여자에게 눈이 갔다. 어느새 허기조차 깡그리 잊고 있었다. 사거리 쪽에서 약간 밀리는가 싶던 택시는 한강을 건너자 금방 압구정 사거리에 도착했다. 성준은 요금을 받기 위해 뒷좌석으로 고개를 돌려 정면에서 여인의 얼굴을 바라보았다. 붉은 벽돌색 립스틱을 솜씨 있게 바른 그녀의 입술이 눈에 들어왔다. 첫눈에 보아도 뭔가 단아한 이미지가 느껴지는 미인이었다. 성준은 헉, 하고 숨을 들이키며 그녀의 작고 얇은 입술에서 눈을 떼지 못했다. 그때 여자가 차에 탄 뒤 세 번째로 입을 떼었다.

"저, 죄송한데 부탁 하나 드려도 될까요?"

"예, 말씀하세요."

"저 모퉁이 돌면 커피숍이 하나 있는데 그 앞에 좀 세워 주세요. 그리고 여기서 음료수라도 드시면서 저를 좀 기다려 주실 수 없을까요? 요금은 두 배로 드릴게요."

"그건 좀…."

처음부터 대기를 해야 한다는 이야기를 들었다면 아마 그녀를 차에 태우지 않았을 것이었다. 교대 시간이 얼마 남아 있지 않은 상태였다. 그런 얘기를 목적지에 도착해서야 꺼내는 이 상황이 살짝 불쾌했다. 그런데 여자와 시선이 마주치는 순간, 성준의 입에서 엉뚱한 대답이 튀어나왔다.

"아닙니다. 그러시죠."

이상하게도 여자의 부탁을 거절할 수가 없었다. 사실 성준의 마음속엔 이미 조금만이라도 더 여자 옆에 있다고 싶다는 생각이 가득했다. '그래, 갈증이 심하던 차에 오히려 잘 된 거지, 뭐!'

자신도 모르게 여자의 제안을 승낙해 버린 뒤엔 이상하게도 더 그녀에게 마음이 끌렸다. 핸드백을 열어 택시비를 지불하는 그녀에게서 몸이 근질거릴 만큼 매혹적인 향수 냄새가 풍겨 나오고 있었다.

성준의 약속을 재차 확인한 여자는 차에서 내려 차 문을 단단히 잠그고 벽돌색 건물로 된 커피숍 안으로 사라졌다. 성준은 가게 앞에 차를 세우고 눈에 띄는 가게로 들어갔다. 갈증이 심해 시원한 음료 한 병이 간절했다. 음료를 사 들고 택시로 돌아오며 커피숍 안을 슬쩍 들여다보니 창가에 세워 놓은 커다란 벤자민 화분에 가려 여자의 모습이 잘 보이지 않았다.

'근데 내가 지금 여기서 뭐 하는 거지? 예쁜 여자 손님 태운 게 한두 번도 아닌데 오늘따라 왜 이렇게 신경이 쓰이는 거야!'

이상한 일이었다. 여자가 밖으로 나올 때까지 성준은 마치 초조하게 애인이라도 기다리는 사람처럼 커피숍 앞의 동향을 계속 확인하고 있었다. 여자가 다시 나온 것은 30여 분이 지난 뒤였다.

"죄송해요. 평창동으로 가주세요."

생각보다 오래 기다리게 한 게 미안한지 그녀가 까딱 고개를 숙여 보였다. 성준은 왠지 그녀가 지금 커피숍에서 만나고 온 사람이 남자일 거라는 생각이 들었다. 괜히 영문을 알 수 없는 질투심이 사로잡힌 성준은 자신도 모르게 퉁명스레 대답을 했다.

"그럽시다."

아까부터 느낀 것이었지만 성준의 귀엔 그녀의 말투가 묘하게 명령조로 들렸다. 아니 꼭 그렇지 않더라도 그녀 앞에서 싫은 내색 한마디 하지 못하는 자신이 이상하게 느껴져 괜히 트집을 잡고 싶었다. 황당한 노릇이었다. 단순히 택시 기사가 승객을 대하는 일상적인 기분이 아니었다. 뭔가 다른 느낌이 성준의 질투심을 자극하고 있었다.

정작 그녀는 그런 엉뚱한 생각을 하고 있는 성준에 대해 아무런 느낌도, 또 어떤 관심도 없는 것 같았다. 그런 생각을 하며 멍청히 섰던 성준은 여자를 곁눈으로 슬쩍 흘겨본 것 이외에는 어떤 반응도 보이지 않았다. 그저 평범하다고 여기기에는 참으로 많은 것에 싸여 있는 여자였다. 성준처럼 호기심을 참지 못하는 버릇이 있는 사람에게는 충분히 관심의 대상이 될 수 있는 사람이었다. 그리고 결국 성준은 그 궁금증을 참지 못하고 입을 열었다.

"저 실례지만, 질문 하나 드려도 될까요?"

"예? 어떤…."

"주부신가요?"

"네? 그런 건 왜 물어보세요?"

"불쾌하셨다면 죄송합니다."

성준은 브레이크 페달에 올려놓았던 발을 떼며 룸미러로 그녀와 눈을 맞췄다.

"뭐, 별 뜻이 있는 건 아니고 미혼인 것 같기도 하고, 아닌 듯 하기도 해서…."

훗, 그녀는 성준의 싱거운 질문에 가벼운 웃음으로 답했다. 성준은 그녀의 웃는 얼굴이 정말 예쁘다는 생각을 했다.

"그런데, 차가 좀 밀리는 것 같네요."

방금 전에 있었던 약간의 훈훈하면서도 비방어적인 태도가 어느새 조금 누그러진 듯 여자가 다시 입을 열었다. 하지만 성준은 괜한 질문을 했다는 생각이 들어 가만히 입을 다물고 있었다. 차들이 다시 속력을 내고 있었다. 여자는 차창 밖에 시선을 고정한 채 하루가 다르게 변해 가는 한강변의 풍경을 내다보고 있었다. 차가 옥수동을 지날 무렵, 여자가 다시 입을 열었다.

"그런데 조금 전에 저한테 왜 그런 질문을 하셨어요?"

여태 여자는 아까 그 질문에 사로잡혀 있는 모양이었다. 성준은 좀 놀라긴 했지만 못내 그 질문이 반가워져 자기도 모르게 들뜬 목소리로 얼른 대답을 했다.

"뭐, 그냥 좀처럼 확신을 하기가 어려워서요."

"그러면 아저씨는요? 결혼하셨어요?"

어느새 여자는 경계심을 풀고 있었다. 성준도 여자의 짓궂은 되치기 질문에 기분이 조금 풀어지는 것 같았다.

"아저씨라니요. 저 아직 장가도 못 간 총각입니다. 큰일 날 소리 하지 마세요."

"아닌 것 같은데요. 죄송한 말씀이지만 제게 하신 칭찬 그대로 돌려드릴 수 있을 만큼 젊어 뵈진 않거든요."

"에이, 전 칭찬 많이 해 드렸는데, 어째 이거 좀 손해 보는 기분인걸요."

갑자기 장난처럼 이어진 대화에 성준은 묘한 설렘을 느끼며 엑셀레이터를 밟고 있는 발에 힘을 주었다. 어쩐지 그녀의 말수가 많아진 게 자기의 공로라도 되는 것처럼 뿌듯한 기분이 들었다. 짧은 대화였지만 충분히 호감을 느낄 수 있는 말투였다. 성준은 왠지 마음이 조급해졌다. 이대로 그녀를 그냥 보내면 후회할 것 같다는 생각이 들었다. 어디서 이런 자신감이 생기는 건지도 몰랐다. 성준은 애써 마음을 진정시키며 조심스럽게 한 가지 제안을 했다.

"저, 이렇게 우연히 만나게 된 것도 인연인데… 나중에 한번 다시 뵐 수 있을까요?"

"…."

갑작스런 성준의 말에 여자가 가만히 침묵을 지켰다. 젊은 택시 기사의 말을 어떻게 받아들여야 할지 판단이 되지 않는 눈치였다. 성준은 그녀가 자신을 그런 일에 이골이 난 바람둥이로 오해하는 것 같아 얼굴이 빨개지며 손사래를 쳤다.

"뭐, 그렇다고 저 이상한 사람 아닙니다. 그저…."

"풋, 아저씨 정말 웃기는 분이시네요."

"아, 이상하게 들렸다면 용서하세요. 대신 저 지금 농담하고 있는 거 아닙니다. 정말입니다."

성준의 얼굴이 부끄러운 짓을 하다 들킨 아이처럼 벌겋게 달아올랐다. 그녀의 말이 이렇게 더운 날 왜 실없는 농담이나 하느냐는 의미로 들린 까닭이었다. 그녀는 성준이 허둥거리는 모습이 재미있는지 그저 웃기만 하고 있었다. 성준은 자신이 한 말이 뭐 그리 오해할 게 있었나, 가만히 생각해 보았다. 이제는 상황이 완전히 역전돼 있었다.

"정말이세요? 제가 아저씨 이상형이라도 되나 봐요? 일하시면서 이런 말씀도 하시고…. 뭐 정말 제가 기사님 이상형이라면 다시 한번 생각해 봐야 하는 건가요?"

제법 유머러스한 말로 자신의 제안을 받아치는 그녀가 밉지 않았다. 한편으론 재미있다는 생각이 들었다. 여자는 성준이 뭐라 대답하기도 전에 작고 고급스러워 보이는 검은색 핸드백에서 수첩 하나를 꺼내 속지 한 장을 찢어 종이에 뭔가를 또박또박 적고 있었다. 목적지에 도착해 성준이 차를 멈추자 여자가 불쑥 성준의 눈앞에 종이를 내밀었다.

"제 연락처에요. 한 번 다시 만나고 싶어 하신다니까 드리는 거예요. 뭐 아저씨 말씀대로 이상할 것도 없는 일이에요."

약속대로 3배의 차비와 쪽지 한 장을 남긴 여자는 큰길가에서 내려 유유히 주택가 사이로 걸어 들어갔다. 성준은 눈앞에서 그녀의 모습이 사라질 때까지 생각지도 못한 반응에 놀라 마음을 진정시키지 못하고 있었다. 그녀의 행동이 너무 의외였고, 또 갑자기 돌변해 분위기를 압도해 버리고 간 그녀에게 주눅이 들어 제대로 대꾸 한 마디 못한 자신이 한심스럽게 느껴졌다. 아니, 사실은 그 모든 전개가 꿈속의 일인 듯 생각돼 현실감이 느껴지지 않았다. 간신히 정신을 차리고 차를 돌려 내려오면서 성준은 아찔한 현기증을 느꼈다.

차고지에 들어와서야 꿈에서 깨어난 사람처럼 제정신이 돌아왔다. 교대 시간이 한참을 지나 있었다. 배차실장이 득달같이 달려와 잔소리를 쏟아 놓았다.

"자네, 어떻게 된 거야? 평소엔 연락도 잘하던 사람이 오늘은 영 언제 들어오는지 깜깜 무소식에다가…. 모두들 한참 기다렸잖아!"

교대 기사도 잔뜩 화가 났는지 볼멘소리를 덧붙였다.

"이 사람아, 늦게 들어올 것 같으면 교대 기다리는 사람 생각해서 미리 전화라도 해 줘야지, 이렇게 무작정 기다리게 하면 어떡하나!

하지만 성준은 두 사람의 말이 하나도 귀에 들어오지 않았다. 몸에서 약한 미열이 느껴졌고, 아직 채 흥분이 가라앉지 않은 탓인지 자신의 의지와는 달리 두 사람의 말이 한 귀로 들어와 한 귀로 흘러 나가고 있었다. 성준은 괜히 일을 키울 필요가 없다고 판단하고 자신의 잘못을 시인했다.

"죄송합니다. 앞으로 주의하겠습니다."

퀴퀴한 냄새가 가시지 않는 숙직실로 들어간 성준은 구석에 널브러져 있던 베개를 가슴에 고이고 곱게 접어 넣어두었던 쪽지를 꺼내 들었다. 누가 보면 보석 감정이라도 하는 사람 같았다. 한참 동안 신중하게 쪽지를 살펴보던 성준은 눈에 어른거리는 그녀의 얼굴을 떠올렸다.

아무리 생각해도 이상한 여자였다. 언뜻 보기에도 부유한 집안에서 구김살 없이 자랐을 듯한 여자는 자신처럼 별 볼 일 없는 남자가 넘볼 수 있는 상대가 아니었다. 여자에게선 알 수 없는 기품이 느껴졌다. 그런 요조숙녀가 처음 보는 남자에게 전화번호를 준다는 것은 상식적으로 납득이 되지 않는 일이었다.

'장난이었나? 진짜 내가 마음에 있었나?'

성준은 혼자서 별별 생각을 하며 공상에 빠져들었다. 끊임없이 떠오르는 생각들이 머릿속을 간지럽히고 있었다. 엎드린 채로 담배 한 대를 피워 물고 조금 전의 꿈같은 상황을 반추하던 성준은 전화번호가 적힌 메모지를 접어 수첩 뒤편에 끼워 두고 밖으로 나왔다. 무더위는 여전했다. 본격적인 여름이 시작되기 전부터 연일 불볕더위가 계속되고 있었다.

하루 일과가 끝나면 가끔 형식에게 들러 저녁이라도 먹고 가는 것이 당시 성준의 유일한 낙이였다. 형식은 그간에 친척 어른의 도움으로 여섯 평 남짓한 가게를 얻어 종로 뒷골목에서 자동차 부속품 판매점을 운영하게 되었다. 명색이 사장이라 성준보다는 훨씬 더 경제적으로 여유가 있어서인지 형식은 성준이 찾아올 때마다 당연한 듯 술을 샀다. 그날도 형식은 잔뜩 떼어 놓은 자동차 부품들을 창고 안에 쟁여 놓고 지폐 몇 장을 들고 나가 소주 두 병을 사 들고 왔다.

"옛날엔 어른들이 그 쓰디쓴 걸 왜 그리 자주 마시는지 이해를 못 했는데, 이제 나도 서른이 넘고 보니 차라리 밥을 굶지 술은 못 끊겠구나. 하루 종일 무거운 쇳덩이를 들었다 놨다 해서 그런가? 어쩌다 술 안 마시고 들어간 날엔 잠들기 전까지 여간 허전한 게 아냐!"

형식의 너스레에 성준이 맞장구를 쳤다.

"그러게, 말이다. 너랑 이렇게 어울리다 보니 나까지 술꾼이 다 돼 가잖아! 나 장가 못 가면 네가 내 인생 책임져야 해."

"흐흐, 그건 네가 알아서 할 일이고, 난 장가들면 정말 술 좀 끊어야겠다."

성준은 느닷없는 형식의 결혼 얘기에 내심 놀랐지만 아무렇지 않은 척 형식을 바라보았다.

"진심이야? 누구, 결혼할 사람은 있고?"

형식의 입술이 달싹거렸다. 뭐라고 함부로 소개하기 힘든 모양이었다. 성준은 머뭇거리는 형식의 얼굴을 빤히 쳐다보며 마음속에 짚이는 게 있어 "아, 네가 쫓아다니던 그 아가씨?" 하고 물었다.

"이름이 영주더라. 최영주!"

"아서라, 그 아가씨가 정신 나갔어? 누가 봐도 너한텐 과분한 여자지."

"너 보기엔 내 결혼 상대로 영주 씨 어떤데?"

"둘이 정말 연애라도 하고 있는 모양이구나. 정말 영주 씨가 너한테 시집온다고 했어? 거참, 세상 오래 살고 볼 일이다. 인마. 그럼 당장에 고맙습니다. 하고 마음 변하기 전에 덥석 결혼해 버려야지."

"그래. 그 정도 여자면 크게 나무랄 데 없지?"

"당연한 걸 뭘 물어!"

성준의 얘기를 들으며 성준은 얼른 소주 한 잔을 입에 털어넣었다. 형식은 늘 그런 스타일이었다. 시시콜콜 자신의 이야기를 하기보다, 뭔가 어느 정도 진행되고 나서야 "그냥, 그렇게 됐어." 하고 남의 얘기처럼 툭 뱉어 놓는…. 형식이 이 정도 얘기를 할 정도면 진즉부터 영주 씨와의 사이가 꽤 진지한 관계로 발전되었을 게 분명했다.

서운한 마음인지, 아니면 허전한 마음인지 알 수 없었다. 형식의 결혼이라는 말에 성준의 가슴속에서 무엇인가가 쿵 내려앉았다. 부럽다거나 결혼 상대가 마땅찮아서가 아니었다. 마땅히 축하해야 할 경사인 건 분명하지만 서로 죽고 못 살 것처럼 친하게 지내던 친구가 결혼을 고민하고 있다는 게 도무지 실감이 나질 않았다.

"그래 뭐, 그렇게 됐다. 그나저나 성준이 넌 만나는 사람 없냐?"

"나? 아니, 지금까지 여자 손목 한 번 못 잡아 본 내가 무슨…."

"너도 이제 장가가야지. 어떤 여자를 만나려고 그렇게 맹숭맹숭하게 살아?"

"흐흐, 나도 요즘 가끔 생각나는 여자가 한 명 있긴 있다."

성준의 얼굴에 빙긋 미소가 떠올랐다. 생각만으로도 기분이 좋아졌다.

"형식아, 넌 우연하게, 그러니까 택시 같은 데서 우연하게 사람 만나는 거 어떻게 생각해?"

의도했던 바는 아니었지만 성준은 형식의 결혼 얘기에 용기를 얻어 수첩 속에 고이 넣어 둔 메모 이야기를 꺼내고 있었다. 그 일이 있은 지 두 달이 지났지만 요즘도 성준은 문득 그녀의 얼굴을 떠올릴 때가 많았다. 성준은 조심스럽게 그날 있었던 얘기를 모두 털어놓았다.

"미친놈!"

성준의 이야기를 다 듣고 난 형식이 핀잔을 줬다.

"아냐, 네가 생각하는 그런 여자가 아니라니까."

"상식적으로 이해가 안 되잖아. 그런 여자가 왜 너한테 먼저 연락처를 줘? 그건 뭔가 여자가 불순한 의도로 접근하는 거야. 이를테면 돈 같은 거!"

"한눈에 봐도 내가 돈 있는 남자 같이 보이냐? 그건 아닐 거야!"

"글쎄, 거야 두고 봐야지. 널 홀려서 으슥한 숲길로 유인한 뒤 간을 빼 먹으려는 구미호일 수도 있고, 주머니 속의 돈을 노리는 여자 택시 강도일 수도 있고!"

장난 섞인 형식의 말에 성준의 가슴이 덜컥 내려앉았다. 잊고 있던 택시 강도의 악몽이 떠오른 탓이었다. 형식은 아직도 친구가 택시 강도를 당한 사실을 모르고 있었다. 세상에서 제일 친한 친구지만 성준은 아무 저항 한번 못 해 보고 몰매를 맞고 돌아온 일이 부끄러워 그 사건을 털어놓지 못하고 있었다.

"에이, 아무리 생각해도 택시 강도질을 할 여자는 아니야."

"아니긴! 아니면 그 전화번호가 전부 엉터릴 수도 있어. 가만 보니까 네가 워낙 순진하게 생겼으니까 아무 전화번호나 써 주고 '그래, 너 망신 한번 당해 봐라!'하고 장난하는 걸 수도 있다고! 그 번호 맞기나 한 건지 확인도 안 해 봤지? 정신 차려, 인마!"

듣고 보니 형식의 말이 사실일 수도 있었다. 가만히 듣고만 있던 성준은 침울한 표정으로 입을 다물었다. 자신이 생각해도 평범한 일은 아니었다. 친구인 형식이 충분히 이상하다고 생각할 만한 상황이었다. 부모나 형제 이상으로 의지하던 형식의 말도 충분히 일리가 있었다.

화장실에 다녀오며 성준은 대로변에서 보았던 공중전화를 떠올렸다. 갑자기 그녀를 만나 보고 싶다는 충동이 일었다. 성준은 형식에게 피곤하다는 핑계를 대고 여느 때보다 자리에서 일찍 일어났다.

"그래, 난 가게 좀 정리하고 갈 테니까 먼저 들어가라. 미안하다. 괜히 별일도 아닌 것 가지고 핏대 세운 것 같네."

"아냐, 나도 형식이 네 맘 이해해. 걱정 말고 너도 얼른 정리하고 들어가라."

다음날 오전 형식은 운행을 나가기 전 회사 앞 대로변에 있는 공중전화 박스를 찾았다. 어렵게 감시자를 따돌린 기분이었다. 두 달 전, 수첩에 꽂아 두고 한 번도 꺼내지 않았던 메모지는 원형 그대로 주인의 손길을 기다리고 있었다. 갑갑하다는 듯 수첩 밖으로 삐져나온 메모지를 펼쳐 들고 성준은 조심스럽게 다이얼을 돌렸다. 어쩐지 주변이 몹시 덥게 느껴졌다.

"네, 평창동입니다."

신호가 떨어지자 중년의 여자가 전화를 받았다.

"저, 거기가 송윤희 씨 댁 맞습니까?"

성준의 목소리가 떨려 나왔다.

"네, 그런데요. 어디세요?"

"좀 바꿔 주시겠습니까? 그냥 아는 사람입니다."

기다리라는 말도 없이 저편에서 탁 소리가 났다. 아마도 유리 탁자 위에 수화기를 내려놓는 것 같았다. 성준은 마치 그 소리가 거절의 의사로 들려 잠시 귀에서 수화기를 떼었다 붙였다. 조금 있다가 누군가 걸어오는 듯한 발소리가 났다. 성준은 그녀가 가르쳐준 전화번호가 거짓이 아니라는 사실에 왠지 기분이 뿌듯했다. 그토록 잊지 못할 목소리가 수화기를 통해 흘러나왔다.

"네. 전화 바꿨습니다."

"예. 저 기억하실지 모르겠네요. 지지난 달에 압구정동에서 집 앞까지 모셔다 드린 기사입니다. 메모 적어 주신 걸 가지고만 있다가…."

성준의 손에서 땀이 배어 나왔다. 어쩌면 지금 자신은 상대의 별것 아닌 장난에 놀아나는 우스꽝스런 광대 짓을 하고 있는 건지도 몰랐다.

"네? 아, 그 기사님? 네, 기억해요."

다행히도 그녀는 성준을 기억하고 있었다. 성준은 저도 모르게 안도의 한숨을 몰아쉬었다.

"실은 계속 용기가 안 나 망설이다가… 전화 한번 해 봤습니다."

"그렇군요. 근데 진짜 전화 주실 거라곤 생각도 안 했는데…."

"제가 괜히 전화를 한 건가요?"

"그건 아닌데, 지금은 오래 통화할 형편이 아니에요. 미안한데 다음에 다시 전화 주세요. 그럼 이만 끊을게요."

몇 마디의 대화에서 그녀는 너무도 냉랭한 반응을 보이고 있었다. 성준은 그게 완곡한 거절의 뜻인지, 정말로 시간이 없어 끊어 버린 것인지 갈피를 잡을 수가 없었다. 성준은 자신이 괜한 짓을 했다고 생각하며 힘없이 전화기를 내려놓았다.

9.

깊어가는 감정

가을로 접어들면서 형식의 결혼 준비가 속도를 붙여가고 있었다. 많은 액수는 아니지만 일찌감치 사회생활을 시작한 형식은 그동안 한 푼 두 푼 모아놓은 적금을 털어 저녁마다 신혼집을 보러 다니고 있었다. 성준 역시 형식이 원할 때마다 동행을 마다하지 않았다.

"어떠냐, 성준아? 어제 신림동에서 보고 온 집 괜찮지 않냐? 공기고 좋고, 가격도 그리 비싸지 않은 게 난 딱 마음에 든다. 영주도 아마 좋아할 거야."

형식은 많이 들떠 있었다. 30년 가까이 그를 지켜봐 온 성준 역시 그렇게 설레하는 친구의 모습을 처음 보는 것 같았다. 그 때마다 성준은 대체 사랑이란 감정이 뭔지 궁금하다는 생각이 들었다. 어릴 때부터 집을 떠나 혼자 살아오느라 남녀 관계에 관한 한 자신은 여태껏 그 흔한 풋사랑 한 번 해 보지 못한 숙맥이었다. 대체 누군가와 평생을 함께 하겠다고 결심할 수 있을 정도의 사랑이란 어떤 감정일까, 형식은 그게 늘 풀리지 않는 의문이었다. 머리로는 납득할 수 있지만 가슴으로는 그 사랑이란 게 도무지 이해가 되지 않았다.

"그렇게 좋냐?"

"응? 내가 뭘?"

"결혼하니까 좋으냐고."

"뭘, 그냥 그렇지."

"짜식, 얼굴에 좋아 죽겠다고 딱 쓰여 있는데, 멋쩍어 하긴! 야, 나 그만 갈랜다."

"왜, 더 있다가 가지? 좀 있다 영주 오면 같이 밥 먹고 들어가!"

"야, 인마. 내가 둘 사이에서 눈칫밥 먹을 일 있냐. 그냥 갈란다. 나중에 보자."

그 무렵 성준의 집엔 고향의 어머니가 잠시 다니러 와 있었다. 대문을 열고 들어서자 좁은 마당에서 부지런히 빨래를 헹구고 있는 어머니의 모습이 보였다. 성준은 어머니를 보자 괜히 짜증이 일었다. 모처럼 서울에 오셨으니 편히 쉬었다 가면 좋으련만 어머니는 잠시도 쉬지 않고 일거리를 만들어 몸을 움직이고 있었다. 요즘 성준을 괴롭히는 건 부쩍 늘어난 어머니의 잔소리도 한몫을 하고 있었다.

어머니는 성준이 더 이상 늦추지 말고 결혼해 가정을 꾸렸으면 하는 눈치였다. 성준만 만나면 입에 달고 사는 말이 "넌 사귀는 여자도 없니?"라는 타박이었다. 굳이 자신에게 어울리는 여자를 찾아보려고 한 적도 없었지만 성준은 아직 누군가에게 쉽게 마음이 가지 않았다. 중매처럼 결혼을 위해 인위적이고 급하게 이루어지는 만남이라면 더 거부감이 일었다. 그렇다고 결혼을 하겠다는 마음이 형식처럼 강한 것도 아니어서 성준은 그냥 혼자 지내는 생활에 큰 불만도 갖고 있지 않았다.

"너는 밥이나 제대로 먹고 다니는 거냐? 쉬는 날이면 집에서 가만히 쉬든가, 아니면 참한 색시라도 만나든가 할 일이지 애인도 없는 애가 왜 자꾸 밖으로만 돌아? 에휴, 내가 너 장가가는 거나 보고 죽을 수 있을지 모르겠다."

헹굼이 끝난 빨래를 어머니가 팔을 뻗어 허공에 탁탁 털었다. 어머니의 진청록 마 저고리에 물기가 튀는 걸 보면서 형식은 "에이, 밥 한술 못 얻어먹고 돌아다닐까 봐요!"하고 어머니를 안심시켰다.

"오늘도 형식이 만났니? 그러게 형식이가 소개해 준 여자라도 계속 만나보지 그래. 형식이한테 언뜻 들으니 요즘 세상에 그렇게 똑똑하고 야무진 처자도 없는 것 같더라만! 너 혹시 엄마 몰래 숨겨 두고 만나는 여자라도 있는 건 아니지? 아이구, 차라리 그랬으면 좋겠다."

"그만하세요, 어머니. 좋은 말도 세 번이라는데 맨날 똑같은 얘기, 지겹지도 않으세요?"

다음 주말, 성준은 아침 일찍 어머니의 잔소리를 피해 작은 손가방 하나만 챙겨 들고 집을 나섰다. 모처럼의 휴일이라 집에서 그냥 쉬고 싶었지만 어머니의 잔소리를 피하자면 낮 동안이라도 집을 나가 있는 수밖에 없었다. 습관처럼 성준의 발길이 종로로 향했다. 종로만큼 볼거리가 많은 곳도 많지 않지만 성준에겐 아직도 이 내력 있는 종로 뒷골목을 돌아다니는 게 가장 즐거운 놀이였다. 모처럼 외출 나온 김에 종로3가 뒷골목의 단골 전파사에 들러 갖고 싶던 소형 라디오까지 구매를 마친 성준은 시간도 때울 겸 어슬렁어슬렁 종각을 향해 걸어갔다.

한때는 젊은이들 사이에 빵집이 유행이더니, 요즘은 모두가 친구를 만나거나 혼자 시간을 때울 때 커피숍을 자주 이용하고 있었다. 커피 한 잔 값만 내면 지겨울 때까지 좋아하는 음악을 실컷 들을 수 있는 커피숍들이 우후죽순처럼 생겨나고 있었다.

성준이 찾아간 곳은 종각 근처에 있는 이름난 커피숍이었다. 안으로 들어가니 밖에서 보는 것보다 공간이 훨씬 넓었다. 실내 인테리어도 서양식으로 깔끔하게 꾸며져 대학생, 젊은이들이 좋아할 만한 공간이었다. 이런 분위기에 익숙지 않은데다 일행도 없이 혼자 놀러 온 성준은 벌써부터 분위기에 주눅이 드는 기분이었다. 쌍쌍이 마주 앉은 연인들이 마치 자신을 보고 하하 호호, 웃는 것 같아 괜히 몸이 움츠러들었다.

평일 낮이라 손님이 많지 않은 게 다행이었다. 메뉴판을 든

종업원이 다가와 “혼자 오셨어요?” 하고 재차 확인을 했다.

“네, 저 혼잔데요?”

커피 한 잔을 주문받은 여자가 고개를 갸웃거리며 멀어져 갔다. 성준은 괜히 들어왔나 싶어 주위를 두리번거리다가 옆 테이블에 놓인 신문을 집어 들었다. 마침 요즘 한창인 제7회 아시아 청소년농구 대회 경기 결과가 눈길을 끌었다.

한국여자팀이 난적 중공을 격파, 6연승으로 단독선두를 지켰다. 한국여자팀은 9일 리잘메모리얼체육관에서 속행된 제7회 아시아청소년 농구선수권대회 여자부 예선리그 6차전에서 중공과 동점 2번, 역전 4번을 거듭하는 열전 끝에 77대 73으로 이겨 조1위로 4강이 겨루는 결승리그 진출이 확실시되고 있다.

이날 한국여자팀은 성정아(19점), 이미자(18점), 김형숙(16점), 문경자(11점) 등의 고른 득점과 착실한 리바운드에 힘입어 전반은 시소전을 벌였으나 후반 6분부터 53대 42로 앞서 승기를 잡았다. 한국여자팀은 10일 오후 1시 30분 인도와 예선 최종전을 갖는데 낙승이 예상된다.

한편 한국남자팀은 이날 인도네시아를 1백 14대 57로 대파, 4승 1패로 b조 2위를 기록했다.

“어머, 여기 웬일이세요?”

누군가 성준에게 말을 붙여 왔다. 성준은 들고 있던 신문을 치우고 상대를 확인하다가 몸이 얼어붙고 말았다. 분명, 그녀였다. 지난여름, 택시 안에서 나눈 농담 한마디에 지금껏 남몰래 가슴앓이를 하게 한 그 여자, 송윤희였다.

"송윤희…. 윤희 씨 맞죠?"

성준의 입에서 반사적으로 그녀의 이름이 흘러나왔다. 여자는 지난여름 보았던 그 모습 그대로 싱그러운 미소를 머금은 채 거짓말처럼 성준의 눈앞에 서 있었다.

"네, 이런 데서 다 만나네요. 고맙게도 아직 제 이름을 기억해 주시고."

몇 달 전 전화를 받던 목소리와는 사뭇 다른 상냥한 말투였다. 귀신에 홀린다는 게 이런 것일까? 성준은 너무 놀라 입이 떨어지지 않았다. 생각지도 않은 곳에서 이뤄진 그녀와의 재회가 그저 반갑고 신기할 따름이었다.

"윤희… 윤희 씨가 여긴 웬일이세요?"

"저 여기 아지트 삼아 자주 오는 편이에요. 오늘도 여기서 친구를 만나기로 했는데 갑자기 급한 일이 생겼다고 연락이 와서 그냥 가려던 참이에요. 아저씨는… 혼자 오셨어요?"

"예? 예. 저도 뭐 만나기로 한 사람이 사정이 생겨서…."

성준은 왠지 이런 곳에 혼자 앉아 있는 게 부끄러워 말을 흐리고 말았다. 조금 부산하기도 하고 그러면서도 매무새가 있어 보이는 그녀에게 혼자 놀러 왔다는 말이 선뜻 나오지 않았다. 여자, 아니 윤희가 성준의 맞은편 자리에 털썩 주저앉으며 재미있다는 듯 빙긋 웃었다.

"그러면 제가 신세진 거 갚을 겸 저녁이나 살게요. 괜찮으시면 같이 나가실래요?"

맨 처음 그녀를 보았을 때랑은 많이 다른 모습이었다. 생각보다 적극적인 성격인 듯했다. 아무 말 없이 그녀를 따라 나가면서도 성준은 지금 이 상황이 믿기지 않았다.

윤희가 앞장서 지하도로 내려갔다. 지하도 안에는 왠지 모르게 꿉꿉한 냄새가 가득 차 있었다. 아마도 취객들이 쏟아 놓고 간 토사물과 노상방뇨의 흔적일 터였다. 그런 속에서도 생활에 지쳐 보이는 아주머니 몇이서 바퀴벌레 약이나 스타킹 같은 물건들을 바닥에 늘어놓고 손님을 기다리고 있었다. 군데군데 색이 벗겨진 은색 돗자리 위에 펼쳐 놓은 생활잡화들이 오늘따라 더 눈물겹게 보였다.

앞서가는 그녀는 추레한 주변 풍경과 달리 눈이 부실 만큼 빛이 나고 있었다. 티 하나 없이 깔끔한 검은 구두가 그녀의 가녀린 몸을 떠받치고 있었다. 성준은 한두 걸음 뒤에서 구두에 맞춰 들고 나왔을 그녀의 검은색 핸드백과 무릎까지 내려오는 부드러운 옷감의 스커트에 눈을 거두지 못하고 있었다.

지하도를 올라온 그녀는 익숙하게 골목으로 접어들었다. 하지만 성준은 식당보다는 술집에 더 눈이 가고 있었다.

"저, 괜찮으시면 밥보다도 맥주 한잔 어때요?"

성준의 제안에 그녀가 의외라는 표정으로 뒤를 돌아보았다.

"…."

"부담스러우시다면 그냥 밥 먹으러 가도 되구요."

"아니에요. 그럼 같이 맥주 한잔하죠, 뭐."

그녀가 앞장서서 깔끔한 간판의 호프집 문을 밀고 들어갔다. 500CC 생맥주 두 잔을 주문한 다음에야 둘은 서로를 제대로 마주 보고 있었다.

"그런데, 먼저 묻고 싶은 게 하나…."

"말씀하세요."

"아, 아닙니다."

성준은 그녀가 그때 왜 그렇게 무뚝뚝하게 전화를 받았는지 물으려다 그만두었다. 이렇게 그녀와 마주 앉아 생각지도 못하게 술잔까지 나누게 되었는데 굳이 그런 질문으로 분위기를 망치고 싶진 않았다. 성준은 얼른 그때의 낭패감과 혼자 사는 남자의 초라함을 지워버리고 싶어 그녀와의 대화에 집중했다. 성준의 주량에 비할 바는 아니지만 보기와는 달리 그녀도 술이 약하진 않았다.

"성준 씨라고 했죠? 서울이 넓다고 해도 이렇게 우연히도 다시 만나게 되네요. 어쨌든 그날 성준 씨한테 감사했어요. 덕분에 제가 마음 놓고 일을 볼 수 있었어요."

"제 일인데요, 뭐."

"사실, 다시 만나게 될 거라고는 전혀 생각을 못했어요. 처음 보는 여자한테 전화번호 달라고 하기에 장난 반 호기심 반으로 번호를 적어 드린 거였거든요. 처음엔 이상한 사람이 아닌가 생각도 했었구요. 우습죠? 근데 이렇게 우연히 만나 뵙게 되니까 생각보다 반가운 생각이 들어 저도 솔직히 아까 많이 놀랐어요."

맥주가 들어갈수록 그녀도 성준에 대한 경계심을 풀고 있었다. 몇 잔의 맥주가 비워지자 성준도 조금씩 취기가 오르는 게 느껴졌다.

"그날 뭐 중요한 일이 있었나 봐요?"

"흠, 저한테는 중요하다면 중요한 일이었어요. 뭔가를 정리해야 하는 날이었으니까!"

"그래서 정리는 잘 된 겁니까?"

"네, 그럭저럭 걱정하지 않아도 될 만큼은요. 성준 씨는 택시 운전할 만해요?"

"네. 저도 그럭저럭 열심히 하고는 있어요?"

"택시 일은 언제부터 하신 거예요? 그거 하려면 자격증 있어야 된다던데 얼마 만에 땄어요?"

성준은 그녀가 자기에 대해 궁금해하는 게 그리 싫지 않았다. 대체로 그가 만난 사람들은 택시 기사의 수입이나 운행 중

만난 진상 손님들의 얘기만을 가십처럼 물어오곤 했다. 하지만 그녀는 정말로 택시 기사라는 직업, 아니 택시 기사인 성준의 직업에 대해 진심으로 듣고 싶어하는 것 같았다.

성준은 숨기지 않고 서울에 올라와 식료품점 점원 생활을 거쳐 택시 기사로 이직하기까지의 과정을 자세히 들려 주었다. 얘기가 진행될수록 그녀의 눈빛이 반짝거렸다. 성준의 얘기를 다 듣고 난 여자의 눈자위가 어느새 촉촉했다.

"그래서 정말 닷새 동안 아무도 들여다보지 않는 자취방에서 죽다 살아났다구요? 세상에 어쩜!"

"그치만 그런 일로 남에게 동정받고 싶진 않아요. 지나고 보니 저한테는 다 좋은 경험이었는걸요. 지금은 차라리 고맙게 생각돼요. 그런 일도 겪었는데, 앞으로 내 힘으로 이겨내지 못할 고난이 어디 있겠는가 하고요."

"어려서부터 '뭔가 되고 싶었다'는 그 말, 참 멋있어요."

"그게 뭔지는 앞으로 더 찾아봐야죠. 아직은 저 자신도 잘 모르겠어요."

"처음 보는 여자한테 전화번호를 달라기에, 어쩌면 순진한 얼굴을 앞세운 바람둥이일 수도 있다고 생각했는데…. 생각보다 성준 씨는 참 어른스러운 사람이네요."

여자가 천천히 팔로 턱을 괴며 성준의 눈을 바라보았다. 막 이제 자신의 부끄러운 과거를 털어놓은 뒤라 성준은 왠지 모르게 여자의 눈을 정면으로 바라볼 수가 없었다. 괜히 너무 솔직하게 말했나 싶은 후회가 밀려오고 있었다.

"성준 씨, 참 괜찮은 사람인 것 같아요. 본인도 인정?"

장난스런 말에 얼굴이 빨개진 성준은 자신을 빤히 바라보는 여자의 눈을 피해 술잔을 들었다. 평소보다 술기운이 금방 퍼지고 있었다. 무언가에 홀린 듯한 밤이었다. 이제껏 형식을 제외하면 자신의 얘기를 이렇게 솔직하게 털어 놓아본 적이 없었다. 발그레한 미소를 머금은 눈앞의 그녀가 눈부시게 빛이 나고 있었다.

형식이 동업을 제안해 온 건 그 무렵이었다. 술자리에서 몇 번 농담으로 오간 얘기였지만 형식이 이렇게 진지하게 이야기를 꺼낸 적은 처음이었다.

"너 택시 일 언제까지 할래? 더 나이 먹기 전에 나랑 같이 일해 보지 않을래?"

"진심이야?"

"너도 이제 자리 잡아야지, 언제까지 그렇게 운전만 할 순 없잖아. 당장은 벌이가 나쁘지 않지만, 운전 오래하다 보면 몸이 견뎌나겠어? 너 벌써부터 골골하잖아. 예전보다 부쩍 다리도 부실해진 것 같고, 맨날 허리 뭉친다고 파스로 도배를 하고 살잖아. 어쨌든 내 생각엔 오래 할 직업 아닌 것 같아 제안하는 거야. 생각 잘 해 보고 결정해."

물론 아직 성준은 택시 일에 큰 불만을 갖고 있진 않았다. 하지만 형식의 얘기처럼 아무래도 평생 직업으로 생각하기엔 부족한 게 많은 것도 사실이었다. 일단 지금 추세로 계속 늘어나다 보면 조만간 이 직업도 경쟁력을 잃게 될 게 뻔했다. 이래저래 결정을 내려야 할 때가 됐다는 건 알았지만 성준은 지금껏 차일피일 결정을 미루고 있었다.

"성준이 너도 신문에서 봤겠지만 우리나라도 곧 마이카 시대가 시작된다고 하지 않냐? 소득 수준이 높아지면 다들 차부터 갖고 싶어 하잖아. 선진국들만 봐도 다 그렇다더라. 자가용이 늘어나면 택시 이용하는 사람은 점점 줄어들고, 운전자격증 있는 사람은 계속 늘어나는 거야. 지금처럼 택시 기사들이 대접받는 시절은 다시 오지 않아. 더 늦기 전에 잘 생각해 봐, 인마!"

형식의 제안이라면 걱정할 게 없었다. 기사 생활로 좀 모아둔 밑천도 있고, 일 자체도 형식에게 배워서 해 나가면 크게 문제될 건 없었다. 무엇보다도 성준 역시 운전보다는 유통업에 관심이 높아지고 있었다.

형식과의 동업을 결정하고 손에서 핸들을 놓는 게 생각 이상으로 홀가분했다. 20대를 다 바친 직업이지만 딱히 서운할 것도, 아쉬울 것도 없었다. 자기 자신이 그렇게 운전 일이 하기 싫었는지 스스로 의아한 생각이 들 정도였다. 운전은 항상 자신이 가진 가장 중요한 것들 중에 하나라고 생각해온 성준이었다. 그런데도 운전을 그만두는 일이 이처럼 아무렇지 않은 게 스스로도 믿기지 않았다.

형식은 그동안에 관련된 자격증도 따 두었고, 사람을 상대하는 일에도 익숙해 거래처 사람들 사이에 신망이 두터웠다. 얼마간은 그런 형식의 옆에서 하나씩 일을 제대로 배워 가는 게 순서였다. 정식으로 동업을 시작하기 전, 일을 배울 겸 해서 성준은 매일 아침 6시에 일어나 남보다 일찍 가게 문을 열었다. 말이 동업이지 사실 자신은 형식이 하는 자동차부품 사업엔 문외한이나 다름없었다. 그러자면 남보다 부지런하게 움직이고, 발로 뛰며 배우는 수밖에 없었다. 마음만 앞서는 성준과 달리 형식은 얼굴 한 번 찡그리지 않고 성준의 편히 일을 배울 수 있도록 배려를 아끼지 않았다.

몇 년 만에 찾아온 강추위가 기승을 부리던 그해 겨울, 성준은 형식과 정식으로 가게를 개업했다. 비록 아직은 동업이지만 자기 회사를 차리게 된다고 생각하니 가슴이 벅차올랐다. 개업식에 참가한 성준의 어머니도 만면에 웃음을 감추지 못했다. 손수 떡을 쪄오고, 개업식 준비에 빠진 물건이 없는지 시시콜콜하게 점검을 하는 어머니를 보며 성준은 새삼 형식에게 고마움을 느꼈다.

함께 일했던 택시 회사 동료들 몇이 잊지 않고 찾아와 성준의 새 출발을 축하해 주었다. 뭔가 나아진다는 마음에 설렘까지 느끼며 성준은 방문객들이 권하는 대로 막걸리며 소주를 몇 잔씩이나 받아 마셨다. 손님들은 늦은 저녁 무렵이 되어서야 집으로 돌아갔다. 하루 종일 손님 접대로 분주하던 어머니의 등을 떠밀어 억지로 집으로 돌려보내고, 성준과 형식은 둘만의 자축 자리를 만들었다.

"수고했다, 형식아."

"그래, 너도 고생했어. 우리 이제 정말 잘해 보자! 나야 뭐 원래 잘나가던 놈이지만, 이제 입 하나 더 늘었으니 책임감 있게 일해서 돈 많이 벌어 볼게. 하하하."

형식도 기분이 좋아 보였다. 몇 잔 더 소주잔을 기울인 둘은 바닥에 뒹구는 소주 박스를 모아 치우고 화환에 달려 온 리본을 거둬들이기 시작했다. 많지 않은 화환들이었지만 오늘을 빛내 준 또 하나의 소품이었던 터라 하나하나 이름을 확인하는 동안 절로 웃음이 났다.

"근데, 이건 누구지? 송윤희? 송윤희? 난 잘 모르는 이름인데, 네 손님이야?"

성준도 예상하지 못한 일이었다. 그녀가 보낸 화환은 수줍게 맨 끝자리를 차지하고 있었다.

"어, 그냥 나 아는 사람이야. 다음에 내가 만나면 고맙다고 인사 전할게."

"그래? 그럼 이 나무는 리본 떼 버리고 기념으로 가게 안에 들여놓자. 이거 꽤 비싼 나무일 거야. 벌써 윤기부터 다르지 않냐? 자태도 예쁘고 상태도 젤 좋아 보인다."

형식의 너스레에 성준은 친구와 동업을 하게 됐다는 말에 반색을 하며 축하를 해 주던 그녀의 얼굴을 떠올렸다. 성준과 윤희는 그날의 우연한 만남 이후 자연스럽게 관계를 이어 가고 있었다.

'인연이란 게 있다면 바로 우리 같은 경우를 두고 하는 말이 아닐까?'

성준은 가끔씩 그녀와의 만남이 하늘이 맺어 준 인연이라는 확신이 들었다. 많고 많은 택시 중에 하필 성준이 운전하는 택시를 탄 인연이 그랬고, 많고 많은 커피숍 중에 하필 종각의 그 커피숍에서 맞닥뜨린 인연이 하늘이 준비한 운명이 아니라면 대체 무어라 설명할 수 있을까? 성준은 막연하지만 둘 사이에 끼어든 운명의 존재를 믿고 싶었다.

지금껏 여자는커녕, 숨도 한 번 제대로 돌리지 못하고 살아온 자신의 인생에 윤희는 특별하고도 고마운 인연으로 다가온 사람이었다. 그녀와의 만남 자체가 영화 같은 일이었다. 윤희를 만날수록 둘 사이의 특별한 인연에 확신이 들었고, 무의식중에도 성준은 그녀의 얼굴을 떠올리고 있었다.

그날 이후로 성준은 특별한 용건이 없더라도 시간만 나면 윤희에게 연락을 취했다. 윤희 역시 걱정과는 달리 성준에게 호감을 갖고 있는 것 같았다. 특별한 계획이나 생각을 가져서가 아니라 자연스럽게 찾아온 사랑의 감정이었다.

10.

그날 그 바다

윤희와의 만남 이후 성준은 구름 위를 둥둥 떠다니는 기분에서 헤어 나오지 못하고 있었다. 업무 와중에도 문득 그녀 생각에 손이 멎기 일쑤였다. 성준이 난생처음 경험해 보는 달콤한 행복이었다. 어린 나이에 서울로 올라와 먹고 사는 게 급선무라 성준에겐 그 흔한 사춘기조차 없이 지나간 터였다. 당연히 사랑이 뭔지, 남녀 간의 연애가 뭔지 알 턱이 없는 숙맥이었다. 하지만 이제 남자로서의 본능이 성준을 새로운 세상으로 이끌고 있었다.

"오랜만이네요!"

전화를 받은 이가 성준임을 확인한 윤희의 목소리가 들떠 있는 게 느껴졌다. 사실 그 정도로 오랜만은 아니었다. 둘이서 고궁 나들이를 다녀온 것이 보름도 되지 않았고, 꽤 긴 시간 동안 전화로 이런저런 얘기를 주고받은 게 고작 일주일 전이었다. 그러니까 오랜만이라는 그녀의 인사는 그동안 만나지 못해서 서운하다는 애교 섞인 투정이었다.

"아, 그런가요? 목소리 들으니 너무 반가워요. 윤희 씨, 오늘은 뭐 하고 있어요?"

성준의 목소리에도 달달함이 배어 나왔다. 성준은 시간이 허락할 때마다 윤희를 자주 만나면서 그녀에 대한 호감이 눈사람처럼 조금씩 불어나고 있었다. 어쩐지 요즘은 윤희에 대한 심리적 거리감마저 거의 느껴지지 않았다. 생각하면 신기한 일이었다. 성준은 마치 자신과 윤희가 나란히 마주보고 서 있는 두 채의 건물 같다는 생각을 하곤 했다. 꽁꽁 문을 닫아놓고 살 때는 몰랐지만, 막상 두 건물의 창문을 다 열어 놓고 보니 감정의 통로가 막히는 게 없었다. 사시사철 시원하고, 쾌적한 바람이 두 건물 사이를 왕래하고 있었다.

성준은 오전 업무를 마친 형식이 거래처 방문과 배달을 위해 언제나처럼 외근을 나가고 나면 전화기 앞에 의자를 당겨 놓고 장부정리를 하거나 주문 전화를 받았다. 형식이 나름 좋은 평판을 받고 있어 가게는 생각보다 어려움 없이 자리를 잡아가고 있었다.

전화를 먼저 하는 쪽은 대부분 윤희였지만 만나자고 제의하는 것은 늘 성준 쪽이었다. 특별히 그런 룰을 정한 것은 아니었고, 또 그 부분에 관해 따로 정한 규칙도 없지만 둘 사이엔 어느덧 그 역할이 룰처럼 지켜지고 있었다. 성준은 그녀가 자신이 내킬 때만 전화를 하는 것이 조금 불만이었다. 어떤 때는 열흘이 넘도록 전화 한 통화 없다가, 어느 날은 하루 두세 번 넘게 전화를 걸어올 정도로 종잡을 수 없는 게 그녀의 스타일이었다.

성준이 전화 연락의 주도권을 전적으로 그녀에게 넘긴 건 평창동으로 처음 전화를 걸었을 때 마치 다른 사람처럼 느껴지던 그 목소리가 마음에 걸린 영향이 컸다. 아무래도 집에서는 편하게 전화를 받기 힘든 모양이었다. 정작 윤희는 그 일을 기억조차 하고 있지 않은 듯 했지만 성준은 여전히 자신이 먼저 전화 연락을 하는 데 대해 계속 부담을 느끼고 있었다.

다행히도 시간이 가고 그녀를 만나는 횟수가 늘어나면서 만남을 청하는 성준에 대한 반응도 빨라졌다. 아니 반응이라기보다는 마치 기다리고 있던 것처럼 당연한 것이었다. 그런 날은 그녀 역시 자신을 만나고 싶어 전화를 했다는 걸 성준도 조금씩 느끼고 있었다.

"이번 일요일은 저도 쉬는 날이니까, 시간이 되시면…."

"호호호, 시간이 되면 뭐요, 성준 씨?"

"저랑 모처럼 교외로 바람이나 쐬러 가지 않을래요?"

"좋지요. 우리 뭐 맛있는 거 먹으러 가요."

"윤희 씨는 평소에 뭘 좋아해요?"

"음, 저는 경양식을 좋아해요. 요즘 종로에 나갈 일이 있을 때마다 종각 옆에 새로 생긴 경양식집에 들러 돈까스라는 걸 자주

사 먹어요. 드셔 보셨어요? 돼지고기를 얇게 펴서 빵가루를 입혀 바싹 튀겨 내는 건데…."

"음, 저는 아직 먹어 본 적이 없어 무슨 맛인지 상상이 안 돼요. 하지만 윤희 씨가 좋아하는 음식이면 틀림없이 맛있겠네요. 다음에 만나면 제가 그거 사 드릴게요. 가만, 이름이 뭐라구요? 돈까스? 그럼 일요일 날 그거 먹으러 갈래요?"

"칫, 종로는 다른 날도 갈 수 있잖아요. 요즘 날씨도 좋은데 우리 그날은 교외로 나가요. 매일 시내에서만 만나는 거 좀 답답해요."

"그러죠, 그럼. 근데 제가 가 본 데가 많지 않은데 어디가 좋을까요?"

일요일 오전, 약속 장소로 정한 시청 앞에 도착하니 멀리 그녀가 서 있는 게 보였다. 성준은 자신도 모르게 발걸음이 빨라지는 걸 느꼈다. 아직은 윤희 앞에 자신의 이런 마음을 드러내 보이는 게 부끄럽기만 했다. 한겨울 날씨에도 여리여리한 몸매가 다 드러나도록 하늘거리는 노란색 원피스를 입고 가끔씩 한 발을 길에다 톡톡 찍어 가며 서 있는 그녀의 모습이 멀리서도 눈부시게 빛났다. 내내 고개를 숙이고 발장난을 하던 그녀가 성준을 발견하고는 반갑게 손을 흔들었다.

"성준 씨, 우리 오늘 어디 가는 거예요?"

"글쎄, 이제부터 상의해 보려던 참인데…. 어디, 윤희 씨는 가고 싶은 곳 있어요?"

"있다면, 제가 가자는 데로 가시겠어요?"

좀 의외의 반응이었다. 하지만 성준은 그러겠노라고 순순히 고개를 끄덕였다. 아무래도 서울 토박이인 그녀가 시골 출신이 자신보다는 더 잘 알고 있을 것이라는 생각이 들었다. 아닌 게 아니라 미리 생각해 둔 곳이라도 있는 듯 윤희가 빠른 보폭으로 건널목을 건너 택시를 잡았다. 성준이 다가오기도 전에 그녀는 택시 기사와 몇 마디를 나눈 뒤 성준을 돌아보며 얼른 타라는 손짓을 했다.

"우리 어디 가는 겁니까?"

"제가 가고 싶은 데로 따라오겠다고 하셨으면서 그건 왜 물어요?"

"그냥 궁금해서요."

"나중에 가르쳐 드릴게요. 그냥 오늘은 제가 가자는 대로 가요. 그렇게 해 줄 수 있죠?"

그녀는 마치 애원이라도 하는 사람처럼 간절한 시선으로 성준을 바라보고 있었다. 성준이 아니라 어떤 남자라도 거절할 수 없는 애처로운 눈빛이었다.

"좋습니다. 오늘은 그럼 윤희 씨가 가자는 대로만 따라갈게요."

"고마워요, 성준 씨! 어서 타세요."

장거리 운행에 신이 난 기사는 복잡한 서울 도심을 빠져나오자 외곽 쪽으로 속도를 높였다. 오랜만에 나와 보는 교외 나들이였다. 성준은 차창으로 스쳐 지나가는 이정표들을 계속 확인하며 속으로 윤희의 목적지를 가늠해 보았다. 택시는 남쪽을 향해 달려가고 있었다. 놀이공원? 아니면 민속촌? 하지만 아무래도 확신이 서지 않았다. 나이보다 천진한 구석이 있지만 윤희가 이렇게 충동적으로 놀이공원으로 달려갈 사람 같아 보이진 않았다.

'수원'이란 표지판을 지나 고속도로 출구를 빠져나온 택시는 말끔히 포장된 신작로를 따라 다시 속도를 높였다. 수원 시내로 들어가는 길 주변이 온통 공사장이었다. 요즘은 서울뿐 아니라 수도권 전역에서 이렇게 쉴 새 없이 공사가 진행되고 있었다. 자신처럼 일자리를 찾아 서울이나 수도권으로 몰려드는 사람들이 그만큼 많다는 뜻일 거라고 성준은 생각했다.

조금은 낯설게 변해 가는 풍경에 넋을 놓고 있던 성준은 옆에 앉은 윤희를 가만히 돌아보았다. 그녀 역시 아까부터 골똘히 생각에 잠겨 입을 닫고 있었다. 그녀는 가고 싶은 곳은 대체 어디일까? 아니, 그녀는 지금 나를 어디로 데려가고 싶은 것일까? 성을 탈출한 공주는 대체 오늘 어떤 일탈을 계획하고 있는 것일까?

그녀는 정말 지금 막 성을 도망쳐 나온 공주라도 되는 것처럼 상기된 표정으로 가끔씩 시간을 확인하고 있었다. 그녀가 신고 있는 구두가 눈에 들어왔다. 유난히 가는 발목 탓인지 검은 구두가 발레리나의 토슈즈처럼 매혹적으로 다가왔다. 성준은 잠깐이라도 그녀의 발목을 만져 보고 싶은 야릇한 충동을 억누르며 시선을 돌렸다.

도심으로 들어선 택시는 속도를 조금씩 늦춰 가고 있었다. 차창 밖으로 집들이 스쳐 지나갔다. 슬쩍 시계를 보니 점심때가 가까워 허기가 느껴졌다.

"피곤하진 않으세요?"

윤희가 성준을 바라보며 입을 열었다.

"괜찮아요. 오히려 오랜만에 밖에 나오니 가슴이 시원해집니다."

"사업 시작한 지 얼마 되지 않아 정신도 없으실 텐데, 제가 괜히 놀러 가자고 한 건 아니었으면 좋겠어요."

"그런 걱정 하지 말아요. 전혀요."

대화를 듣고 있던 택시 기사가 룸미러로 힐끔 두 사람을 쳐다보았다. 아직은 뭔가 좀 서먹해 보이는 두 사람의 관계가 궁금한 모양이었다. 얼마 전까지 택시 운전을 했던 성준도 기사의 인간적 호기심을 이해 못 하는 건 아니었다. 하지만 기사가 자꾸 그녀의 얼굴을 힐끔거리는 게 신경이 쓰였다. 흐흠, 하고 성준이 몇 번 헛기침을 토하자 기사가 얼른 시선을 거두어들였다.

"정말 괜찮습니다. 저도 이렇게 외곽으로 나오니까 좋은걸요. 그냥, 인사치레하는 거 익숙지 않아요. 부담스러워하지 않았으면 좋겠네요."

"좀 당황하셨을 거예요. 죄송해요. 그치만 거기 도착하면요. 그리 잘못 왔다 생각하지 않으실 거예요. 그냥 제 생각이긴 하지만요."

성준은 그녀가 자신에게 미안해하는 느낌이 미안했다. 그저 아까처럼 편안하게 어디론가 놀러 가자고 말하던 그 모습이 더 마음을 설레게 했다.

"지금 우리가 어디로 가는지 궁금하지 않으세요?"

"글쎄요. 물어봐도 어차피 대답 안 해 주실 것 같은 걸요?"

"호호, 맞아요. 이제 거의 다 왔으니까 조금만 더 궁금해하고 계세요."

택시는 어느덧 수원역 광장으로 들어서고 있었다. 택시비를 계산하려는 성준을 막아선 그녀가 지갑을 열어 얼른 요금을 치렀다.

"오늘은 제가 나오자고 했잖아요. 대신 성준 씨는 맛있는 저녁 사 주세요."

역전의 공기가 탁했다. 서울 시내 어디서나 맡을 수 있는 도시의 냄새가 두 사람을 반겼다. 역 앞에서 배차시간표를 확인한 윤희가 아까부터 그 자리에 서 있던 좌석버스 번호를 확인하고는 먼저 올라탔다.

한순간 승객들의 표정이 윤희에게 쏠렸다. 모두들 그녀의 옷차림만 보고도 그녀가 충동적으로 성벽을 넘어 놀러 나온 철없는 공주라는 걸 알아차린 듯했다. 젊은 여자 승객들 몇몇이 이런 곳에서는 좀처럼 보기 힘든 공주의 화사한 원피스를 빠르게 훑어 내리며 부러움의 시선을 보냈다. 성준과 윤희는 마침 비어 있는 뒷자리에 나란히 앉았다.

수원역을 출발한 버스는 도심을 벗어나 쉬지 않고 달렸다. 더러 중간 지점에 들러 승객들을 내려준 버스가 종점에 도착했을 때는 꽤 많은 시간이 흐른 뒤였다. 거리상으로는 서울에서 그리 많이 떨어지지 않은 곳이겠지만 여러 번 차를 갈아타느라 시간이 꽤 지체돼 있었다.

"빨리 들어가야겠어요. 아마. 저게 마지막 셔틀버스 같은데…."

종점은 전형적인 도시 외곽의 모습을 하고 있었다. 생활잡화를 파는 작은 가게 앞으로 빨간 페인트를 칠해놓은 우체통이 서 있었다. 가게 옆에 서 있는 셔틀버스 쪽으로 달려간 윤희가 기사에게 뭔가를 물어보더니 가게 안에서 몇 가지 먹을거리를 사 들고는 성준을 재촉해 버스에 올랐다.

"어디 놀러 가면서 이렇게 많은 교통편을 이용해 보긴 처음인데요. 그래도 이제 정말 마지막이에요."

목적지에 거의 다 와 간다는 생각에 기분이 좋아진 듯 윤희가 활짝 웃어 보였다. 버스 안에는 휴가를 마치고 부대로 복귀하는 듯한 얼굴의 군인 두 사람이 있을 뿐 좌석 대부분이 텅텅 비어 있었다. 식사를 마친 운전기사가 차에 오르더니 운행을 시작하기 볼륨을 높여 음악 테이프를 틀었다. 10여 년 유행했던 트로트 노래가 버스 안의 눅눅한 공기를 휘젓고 있었다. 윤희가 성준의 귀에 대고 작은 목소리로 투정을 부렸다.

"전요, 오늘 하루가 전부 다 마음에 드는데 여기까지 와서 이 오래된 노래를 듣게 될 줄을 몰랐어요. 그동안 어디를 가나 이 노래를 너무 자주 들어야 해서 가사까지 외우고 있단 말이에요."

성준은 그녀의 투정이 너무 귀여워 쿡쿡 웃음이 나왔다. 오래된 시골 버스 좌석에는 곳곳에 승객들이 남겨 놓은 낙서가 눈에 띄었다. 다들 어떻게라도 자신이 다녀갔다는 흔적을 남기려는 듯 볼펜 색도 다양했고 내용들도 기발했다. 성준은 자신도 모르게 피식하고 웃고 말았다.

"뭐 재미있는 낙서라도 있어요?"

그녀가 물었다.

"아니 뭐, 그냥 재미있다는 생각이 들어서요. 다들 악착같이 자기가 모월 모일 틀림없이 이곳에 있었다는 증거를 남기고 싶어 하네요. 여기 보세요. '사랑하는 최판석, 김순애 다녀가다.' 그리고 그 밑에 날짜까지 말이에요."

"진짜 그렇네요. 그런데 지금도 최판석 씨와 김순애 씨는 여기 왔던 그 날을 자기 인생에서 가장 행복한 날로 기억하고 있을까요? 변함없이?"

"글쎄요, 사랑만큼 장담하기 어려운 것도 없다고 하잖아요.

둘이 결혼해서 아들딸 낳고 잘살고 있을 수도 있고, 이날 이후 서로 다투고 헤어져 소식도 모르게 살아가고 있을 수도 있죠. 윤희 씨 생각엔 결말이 어떤 쪽일 것 같아요?"

"저는 두 사람이 부부가 되어 잘살고 있기를 믿고 싶어요. 슬프잖아요. 여기 이렇게 볼펜으로 꾹꾹 새겨 놓은 사랑의 약속이 변해버린다는 게…."

윤희의 목소리가 왠지 허전했다.

"저도 그렇길 바라는 마음이 크지만…. 현실에선 사랑하는 사이에도 어쩔 수 없이 헤어지게 되는 일이 생기잖아요. 뭔가 서로에 대한 사랑이나 믿음이 부족했을 수도 있고."

"그치만, 사랑이 반드시 차고 넘치는 상태로만 유지될 수 있는 거라면 너무 무서울 것 같아요."

"서로 진짜 사랑한 게 아니라서 부족함을 깨닫게 된 건 아닐까요? 저는 아직 사랑에 대해 잘 모르지만…"

"정말, 그럴까요? 저는…."

윤희가 뭔가 하려던 말을 삼켰다. 차창 밖으로 밀려나는 낯선 시골의 산과 들이 왠지 모르게 그녀의 표정에 커다란 빈터를 만들어 놓고 있었다.

도심을 벗어나 한참 동안 시골길을 내달리던 버스는 야트막한 산모퉁이를 돌자 군부대 앞에서 서서히 속도를 줄였다. 군인들이 주섬주섬 짐을 챙겨 내릴 준비를 마칠 때까지 기사는 느긋하게 차 문을 열고 기다렸다. 군인들이 기사에게 고맙다는 뜻으로 깍듯이 경례를 올리고 차에서 내렸다. 버스 기사가 다시 차를 출발시켰다. 이제 버스 안의 승객은 두 사람뿐이었다.

이제 종점이 멀지 않았는지 운전기사는 좁은 시골길을 능숙하게 달리고 있었다. 기사가 급하게 커브 길을 돌 때마다 윤희의 가녀린 몸이 성준에게 기울었다.

갑자기 무거워진 분위기를 바꾸려는 듯 윤희가 애써 밝은 얼굴을 하며 입을 열었다.

“이제 진짜 다 왔어요. 사실 저는 혼자 자주 오던 곳인데, 오늘은 꼭 성준 씨랑 오고 싶었어요.”

“여기가 대체 어딥니까?”

“바다예요. 서해바다.”

“바다요?”

정말이었다. 버스가 마지막 산모퉁이를 돌아 나오자 눈앞에 바다가 펼쳐져 있었다. 성준은 예상치 못했던 광경에 꽤 놀라기도 하고, 오랜만에 보는 바다가 반갑기도 하여 벌어진 입을 다물지 못했다.

“아니. 윤희 씨, 여기가 바다 맞아요? 우리 진짜 서해바다 온 거예요?”

“네. 맞아요. 그것 봐요. 좋아하실 거라고 했잖아요.”

윤희가 오랜 시간 참을성 있게 기다려 준 데 대한 칭찬인 듯 성준을 향해 환한 웃음을 지어 보였다. 아이처럼 눈을 반짝이는 윤희의 얼굴에 뉘엿뉘엿 기울어 가던 겨울 해가 마지막 남은 환한 빛을 아낌없이 쏟아내고 있었다.

바다는 정말 놀라울 정도로 가까이에 있었다. 개펄 위에 내린 눈이 아직 다 녹지 않아 바다는 얇은 얼음 이불을 덮고 겨울잠에 빠져 있었다. 머리에 수건을 동여맨 동네 여인네들이 한겨울 추위에도 아랑곳하지 않고 여기저기 갯벌에 흩어져 조개를 채취하고 있는 모습이 눈물겨웠다.

민박집 주인이 연락도 없이 집으로 들어서는 윤희를 알아보고는 반갑게 맞았다.

"아유, 오랜만에 오시네요."

"잘 지내셨지요? 저희 오늘 하루 묵어갈 수 있게 해 주세요."

전에도 윤희는 이곳에 몇 번 묵어간 적이 있는 모양이었다. 주인이 별채에 딸린 방으로 윤희를 안내했다. 워낙 작은 동네라 민박을 하는 집이 몇 되지도 않는 듯했다. 꽤 아담한 규모의 집이었지만 민박집은 이런 어촌마을에 어울리지 않게 마당이 시멘트 포장으로 말끔히 덮여 있었다. 물과 기름처럼, 어쩐지 푸른 바다와 어울리지 않는 회색빛에서 이질감이 느껴지는 개량주택이었다. 성준은 그 어색한 재질의 공간으로 들어선 뒤로는 표정 관리가 쉽지 않아 말없이 윤희의 뒤만 따라다니고 있었다.

두 사람이 자기엔 좁지 않은 방이었다. 허기도 허기지만, 성준은 갑자기 그녀와 단둘이 방에 남겨지자 자기도 모르게 숨이 가빠지고 몸이 나른해지는 것이 느껴졌다. 단순히 피곤해서만은 아니었다. 이유도 없이 얼굴이 달아오르고 몸에 열이 오르고 있었다. 성준은 화장실을 핑계로 얼른 방문을 열고 나와 아까부터 숨 막히게 참고 있던 숨을 뱉었다.

휴우!

밖은 어느새 짧은 겨울해가 기울어 가고 있었다. 하지만 아직도 성준은 갑자기 맞닥뜨린 이 상황에서 자신이 어떤 처신을 해야 할지 생각을 쉽게 정리하지 못하고 있었다. 한참 동안 마당을 서성거려도 머릿속이 어지러웠다. 대체 윤희가 어떤 생각으로 자신을 여기까지 데리고 것인지 짐작이 되지 않았다. 서로가 사춘기 소년소녀도 아닌 다음에야 남녀가 단둘이 바닷가에 놀러와 밤을 보낸다는 게 어떤 의미인지를 모르지 않을 것이었다.

지레 앞질러 생각할 일도 아니지만, 자신이 주도할 수 있는 상황도 아니었다. 오늘 이 행선지를 그녀가 정했듯 앞으로의 일도 그녀의 판단에 맡기는 수밖에 없었다. 성준은 마음을 진정시킨 채 돌아와 무심코 방문을 열어젖혔다.

"어머!"

때마침 외출을 위해 하루 종일 신고 있던 스타킹을 갈아 신고 있던 윤희가 외마디 비명을 지르며 주저앉았다. 허리께까지 걷어 올린 치마 사이로 눈부시게 하얀 두 다리가 드러나 있었다. 순간적으로 성준은 사슴처럼 길고 가는 윤희의 다리를 보며 눈을 질끈 감고 말았다. 정신이 아찔했다. 반사적으로 문을 닫고 돌아선 성준은 인기척도 없이 방문을 연 자신을 자책했지만 이미 엎질러진 물이었다. 심장이 쿵쿵, 소리를 내고 있었다.

잠시 뒤 윤희는 애써 아무렇지도 않은 듯한 얼굴을 하며 밖으로 나왔다. 하지만 그녀는 성준의 눈을 똑바로 쳐다보지 못했다. 얼굴이 빨개진 채 시선을 피하기는 성준도 마찬가지였다. 눈앞에 하얀 두 다리의 잔상이 계속 어른거려 성준은 아직도 두근반 세 근반 하는 가슴을 주체할 수가 없었다.

"성준 씨, 배가 너무 고픈데 우리 그만 밥 먹으러 나가요."

식당은 민박집에서 멀지 않은 곳에 있었다. 식당으로 걸어가는 동안 성준은 그녀에게 자신이 의도적으로 여자의 방심을 틈타 문을 열어젖힌 속물처럼 비춰졌을까봐 걱정이 지워지지 않았다. 불쾌하게 받아들일지도 모를 행동이었다. 아직도 성준의 머릿속에는 그녀의 하얀 허벅지와 긴 다리가 내내 지워지지 않고 있었다. 그런 자신의 음흉한 마음을 행여나 그녀에게 눈치챌까 봐 성준은 목에 잔뜩 힘을 주고는 헛기침을 했다.

식당이라 봐야 구멍가게 수준의 잡화점을 겸하는 작은 밥집이었고, 그나마 날씨 때문인지 가게 안엔 손님이 하나도 없었다. 식당 주인이 권하는 대로 생선찌개와 밥을 주문한 성준과 윤희는 잠자코 마주 앉아 밥이 나오기를 기다렸다. 성준은 그 어색한 침묵을 견디기 힘들어 소주 한 병을 시켜 잔을 따랐다. 윤희가 벌떡 일어나더니 잔 하나를 더 성준 앞에 내밀었다.

"이런 데까지 와서 혼자 드시는 게 어디 있어요. 저도 한 잔 주세요."

그녀의 볼멘소리가 귀엽게 느껴졌다. 화장기 없는 얼굴이 손으로 만지면 뽀드득 소리가 날 것 같았다. 성준은 그녀의 얼굴을 한 번 만져보고 싶다는 생각이 들었다.

"윤희 씨가 소주도 마실 줄 알아요?"

"왜요? 왜 제가 못 마실 거라고 생각하세요? 이 정도는 아무것도 아니에요. 저 소주도 자주 마셔요. 더구나 오늘처럼 밖에나 나오는 날엔 더 그렇구요. 어서 한 잔 주세요."

성준은 어린아이처럼 조르는 그녀가 귀여워 선뜻 잔에 소주를 따랐다. 그렇지만 성준은 그녀의 말이 거짓말임을 어렵지 않게 짐작할 수 있었다. 소주 두 잔을 채 비우기도 전에 그녀의 얼굴이 동백꽃처럼 붉어졌기 때문이다. 알콜 도수가 25도가 넘는 소주는 생맥주와 달리 웬만한 술꾼들도 금방 취기가 도는 독주였다.

성준은 소주 두 잔에 얼굴이 빨개진 눈앞의 윤희가 새삼 귀엽고 예쁘다는 생각을 하고 했다. 그녀가 살아온 환경이 자신과 좀 다르다는 건 어렴풋이 느끼고 있었지만, 마치 성 밖의 모든 것을 신기해하는 공주처럼 그녀는 언제나 구김살 없고 밝은 미소로 성준을 대하고 있었다. 얼마쯤은 자기에게 호감을 갖고 있다는 것도 느낄 수가 있었다. 그랬기에 성준은 오늘 같은 날도 귀엽고 예쁘다는 말밖엔 그녀에 대한 자신의 감정을 정확히 표현할 수가 없었다.

밥값을 치르고 식당을 나서기 전 윤희는 두 평 남짓한 구멍가게로 들어가 요즘 가장 잘 팔린다는 맥주 몇 캔을 들고 나왔다. 성준은 조금 놀라긴 했지만 제지하지 않았다. 불과 몇 시간 동안이었지만 그녀와 보낸 오늘 하루의 시간이 뭔가 조금 더 그녀를 친밀감 있게 느끼게 하고 있었다.

식당을 나서자 황톳길을 따라 옆으로 길게 바다가 펼쳐져 있었다. 다행히 바람은 그리 세지 않았다. 윤희가 별로 추위를 타지 않는 것 같아 성준은 산책로를 따라 조금 더 소나무 숲 안쪽으로 발길을 옮겨 놓았다. 윤희가 조용히 성준을 따라 걸었다. 어느새 해가 진 하늘에는 늘 뿌옇기만 한 서울의 하늘과는 비교도 안 될 만큼 예쁜 밤이 찾아와 있었다.

방풍림 숲으로 들어선 성준은 앉기 편한 바위 하나를 골라 엉덩이를 내려놓았다. 뒤따르던 윤희도 가만히 성준의 옆에 와서 앉았다. 바닥에 앉자마자 찬 느낌이 피부로 전해졌다. 성준은 어디선가 여자는 차가운 곳에 앉으면 안 된다는 말을 들은 것이 생각나 얼른 윗옷을 벗어 그녀의 자리 밑에 깔아 주었다.

“고마워요.”

자리가 좀 안정되자 캄캄한 겨울 바다를 응시하던 윤희가 맥주 캔 하나를 따서 입에 가져가며 먼저 입을 열었다.

“예전엔 이런 자유, 그러니까 내 안에 있는 이런 자유로움이 있다는 사실조차 느끼지 못하고 살았던 것 같아요. 아니, 혹 알았다 하더라도 남 앞에 결코 드러내놓지 못했을 거예요. 자유로움이라는 거 이렇게 내놓지 않으면 나도 모르고 살 때가 많거든요.”

성준은 그녀의 입에서 나온 자유라는 말을 가만히 되뇌어 보았다. 사실 조금은 낯설기도 하고, 어리둥절한 기분도 들었다. 자유란 누구에게나 특별할 것 없는 보편적 가치이고 민주사회에선 너무나 자연스러워진 일상이 아니던가. 그녀가 갑자기 자유라는 단어를 썼기 성준은 그녀가 조금 취했는지도 모르겠다는 생각이 들었다. 여러 번 속으로 곱씹어 보아도 성준에게는 그 말들이 영 피부로 느껴지지 않았다.

“자유요?”

“그래요. 성준 씨는 지금 자유로움이 공감되지 않으시죠? 갇혀보지 않았으니 그럴지도 몰라요. 음, 당연한 일이에요. 뭐, 성준 씨가 공감하지 못한다고 해서 달라지는 건 없어요. 그냥 여기서 내가 성준 씨와 있다는 자체만으로 난 충분히 실감하고 있으니까요. 자, 우리의 자유를 축하하는 의미에서, 자, 건배!"

성준은 그녀와 맞부딪친 캔 맥주를 몇 모금 마시고는 어둠에 물들어 가는 그녀의 옆얼굴을 가만히 들여다보았다. 서양 인형처럼 단아한 얼굴선이 어둠 속에서도 또렷이 윤곽을 드러내고 있었다. 맥주 한 모금을 목으로 넘긴 그녀는 또 그대로 넋이 나간 사람처럼 가만히 철썩이는 파도 소리를 듣고 있었다. 성준은 오늘따라 그녀가 왠지 외로워 보인다는 생각이 들었다. 애써 밝은 표정을 하고 있지만, 몇 시간 전 들뜬 표정으로 자신을 이곳으로 데려올 때와는 또 다른 쓸쓸한 모습이었다. 그런 그녀를 감싸 안아주고 싶은 충동이 일었다.

성준은 용기를 내어 그녀의 어깨를 감싸 쥐었다. 윤희가 물끄러미 성준을 바라보았다. 누가 먼저랄 것도 없었다. 성준은 충동적으로 그녀를 세게 끌어당겨 안았다. 그리고 어디서 그런 용기가 났는지 주저하지 않고 그녀의 입술에 자기의 입술을 포갰다. 그제야 윤희가 조금 무안한 듯한 몸짓으로 지그시 성준의 몸을 밀어냈다.

"…."

"정말로 저를 좋아하시나 봐요? 하지만 성준 씨. 저는 이제 의미 없는 사랑은 하고 싶지 않아요. 성준 씨 좋은 사람이라는 거 알지만 또 서로에게 마음의 상처가 될까 봐… 겁이 나요."

"윤희 씨, 그냥 아무 말 말아요. 그냥 나한테 다 맡기고 기대면 돼요."

"성준 씨…."

윤희의 손이 미세하게 떨리고 있었다. 성준은 한층 용기를 내어 그녀의 손을 잡아 자신의 무릎에 올리고 두 손으로 따뜻하게 감싸주었다. 그녀의 떨림이 잦아들었다. 성준은 캔에 남아 있는 맥주를 단숨에 비워 버리고 그녀의 손을 잡고 자리에서 몸을 일으켰다. 윤희가 몸을 휘청거리며 따라 일어섰다. 성준이 얼른 그녀의 허리를 감싸 안아 몸을 부축했다. 민박집으로 돌아올 때까지 윤희는 아무 말도 하지 않았다.

"오늘은 별로 잠이 올 것 같지 않지만… 술 때문인지 머리가 너무 아파요. 미안한데, 정말 조금만, 조금만 눈 좀 붙일게요. 나 금방 일어날게요."

급한 대로 성준이 깔아주는 담요 밑으로 그녀가 몸을 뉘였다. 얼굴빛이 창백하게 질려 있었다. 아마도 잘 마시지도 못하는 술을 급하게 들이켠 영향인 것 같았다. 성준은 얼른 고개를 끄덕이며 그녀에게 이불 한 장을 더 꺼내 몸을 덮어 주었다.

"난 그동안 밖에 나가서 바닷바람이나 쐬고 올 테니 편하게 한숨 자고 있어요."

술기운을 빌려 충동적으로 그녀의 입술을 빼앗았지만 성준은 마치 그녀가 힘들어하는 게 자기 탓이라도 되는 것 같아 가슴이 졸아들었다. 그녀는 마치 날개를 다쳐 사냥꾼 품으로 날아든 어린 새처럼 파들파들 떨고 있었다.

윤희가 설핏 잠이 든 걸 확인하고 밖으로 나온 성준은 희미한 가로등 불빛을 따라 마을 어귀로 천히 걸음을 옮겨 놓았다. 이제 제법 밤이 이슥한 시간이었지만 마을 입구 공터에 있는 작은 비닐하우스 안에서는 희미한 알전구 아래 둘러앉은 동네 아낙들이 산더미처럼 쌓인 굴 껍질을 까고 있었다. 이따금 비닐하우스 밖까지 왁자한 웃음소리가 들려왔다.

'저들은 누구를 위해 이 밤늦은 시간까지 저렇게 열심히 일하는 것일까? 그래, 저들에게도 집에서 따뜻한 밥을 지어 놓고 기다릴 사랑하는 가족들이 있겠지? 사랑이란 그렇게 위대한 것일까?'

성준은 문득 자신이야말로 인생에서 가장 필요한 무언가를 채우지 못하고, 그 부족함마저 의식하지 못한 채 살아온 사람처럼 생각이 되었다. 그토록 열심히 살아왔건만, 자기야말로 저들과는 완전히 다른 세상에서 괜한 헛심을 쓰며 살아온 건 아닐까? 머릿속이 계속 혼란스러웠다. 아낙들의 웃음소리마저 들리지 않는 방파제 끝에서 성준은 비로소 자신이 너무 멀리까지 왔다는 생각에 서둘러 걸음을 되돌렸다.

11.

일렁이는 파도

윤희는 여태 곤히 잠들어 있었다. 볼수록 가녀린 그녀의 몸이 미동도 없이 깊은 잠에 빠져 있었다. 성준은 그녀의 잠을 깨울까봐 까치발로 들어가 자신도 구석자리에 얇은 이불을 펴고 조심스럽게 몸을 뉘었다. 그다지 먼 길은 아니었지만 하루 종일 윤희가 이끄는 대로 바쁘게 움직이다 보니 일시에 피곤이 몰려오는 것 같았다.

하지만 생각과는 달리 쉬이 잠이 올 것 같지는 않았다. 손만 뻗으면 닿을 거리에 윤희가 잠들어 있었다. 그녀의 몸에서 전해지는 옅은 백합향 냄새가 성준의 정신을 어지럽게 했다. 괜히 아까부터 이유 없이 목울대가 간지러웠다. 아무리 참으려 해도 자꾸 몸이 뒤척거려졌다. 성준은 최대한 소리를 낮춰 꼴깍, 하고 침을 삼켰다.

"성준 씨, 들어왔어요?"

생각보다 깊이 잠들었던 건 아니었던 듯 인기척을 느낀 윤희가 몸을 일으켜 성준을 돌아보았다.

“저 때문에 깼나 봐요?”

“아니요, 잠깐이지만 아주 달게 잤어요. 근데 아직 머리가 무거운 게, 잠깐 문 열고 환기 좀 해도 되겠죠?”

윤희가 조심스럽게 방문을 열어젖혔다. 소금기를 머금은 바닷바람이 훅하고 방안으로 밀려 들어왔다. 보름이 가까워진 듯 둥그런 보름달이 밤하늘을 가로질러 가고 있었다. 윤희가 벽에 등을 기대고 가만히 밖을 응시했다. 성준도 맞은편 벽에 등을 기대고 앉아 그런 윤희의 모습을 물끄러미 바라보았다.

한참 만에야 윤희가 먼저 입을 열었다.

“성준 씨, 그거 알아요? 내가 성준 씨보다 두 살이나 많다는 거 몰랐죠?”

겨울바다처럼 깊이를 헤아릴 수 없는 나지막한 목소리에 성준이 분위기를 바꾸려 별것 아니라는 듯 피식 웃었다.

“그게 뭐 그리 중요한 문제인가요? 우리 어머니도 아버지보다 세 살이나 많아요. 또 우리 할머니는 할아버지보다 여섯 살이나 많으셨지만 돌아가실 때가지 두 분이 그렇게 금슬이 좋으셨어요.”

윤희의 입술이 딸싹거렸다. 뭔가 더 중요한 얘기를 하고 싶어 하고 있었다. 하지만 성준은 그녀에게서 무슨 얘기가 나올지 몰라 겁을 내고 있었다. 성 안에서 곱게 자란 공주의 비밀을 그는 더 이상 듣지 않기를 바랐다.

"그런 얘기라면 신경 쓰지 말아요. 저는 그렇게 중요한 문제라고 생각 안 해요."

윤희가 다리를 덮고 있던 이불을 약간 들추며 성준 쪽으로 몸을 돌렸다. 본의 아니게 두 사람의 눈이 마주쳤다. 윤희가 또렷한 목소리로 듣고 싶지 않았던 비밀 이야기를 꺼냈다.

"그리고 사실, 저는 이미 결혼 경험도 있고, 아이도 있는 여자예요."

갑자기 두 사람 사이에 깊은 정적이 찾아왔다. 성준은 어떤 반응을 해야 할지 몰라 가만히 윤희의 다음 얘기를 기다렸다.

"그래요. 저는 이미 한번 결혼했던 사람이고, 여섯 살짜리 남자 아이를 키우는 이혼녀예요. 지금 성준 씨가 무슨 생각을 하는지 짐작해요. 화를 내도 변명하지 않겠어요. 하지만 믿어 주세요. 단 한 번도 성준 씨를 속일 생각은 없었어요. 다만 그 얘기를 꺼낼 타이밍을 놓쳤을 뿐…."

"지금 내가, 화를 내야… 화를 내는 게 맞는 건가요?"

성준이 말을 더듬거렸다. 윤희가 깊게 들이마셨던 숨을 토하며 말을 이었다.

"성준 씨가 화를 내거나 충격을 받았다고 해도 놀라지 않을 거예요. 사실 제가 이렇게 성준 씨를 좋아하게 될지도 몰랐어요. 그리고 저, 사실은 그런 제 자신이 부끄럽진 않아요."

"부끄럽다니요. 나도 전혀 그런 생각은 안 해요."

성준은 문득 자신이 지금 무슨 말을 해도 변명처럼 들릴 거라는 생각이 들었다. 그런데 이상한 건 자기 자신이었다. 그녀의 얘기에 충격을 받은 건 사실이지만 이상하게도 이런 상황을 미리 예견하기나 했던 사람처럼 전혀 화가 나지 않았다. 윤희가 다시 조용히 입을 열었다.

"오 년 전에 아이 아빠와 헤어진 뒤로 줄곧 제가 아이를 키우며 둘이 살고 있어요. 대외적인 이혼 사유는 성격 차이지만 더 중요한 건 내가 아이 아빠를 사랑하지 않았다는 거였어요. 멍청하고 우스운 이유죠? 이 나이에 무슨 사랑 타령이냐고, 비웃을지도 모르겠지만 나는 그저 내 감정에 솔직하게 살고 싶었어요."

"사랑하지도 않는 사람과는 왜 결혼을 했어요?"

성준이 끄응, 소리를 안으로 삭이며 물었다. 성격 차이라면 어느 정도 납득할 수 있겠지만 성준은 그녀의 고백을 들으면서 아까부터 자꾸 정확한 이혼 사유를 캐묻고 싶은 충동을 느끼고 있었다. 답답한 기분 때문이었을까? 무슨 말을 하건 최대한 침착하고 싶었지만 왜 이렇게 목소리가 떨리고 있는지 자신도 알지 못했다.

"부모님의 강요에 의한 결혼이었지만 결과적으론 제 실수라고 하는 게 맞아요. 단지 한순간의 호감을 사랑이라고 착각했고, 세속적인 조건도 좋았어요. 뭐, 조건을 보고 결혼한 건 아니지만 전 그냥 그게 당연한 거라 생각했었어요. 세상 물정 모르는 바보였죠. 주위에서 다 좋은 사람이라고 이야기했어요. 제 실수라면 한 가지, 그 사람을 사랑하지 않는다는 걸 너무 늦게 깨달았단 거예요. 아이를 낳으면 나아질 거란 어른들 말을 믿고 싶었는지도 모르겠군요."

윤희의 눈가에 눈물이 고여 있었다.

"성준 씨가 제 이야기를 듣고 어떻게 생각할지는 성준 씨 자유예요. 그리고 그건 내가 관여할 수 있는 부분이 아닌 것 같아요. 그저 내 이런 처지를 솔직하게 털어놓고 싶었어요. 성준 씨가 나를 받아들일 수 없다고 해도 아무런 원망도 하지 않을 거예요."

그녀의 눈가를 적시고 있는 눈물을 보며 성준은 자신이 비겁한 남자라는 생각이 들었다. 윤희의 아픈 상처를 헤집어 놓은 사람은 바로 자신이었다. 정말 예기치 않게 시작된 만남이었지만, 이제 와서 그 모든 것을 우연으로 돌려버리기엔 너무 깊숙이 그녀의 마음속에 들어가 버린 뒤였다. 그녀 역시 이제는 성준에게서 멀어질 수 없는 상대였다.

"윤희 씨, 나한테 이런 이야기 해 준 거 정말 고마워요. 굳이 아픈 기억 꺼내게 해서 미안해요."

성준은 가만히 그녀 곁으로 다가가 힘주어 그녀를 끌어안았다. 그녀의 가녀린 어깨가 떨리고 있었다. 흘러내린 눈물이 그녀의 볼을 적시고 있었다.

성준은 마치 그녀를 다 이해한다는 듯 그녀를 감싸 안은 팔에 힘을 주었다. 그녀의 눈물이 가슴 속을 후벼오고 있었다.

"이런 제가 부담스럽다면 오늘을 마지막으로 해요. 나, 더 이상 성준 씨한테 부담드리긴 싫어요. 전 생각만큼 마음이 넓지 않아요. 그냥 나 자신이 상처받기 싫어서 성준 씨한테 미리 이야기 하는 거예요. 전 보기보단 이기적인 여자예요. 살면서 나를 지키는 방법을 터득한 거죠. 오늘이 성준 씨를 마지막으로 보게 되는 날이래도 나 성준 씨가 늘 따뜻하게 대해 줬던 거, 절대 잊지 않을 거예요."

"윤희 씨, 그런 말 하지 말아요. 내 마음은 절대 변하지 않아요. 윤희 씨를 향한 제 사랑은 변함이 없어요. 이제부터 나는 더욱 윤희 씨를 위해 살겠습니다."

영원히 묻어두어야 할 비밀을 다시 봉인하려는 듯 성준의 입술이 급하게 윤희의 입술을 덮었다. 성준의 혀가 그녀의 입에서 흘러나온 비밀을 다시 밀어 넣었다. 흡, 하고 윤희가 비밀을 빨아들였다.

가슴속에 불꽃이 피어오르고 있었다. 삽시간에 피어난 그 불꽃으로 인해 두 몸이 뜨겁게 달구어지고 있었다. 성준의 혀와 손이 쉴 사이 없이 그 불덩이 사이를 헤집었다. 감춰야 할 비밀이 다시 세상에 드러나지 않게 하려는 듯 처절한 몸부림이 둘의 조급증을 부채질하고 있었다.

성준의 손이 다급하게 윤희의 원피스를 벗겨 내렸다. 눈부시게 뽀얀 피부의 나신이 눈앞에 드러났다. 윤희의 소중한 곳을 손바닥만 한 천 조각이 겨우 가리고 있었다. 본능적으로 윤희가 자신의 치부를 손으로 가리며 다리를 움츠렸다. 하지만 성준은 마지막 하나 남은 그녀의 비밀을 벗겨 내리면서 봉긋하게 솟아오른 윤희의 젖꼭지를 거칠게 입에 물었다.

헉, 하고 윤희가 몸을 비틀었다. 바다가 앓는 소리였다.

"사랑해요, 성준 씨!"

어느새 성준도 알몸이었다. 초야를 맞는 여자처럼 윤희가 온몸을 바들바들 떨며 성준의 손길을 받아내고 있었다. 더 이상 참을 수 없다는 듯 성준이 윤희의 몸 위로 올라갔다. 윤희는 이제 불덩이가 아니라 일렁이는 바다로 변해 있었다. 성준의 몸이 움직일 때마다 그녀의 입에서 단내가 뿜어져 나왔다. 헉헉! 바다의 물길이 열리고 있었다.

긴 항해에서 돌아온 어부처럼 성준은 거칠게 닻을 내렸다. 성준의 닻이 해저에 내려지는 소리가 들려왔다. 잠잠하던 바닥에 성준의 닻이 닿을 때마다 바다가 끙끙, 앓는 소리를 내며 몸을 뒤척였다. 수면 위에는 폭풍이 지나가고 있었다. 하나의 파도가 지나갔나 싶으면 숨 돌릴 사이도 없이 더 큰 해일이 윤희의 알몸을 밀어붙였다. 본능에 몸을 맡긴 성준의 몸은 파도에 실려 위아래를 거칠게 오르내리고 있었다. 윤희를 부둥켜안은 성준의 몸에 잔뜩 힘이 들어갔다. 커다란 닻이 윤희의 바다 깊숙한 곳을 함부로 휘젓고 있었다.

이번엔 윤희가 성준의 몸 위로 올라왔다. 바다가 뒤집혔다. 거센 폭풍이 바다 밑바닥을 휘젓고 지나가자 감춰있던 윤희의 검은 갯벌이 드러났다. 성준은 본능이 시키는 대로 갯벌 안으로 성큼 닻을 던졌다. 윤희의 호흡이 절정을 향해 치닫고 있었다.

서로가 멈추고 싶지 않은 몸의 장난이었다. 서로를 부둥켜안은 바다와 어부는 뜨거운 숨을 토해내며 파도를 넘나들고 있었다. 몸이 둥둥 파도 위에 떠올랐다 갯벌에 꼬꾸라졌다. 그때마다 바다가 앓는 소리를 내고 있었다. 윤희의 가쁜 숨소리 속에서 성준은 기어이 자신의 닻이 바다 밑바닥에 닿는 소리를 듣고 있었다. 밤새 몇 번의 격정적인 항해를 마친 성준은 새벽녘에야 간신히 잔잔해진 바다의 품에 안겨 잠이 들었다.

들창으로 쏟아져 들어오는 아침 햇살에 눈을 뜬 성준에게 이제 막 방으로 들어서는 윤희의 모습이 보였다. 윤희의 손에 은박 도시락에 담은 밥과 김치, 그리고 아마도 근처 구멍가게에서 사 온 듯한 인스턴트 김 한 봉지가 들려 있었다. 아침부터 문을 연 식당이 없어 어딘가에서 요기 거리를 마련해 온 모양이었다.

"피곤했는지 너무 곤히 주무시기에 일부러 안 깨웠어요. 그나저나 여긴 바닷가라 그런지 먹을 게 마땅치 않아요. 이따 시내에 나가 제대로 된 걸 사 먹기로 하고 우선은 이걸로 간단히 때워요. 김치랑 밥 조금 사 왔어요. 후후, 여기도 이젠 인심이 예전 같지 않은 거 있죠?"

윤희는 언제 무슨 일이 있었느냐는 듯 원래의 모습으로 돌아가 있었다. 하지만 어젯밤 모습보다 훨씬 기분이 좋아 보였고, 표정도 한결 밝아져 있었다. 왠지 모르게 달라진 윤희의 표정에 마음이 놓인 성준은 얼른 자리를 정돈하고 일어나 밥상을 두고 그녀와 마주 앉았다. 반찬은 정말 김과 김치뿐이었다. 하지만 성준에겐 오랜만에 받아보는 따뜻한 아침 식사였다. 그녀와 이렇게 오붓한 아침을 맞고 있다는 사실이 거짓말처럼 느껴졌다.

식사를 마치고 짐을 챙겨 나오니 거짓말처럼 섬으로 들어가는 물길이 갈라져 있었다.

"정말 신기하죠? 누가 일부러 만든 것도 아닐 텐데. 하루에 두 번 저렇게 물길이 열린대요."

"그렇군요. 전 얘기만 들었지 실제론 처음 봐요. 윤희 씨 덕에 좋은 구경합니다. 하하하."

성준은 자기도 모르게 자꾸 웃음이 나왔다. 어젯밤의 일로 더 이상 윤희가 남처럼 여겨지지 않았다. 성준이 가만히 윤희의 팔을 잡아끌어 손에 깍지를 꼈다. 윤희가 부끄러운 듯 픽, 하고 웃음을 터뜨리며 한걸음 앞서 걸었다. 성준이 서둘러 윤희의 옆으로 다가서며 다시 깍지를 꼈다. 이번에는 윤희도 성준의 손을 뿌리치지 않았다.

성준은 윤희의 체온을 손으로 느끼며 버스정류장을 향해 천천히 걸음을 옮겨 놓았다. 둘 사이에 뭔가 단단한 동아줄이 연결되어 있는 기분이었다. 서로를 바라보는 두 사람의 눈빛이 봄 햇살처럼 나른하게 풀어져 있었다.

역 앞 간이정류장에서 내린 성준은 윤희의 손을 잡고 내렸다. 윤희가 가만히 손을 떼어 놓았다. 어느새 윤희는 어제처럼 약간 거리를 두는 듯하던 모습으로 돌아가 있었다. 하지만 성준은 어젯밤 일로 윤희의 진심을 확인한 뒤라 전처럼 불안하거나 조바심이 들지 않았다.

“윤희 씨도 많이 배고프지요? 서울 돌아가기 전에 우리 제대로 밥이나 먹고 가요.”

아침을 간단하게 때우고 나온 터가 허기가 느껴졌다. 성준은 역 앞 횟집으로 들어가 회를 주문했다.

“근데 성준 씨 우리 좀 이상하지 않아요?”

윤희가 귀엽게 입을 삐죽거렸다.

“바닷가에선 고작 김치랑 밥만 먹고, 이렇게 시내 나와서야 회를 먹게 됐잖아요.”

"하하하. 그야 뭐!"

성준은 윤희의 투정이 사랑스럽기만 했다.

"그것보다 난 어젯밤에 너무 힘을 써서 그런지 지금도 다리가 후들거리는 게 더 이상해요."

짓궂은 농담에 윤희가 상추쌈을 싸서 얼른 성준의 입을 틀어 막았다. 누가 보면 젊은 부부의 애정행각에 샘을 낼 광경이었다.

서울로 돌아온 성준은 광화문 근처에서 윤희와 헤어져 이문동으로 가는 전철을 탔다. 동업을 시작하면서 이문동에 작은 빌라 한 채를 구입해 이사를 간 게 몇 달 전이었다.

집이 가까워지자 성준의 발걸음이 본능적으로 빨라졌다. 예상대로 하룻밤 사이에 집안이 발칵 뒤집혀 있었다. 말도 없이 외박을 한 탓에 농한기를 맞아 모처럼 성준의 서울집에 올라와 지내고 있던 어머니가 근심 가득한 얼굴로 성준을 맞았다.

"얘기도 없이 안 들어오기에 무슨 일 있나 걱정하던 참이다. 밥은 먹었니?"

성준은 친구 집에서 자고 들어왔다는 거짓말로 상황을 무마한 채 서둘러 다시 외출 준비를 서둘렀다. 집에 들어와 옷만 갈아입고 다시 나가려는 성준을 어머니가 불러 세웠다. 하지만 성준은 약속을 핑계로 얼른 집을 나와 가게로 달려갔다. 예상대로 형식도 말도 없이 지각을 한 성준의 행동이 예사롭지 않은지

"무슨 일 있었어?"하고 물었다.

"응, 감기 기운이 있어 늦잠을 좀 잤어. 미안하다. 앞으론 이런 일 있으면 미리 연락이라도 할게."

성준은 당분간 형식에겐 윤희 얘기를 비밀로 할 생각이었다. 섣불리 그녀 이야기를 꺼낸다 해도 형식이 쉽게 둘의 진심을 선뜻 이해해 줄 것 같지도 않았다. 언젠가는 말해야겠지만 지금은 때가 아니었다.

"늦잠 같은 소리 하고 있네. 무슨 일이라도 생긴 줄 알고 아침에 어머님이 전화까지 하셨었단 말이야. 너 어제 집에 안 들어갔었다며? 내가 얼른 눈치채고 나랑 술 마시고 잤다가 얼버무리긴 했는데, 나한테까지 거짓말할 거야? 짜식아, 너 지금이라도 가게 안 나왔으면 경찰서에 신고하러 갈 생각이었단 말이야."

형식이 그냥 넘어가지 않겠다는 듯 성준을 몰아붙였다. 성준은 잠시 생각하다가 아무래도 형식에게 약간이라도 귀띔은 해 두어야 할 것 같아 담배 한 대를 권하며 간이의자를 끌어당겨 앉았다.

"형식아. 나 사실 요즘… 만나는 여자가 있어."

"여자? 그럼 너 어젯밤에도 여자랑 같이 있었어?"

"응. 바닷가로 놀러 갔다가 일이 좀 생겨서."

"와우, 옛날 말 틀린 거 하나 없구나. 얌전한 고양이가 부뚜막에 먼저 오른다더니 그럼 어제… 여자랑 자고 온 거란 말이지?

와, 김성준이, 너도 역시 남자는 남자였구나!"

생각했던 것보다 형식은 크게 놀라지 않는 눈치였다. 오히려 마치 너한테도 그런 재주가 있었냐는 듯 형식의 눈이 반짝거렸다.

"하긴 네가 요즘 좀 이상하다 생각하긴 했어. 그나저나 대체 어떤 여자야?"

형식 역시 요즘 들어 성준이 부쩍 누군가의 전화를 애타게 기다리는 걸 눈치채고 있던 모양이었다. 형식의 질문을 긍정으로 받아들인 성준은 마음이 좀 놓였다.

"인마, 다른 사람은 몰라도 이 형님한테는 먼저 얘기해야지. 말 좀 해 봐. 대체 어떤 여자야?"

성준은 어젯밤 윤희와 제부도로 놀러 갔던 얘기를 털어놓았다. 하지만 차마 윤희가 이혼녀이고, 아이까지 키우고 있다는 얘기는 꺼내지 않았다. 당분간 그 얘기는 주변 사람들에겐 비밀로 할 작정이었다. 아니 할 수만 있다면 감추고 싶은 비밀이었다. 성준은 약간의 윤색을 거쳐 윤희를 사귀게 된 과정과 어제의 사정을 대략 설명한 후 담배 하나를 더 꺼내 입에 물었다. 형식이 빙긋 웃으며 담배에 불을 붙였다.

"역시 그랬구나. 내가 너 뭔가 있는 줄은 알았다만…. 후후, 굼벵이도 구르는 재주가 있다더니 이 자식 나한테까지 숨기고 비밀 연애를 하고 있었단 말이지? 하하하."

형식이 유쾌하게 웃었다. 차라리 다행이라는 반응이었다. 몇 번인가 영주의 친구들을 소개해 주겠다고 할 때마다 성준이 왜 그토록 시큰둥해했는지 이해가 된다는 표정이었다.

"그렇다고 뭘 나한테까지 감추고 그래! 나한테 귀띔이라도 해 줬으면 가끔 일찍 퇴근하도록 눈감아 줄 수도 있었을 텐데…."

형식은 자신에게까지 연애 사실을 감춰 왔던 성준의 처사가 섭섭한 눈치였다. 하지만 성준은 형식이 진심으로 자신의 연애를 축하해 주고 있다는 걸 알 수 있었다.

"미안해. 그렇게 됐다. 다음에 봐서 정식으로 인사 한번 시킬게."

12.

그대에게 가는 길

제부도 민박집에서 서로의 마음을 확인한 뒤 가장 달라진 것은 윤희의 태도였다. 윤희는 이제 적극적으로 성준에게 자신의 진심을 드러내고 있었다. 전화도 부쩍 잦아지고, 남들이 보건 말건 성준의 사랑 표현에도 적극적으로 응해 왔다.

덩달아 성준 또한 구름 위를 걷고 있는 기분이었다. 주민등록상으로는 분명 자신보다 다섯 살이나 많은 나이였지만 외모만 봐서는 오히려 그녀가 더 어려 보였다. 그녀에게 아이가 있다는 사실조차 거짓말처럼 느껴졌다. 성준의 마음속엔 어느덧 윤희의 존재가 단단히 뿌리를 내리고 있었다.

며칠 후 일요일, 종로3가 단성사에서 영화 한 편을 보고 나온 성준은 윤희의 손을 잡고 근처 커피숍을 향해 걸음을 옮겨 놓았다. 지나가던 젊은 여자들이 밝고 화사한 옷차림의 윤희를 곁눈질하는 게 느껴졌다. 서양 모델처럼 큰 키는 아니지만 윤희는 어떤 옷을 입어도 빛이 났다. 성준은 그런 윤희가 자랑스러웠다.

"성준 씨, 근데 우리 지금 어디 가요?"

"음, 커피 한 잔 마시고 윤희 씨랑 이따 돈까스 먹으러 가려고 하는데 왜요? 어디 가고 싶은 곳이라도 있어요?"

"있죠!"

"어, 그럼 진작 얘기하지. 어디예요? 우리 윤희 씨가 가고 싶은 데가?"

"성준 씨 집이요."

"우리 집?"

"네, 오늘 성준 씨 집 구경 안 시켜 줄래요?"

난감한 부탁이었다. 여태껏 형식이 말고 누군가를 집에 초대한 적이 거의 없었다. 누군가에겐 아무렇지도 않은 행동이겠지만 어릴 때부터 집을 떠나 생활해 온 성준에겐 누군가를 자기 집으로 초대한다는 게 낯설기만 했다. 얼마 전 이문동에 집을 장만한 후 형식과 영주가 집들이를 왔을 때도 성준은 사실 자기 아닌 다른 사람이 자기 집에 있다는 사실만으로 마음이 조금 편치 않았다. 남자 혼자 사는 집이라 아무리 깨끗이 치워도 채 정리되지 않은 생활의 흔적이 보일 게 분명했다. 그녀를 집으로 데려가는 게 선뜻 내키지가 않았다. 더구나 요즘은 어머니가 서울에 올라와 같이 지내고 있었다.

가끔은 그녀와 결혼해 그 집에서 함께 생활하는 모습을 머리에 그려보기도 했지만 오늘처럼 아무런 준비도 없이 어머니께 그녀를 소개한다는 게 자신이 서지 않았다. 어떻게든 거절을 할 핑곗거리를 궁리하고 있는 성준의 마음을 다 안다는 듯 윤희가 다시 입을 열었다.

"성준 씨. 꼭 내가 먼저… 인사시켜 달라고 해야 돼요?"

"네? 그럼 그게…."

그제야 성준은 윤희가 말한 집 구경이 어머니께 인사를 드리고 싶다는 의미라는 걸 알아차렸다. 성준은 그 속뜻을 감지하지 못하고 그저 표면적으로 남자 혼자 사는 집을 보여줘야 한다는 사실에 대해서만 고민하고 있던 것이었다.

"그게, 저…."

"네. 그럼 오늘 나 성준 씨 집에 꼭 가는 거예요."

그녀가 다시 오금을 박았다. 성준은 할 수 없이 고개를 끄덕이고 말았다. 차라리 그렇게 적극적으로 나오자 마음이 차분히 가라앉았다. 흔치 않은 하룻밤의 외박 사유를 궁금해하는 어머니의 반응이 궁금하기도 했다. 성준은 근처 공중전화로 다가가 집에 전화를 넣었다. 전화를 받은 어머니가 집에 여자를 데려간다는 성준의 말에 반색을 했다.

"너랑 결혼할 처자니?"

"아니, 그런 사이는 아니고요…."

"에구, 집에 인사 올 정도면 뻔한 걸 내가 괜한 걸 묻고 있구나. 아무튼 아가씨 맘 변하기 전에 얼른 데리고 와라. 빨리 전화

끊자. 청소부터 다시 해 놓고 장이라도 봐 와야 될 것 같아. 얘, 저녁은 꼭 집에 데려와서 먹어라. 응?"

"뭐 그렇게까지 안 하셔도…."

"그래도 그런 게 아니야. 아무튼 전화 끊는다."

성준이 수화기를 내려놓자 멀찌감치 떨어져 있던 윤희가 다가와 팔짱을 끼며 미소를 지었다.

"성준 씨, 왜 그렇게 떨어요? 나 인사시키는 거 부담돼요?"

"부담은 아닌데…. 그냥 너무 갑작스러운 일이어서요."

성준의 마음이 오락가락했다. 언젠가 한 번은 넘어야 할 산이었지만 그게 오늘이라는 사실이 왠지 모르게 성준의 마음을 갈팡질팡하게 만들고 있었다.

"성준 씨만 괜찮다면 집에 정식으로 인사드리고 만나고 싶어요."

"그럼, 저녁은… 우리 집에 가서 먹기로 해요."

"좋아요. 그 대신 우리 잠깐 어디 좀 들렀다 가요."

윤희가 성준을 명동 근처의 한 백화점으로 이끌었다. 처음 인사드리러 가는 길이라 고기라도 끊어 갈 생각인 것 같았다. 이런 날 빈손으로 가는 것도 예의가 아닌 것 같아 성준은 잠자코 윤희의 뒤를 따랐다.

저녁 무렵, 백화점에서 산 몇 가지 집들이 선물을 들고 집에 들어서자 예비 며느리의 갑작스러운 방문에 소란을 피워 댄 어머니의 흔적이 역력했다. 평소에 아무 생각 없이 드나들던 현관

입구의 화분 배열이 싹 바뀌어 있었고, 가구며 방바닥이 반들반들 빛을 내고 있었다. 그 몇 시간 사이에 기어이 집안 청소까지 다시 한 모양이었다. 평소와 달리 얼마 전 성준이 동대문시장에서 새로 사드린 옷으로 말끔하게 차려입은 어머니가 반갑게 윤희를 맞았다.

“어머니, 안녕하세요. 송윤희라고 합니다.”

“어서 와요, 아가씨!”

윤희를 직접 대면한 어머니의 입이 귀에 걸리는 게 느껴졌다. 그녀의 등장만으로도 집 안이 환해졌다. 농사일로 검게 탄 어머니와 우윳빛처럼 뽀얀 윤희의 피부색이 오늘따라 더 대비가 됐다.

“우리 애가 이렇게 미련한 녀석이라우. 이놈아, 이렇게 참한 처자가 있었으면 엄마한테 슬쩍 언질이라도 했어야지. 쯧쯧!”

어머니의 타박을 들으며 성준은 목구멍에 생선가시처럼 걸려 있던 걱정거리 하나가 쑥 내려가는 기분이었다. 그러자 마음속에 조용한 확신이 찾아왔다. 윤희를 집에 데리고 오는 동안에도 끝내 풀지 못하고 미뤄 두었던 숙제였다.

‘그래, 어쩌면 이게 우리의 운명일지도 몰라!’

엄밀히 말해 윤희는 세상 사람들이 곱게 보지 않는 이혼녀였다. 이혼이라는 꼬리표가 어떤 의미로 인식되는지 성준 또한 잘 알고 있었다.

어머니의 시선이 줄곧 윤희를 따라 움직이고 있었다. 아들이 만나는 아가씨가 어떤 처자일지 궁금해 집에 데려오라고 승낙을 했지만 어머니 역시 마음이 급해 경황이 없기는 마찬가지였다.

"아직 저녁 안 먹었다고 했지? 그럼 우리 밥부터 먹고 얘기하자. 뭐하니, 성준아? 손님 모시고 와! 근데 가짓수만 많지, 젓가락 갈 데가 없을까봐 걱정이네. … 아가씨, 차린 건 없지만 얼른 와 앉아요!"

주방에서 고소한 밥 냄새가 흘러나왔다. 그새 장까지 봐 오셨는지 아침 밥상엔 없었던 반찬들이 가득했다. 성준은 새삼 어머니가 얼마나 아들의 결혼을 바라왔는지 알 수 있었다. 한편으론 평소와 달리 허둥지둥하는 어머니의 말과 행동이 재미있기만 했다.

"아유, 보기완 달리 젊은 처자가 밥 먹는 것도 정말 복스럽게 잘 먹네!"

군소리 없이 밥 한 그릇을 다 비운 것까지 마음에 들었는지 어머니의 얼굴에 흐뭇한 미소가 더해졌다. 계속 곁눈질로 윤희를 살피던 성준도 얼른 밥그릇을 비우고 일어섰다.

"어머, 어머니. 설거지는 저한테 맡겨 주세요. 저 이래 봬도 설거지 잘해요, 어머니!"

설거지통 앞으로 다가서는 어머니의 앞을 막아선 윤희가 팔소매를 걷어붙였다. 하지만 어머니는 한사코 윤희의 등을 거실로 떠밀어냈다.

"아냐, 아냐! 오늘은 손님으로 온 거니 아가씨는 잠깐 좀 쉬고 있어요. 아유, 어서 나가라니까!"

"아니에요. 오늘은 제가 불쑥 찾아와 밥도 맛있게 얻어먹었으니 설거지라도 해 드리고 싶어요."

"글쎄, 오늘은 안 그래도 돼요. 얘, 성준아, 얼른 아가씨 좀 데리고 나가거라."

윤희가 민망한 듯 성준을 향해 울상을 지어 보였다. 성준은 자신도 어쩔 수 없다는 듯 어깨를 으쓱해 보이며 윤희를 향해 빙긋 웃었다.

"어머니, 집에 뭐 과일 같은 건 없어요?"

성준의 얘기에 어머니가 얼른 맞장구를 쳤다.

"그래, 맞구나! 아까 낮에 나가서 참외 좀 사다 놓은 게 있어. 잘 됐구나. 넌 참외 몇 개 담아서 아가씨 데리고 좀 나가 있어라."

"그래요, 윤희 씨. 설거지는 어머니한테 맡기고 이리 와서 과일이나 깎아 주세요!"

성준까지 그렇게 나오자 아쉬운 얼굴로 거실로 나온 윤희가 과도를 집어 들었다. 과도가 얇은 참외껍질을 도려낼 때마다 쓱쓱, 하고 기분 좋은 소리가 났다. 윤희가 먹기 좋은 크기로 참외를 잘라 접시에 가지런히 담았다. 어느 모로 봐도 능숙한 솜씨였다.

성준은 그런 윤희의 모습이 조금은 낯설게 느껴졌다. 겉으로 보기엔 한평생 누군가의 보살핌만 받고 살아왔을 여린 공주처럼 보이지만 생각해 보면 그녀 또한 오 년 전까지 제 손으로 한 남자를 건사해 온 주부로 살아온 터였다. 아니, 지금도 그녀는 한 아이를 키우고 있는 엄마였다.

짧은 순간이었지만 그녀의 녹록찮은 과거를 엿본 것 같아 성준의 가슴에 잔잔한 파문이 일었다. 성준은 부정적인 생각을 지우려는 듯 주머니에 손을 넣어 담뱃갑을 더듬었다. 빈 담뱃갑이 손에 집혔다.

"나 잠깐 나가서 담배 한 갑만 사러 나갈 건데, 윤희 씨 혼자 두고 나가도 되겠어요?

"그럼요. 제 걱정 말고 천천히 다녀오세요."

성준은 슬리퍼를 끌고 어슬렁어슬렁 집을 나섰다. 담배 가게는 조금 떨어진 마을 입구에 있었다. 은하수 한 갑을 사 들고 나온 성준은 집으로 돌아가는 대신 가게 앞 평상에 잠시 엉덩이를 붙이고 앉았다. 뉘엿뉘엿 해가 지고 있었다.

외출에서 돌아오는 젊은 부부가 인형처럼 귀여운 여자 아이의 손을 나눠 잡고 성준의 앞을 스쳐 지나갔다. 아이는 이제 서너 살이나 됨직해 보였다. 아장아장 아이가 걸음을 옮겨 놓을 때마다 뭐가 그리 즐거운지 젊은 엄마 아빠의 입에서 낭랑한 웃음소리가 흘러 나왔다. 기껏해야 성준 또래의 나이밖에 되지 않을 것 같은 젊은 부부였다. 성준은 왠지 모르게 행복해 보이는 일가족의 모습에서 눈을 뗄 수가 없었다. 잠시 후 그들이 골목 끝으로 사라지자 성준은 꿈에서 깨어나 길게 한 모금 연기를 빨아들였다. 후우!

'그래, 행복이란 게 별 건가? 이제 나도 저렇게 단란한 가정이 필요할 때가 된 거야. 비록 한 번의 이혼 경력과 아이가 있지만, 그게 윤희라면….'

얼마 전까지 성준에겐 결혼이란 그저 먼 미래의 것이었다. 어린 나이에 집을 떠나온 뒤론 항상 먹고 사는 일이 먼저였던 탓에 결혼적령기의 끝물인 지금도 가정, 결혼, 아이, 출산 같은 말들이 도무지 실감이 나지 않았다. 비슷한 나이의 친구들이 장가를 가는 걸 보면서도 결혼 문제만큼은 그저 남의 일처럼 느껴온 것도 사실이었다. 연애는커녕 여태껏 성준은 여자 한번 제대로 만나본 적 없는 숙맥이었다.

하지만 윤희를 만나고부터는 뭔가에 대한 결여감이 커지고 있다는 건 부인하기 어려웠다. 여태껏 큰 불만 없이 이어지던 자기 삶에서 결여된 것을 채우지 못한다면 전과 같은 마음으로는 살 수 없을 것 같은 조바심 같은 것이 불쑥 고개를 들었다. 더욱이 오늘처럼 윤희와 어머니가 고부지간처럼 오순도순 함께 있는 모습을 보면서 성준은 어렴풋하게나마 자신이 채워야 할 게 어떤 건지를 깨닫고 있었다. 아직도 마음속에 께름칙하게 남아 있는 생각을 바꾼다면 이제 자신도 당당히 행복한 가정을 꾸릴 수 있을 터였다. 담배꽁초를 버리는 성준의 손에 힘이 들어갔다.

'그래, 누가 뭐라던 윤희를 절대 놓치지 않겠어!'

현관문을 열고 들어서니 그새 설거지를 마친 어머니와 윤희가 과일 접시를 마주하고 앉아 한창 이야기꽃을 피우고 있었다. 성준은 두 사람의 대화에 방해가 되지 않도록 조심스럽게 다가가 소파 끝머리에 엉덩이를 걸치고 앉았다.

"무슨 얘기를 그렇게 재미있게 하고 있어요?"

실은 그 사이 윤희를 어머니와 단둘이 있게 놔둔 게 조금 걱정이었다. 아마도 어머니는 윤희를 며느릿감으로 점찍고 이것저것 물어보았을 게 틀림없었다. 하지만 다행히도 아직까지 그리 예민한 대화는 오가지 않은 듯 어머니는 한껏 행복한 얼굴로 무슨 얘기인가를 마무리했다. 어느새 어머니는 윤희에게 편하게 말을 놓고 있었다. 윤희가 멀뚱히 앉아있는 성준을 가리키며 호호, 하고 웃었다.

"성준 씨, 정말 그렇게 개구쟁이였어요? 담배 사러 간 동안 어머님한테 얘기 다 들었어요."

"무슨 얘기요?"

"동네 찾아온 엿장수한테 신고 있던 고무신까지 벗어 주고 엿을 사먹었다면서요?"

"에이, 어머닌 뭐 하러 대여섯 살 때 얘기까지…."

성준이 머리를 긁적이며 어머니에게 볼멘소리를 했다. 어머니가 그런 성준을 보며 빙긋이 웃었다.

"그러게, 내가 괜한 얘길 했나 싶다."

"아니에요, 어머니! 정말 재미있어요. 지금은 저렇게 점잖은 성준 씨한테 그런 면이 있었나 싶기도 하고."

"그렇지? 저 녀석이 어릴 땐 말도 못하게 개구쟁이였어. 그러던 애가 이렇게 참한 서울 색시를 데리고 왔으니 아버지도 정말 좋아하실 거야."

어머니가 성준을 돌아보았다.

"난 며칠 일찍 집에 내려갈 테니 그렇게 알고 있어라. 누나들이 가끔 들여다보긴 하겠지만 네 아버지 혼자 두고 있는 게 맘이 안 편하구나."

성준은 어머니가 집에 얼른 가고 싶은 이유를 대충 알 것 같았다. 아마도 어머니는 성준이 참한 서울 아가씨를 데리고 와 인사시킨 일을 가족들에게 빨리 알리고 싶을 것이었다. 서울로 올라온 뒤 줄곧 혼자 살아온 아들을 빨리 결혼시키고 싶은 가족들의 마음을 성준도 모르고 있진 않았다.

케케묵은 옛날 얘기가 뭐 그리 재미있는지 어머니와 윤희는 그 뒤로도 한참 동안 이야기를 이어 갔다. 뭔가 불편한 얘기가 나올까봐 성준도 요령껏 화제를 돌리며 간간이 대화에 동참했다. 윤희 역시 어머니를 통해 처음 듣는 성준의 어릴 때 얘기를 통해 집안 환경이나 성준이 일찌감치 서울로 올라온 사정을 조금씩 이해하고 있었다.

밤이 제법 이슥해져 있었다. 이제는 윤희를 돌려보낼 시간이었다. 성준은 적당한 핑계를 대고 그녀를 작은 방으로 데리고 갔다.

"왜 그래요?"

"윤희 씨 불편할까 봐 그렇죠."

"아닌데? 나 정말 어머님하고 이야기하는 거 재미있단 말이에요. 성준 씨가 그렇게 걱정할 만큼 불편하지 않으니까 놔둬도 돼요."

빈말일 수 있겠지만 성준은 그런 그녀가 너무나 사랑스럽게 느껴졌다.

"오늘 이래저래 너무 미안해요, 성준 씨!"

그녀의 한마디에 여러 가지 의미가 담겨 있다는 게 느껴졌다. 자신의 신상에 대한 얘기가 나오지 않도록 계속 신경을 쓰고 있는 성준의 마음을 윤희도 대충 짐작하고 있는 것 같았다. 무심코 나이를 묻는 어머니의 질문에 성준이 먼저 나서 자기보다 두 살 연하라고 말해 버린 것 또한 그녀에겐 계속 마음의 짐으로 남아 있을 것이었다.

"성준 씨, 나 오늘 여기서 하루 신세져도 돼요?"

"여기서 자고 가겠다구요?"

"네. 맞아요! 저 사실은 여기 올 때부터 그럴 생각으로 온 거예요. 아이도 오늘 친정에 맡겨 놨으니 하루쯤 외박해도 돼요. 마침 성준 씨 어머님도 올라와 계시고…. 허락해 주세요."

말리거나 등을 떠민다고 해서 해결될 일이 아니었다. 성준은 어쩔 수 없이 고개를 끄덕였다. 그녀가 자고 갔으면 한다는 말에 어머니도 웃는 낯으로 허락을 했다. 어머니 역시 윤희와 조금 더 많은 얘기를 나누고 싶어 하는 눈치였다.

밤늦은 시간까지 시간 가는 줄 모르고 얘기가 이어졌다. 자정이 다 돼서야 성준은 안방에 어머니와 윤희의 잠자리를 봐 주고 자기 방으로 돌아왔다.

성준은 그날 밤, 이른 새벽이 될 때까지 생각에 싸여 깊은 잠을 이루지 못했다. 그녀와의 관계가 하루 사이에 이렇게까지 진척된 걸 마냥 좋아할 일만은 아니었다. 앞으로 넘어야 할 난관이 많다는 걸 성준 또한 본능적으로 알고 있었다. 당장 부딪히게 될 여러 문제들을 다 해결하고 윤희와 행복한 가정을 이룬다는 게 말처럼 쉽진 않을 것이었다. 밤새 이리저리 베개를 틀어가며 몸을 뒤척이던 성준은 새벽녘에야 설핏 잠이 들었다.

"얘, 일어나서 아침 먹어라. 출근하는 길에 아가씨도 좀 바래다주고!"

잠깐 눈을 감고 있다고 생각했는데 날이 훤히 밝아 있었다.

성준은 몽롱한 기분으로 자리에서 몸을 일으켰다.

"윤희 씨는?"

"너 일어나거든 같이 밥 먹자고 아까부터 기다리고 있어. 얘, 근데 어제 잠들기 전까지 이런저런 얘기 많이 했는데 얘기하는 걸 들어 보니 여간 바른 처녀가 아니더구나. 공부도 많이 했더라. 에구, 너한테도 이런 재주도 있었는지 몰랐다. 네 아버지도 마음에 쏙 들어 하실 거야. 무슨 사정인지 혼기를 좀 놓쳐 그렇지, 맘에 딱 드는 처녀다."

"어머니도 참…."

성준은 순간 어머니의 얼굴을 똑바로 쳐다 볼 수가 없었다. 처녀란 말이 가슴에 와 박힌 까닭이었다. 어머니는 윤희에게 이혼 경력이 있다는 건 상상도 하지 못하고 있었다. 어젯밤 성준도 한사코 그 말을 아꼈다. 만약 그 사실을 알았다면 어머니의 표정이 어땠을까? 더구나 아이가 있다는 것까지 알게 되면? 성준은 마치 현실을 부정이라도 하듯 세차게 고개를 저었다. 그건 얼마쯤 시간이 흐르고 난 뒤 성준이 직접 나서 설득해야 할 문제였다.

"잠 다 깼거든 어서 씻고 나와라."

성준이 대충 세수를 하고 나오자 주방에서 어머니와 조용히 담소를 나누고 있는 윤희의 모습이 보였다. 어제 오후 쭈뼛쭈뼛 성준을 따라 집으로 들어왔던 윤희는 이제 어머니와 많이 친해진 듯 어제보다 한결 편한 얼굴을 하고 있었다. 성준은 자신도 모르게 흐뭇한 표정을 지으며 밥상에 마주 앉았다.

"아가씨, 다음에 나 있을 때 또 놀러와! 성준이 너도 가게 잘 다녀오고!"

어머니의 배웅을 받으며 집을 나선 성준은 전철역까지 걸으며 윤희의 안색을 살펴보았다. 처음 만난 어머니 곁이라 분명 잠을 설쳤을 텐데도 윤희는 평소처럼 명랑한 얼굴이었다. 윤희가 슬쩍 성준의 팔을 감싸며 나란히 걸었다. 성준은 오늘따라 왠지 자신의 걸음걸이가 어색한 것 같다고 느끼며 윤희의 손을 장난스럽게 두드렸다.

"기분이 어때요?"

"기분이요? 휴, 뭐랄까요. 뭔가 행복한 기분이랄까?"

"우리 어머니, 대하긴 어렵진 않았어요?"

"아뇨, 전혀! 돌아가신 우리 엄만 몹시 차가운 분이었어요. 속이야 어떻든 그건 알 수 없지만, 이혼하고 집으로 갔을 때도 참 냉정하다 싶을 정도로 날 비난하기만 했었죠. 사회생활도 오래 하셨고, 또 이른바 교육계에서 나름 존경받는 분이지만 자식들을 감싸주는 덴 익숙지 않으세요. 그런데 성준 씨 어머님은… 말 그대로 정말 엄마 같았어요. 조금 불편한데도 자고 가겠다고 고집을 부린 건 어머니랑 조금 더 같이 있고 싶어서였어요. 성준 씨 어머니, 참 좋은 분이세요! 그리고…."

윤희의 목소리가 조금씩 떨리고 있었다.

"성준 씨가 사랑을 많이 받아서… 그래서 이렇게 마음이 따뜻한가 봐요."

13.

우리는 지금 사랑을 한다

"나도 오늘 우리 집에 초대해 밥 한번 해 드리고 싶은데, 성준 씨 생각은 어때요?"

윤희가 성준을 집으로 초대 의사를 비친 건 이문동 집에 다녀간 지 보름쯤 지난 뒤였다. 그녀의 제안이 그다지 시기상조라거나 이상한 건 아니었다. 어쩌면 그건 이미 성준도 예상하고 있던 수순이었다. 아이와 단둘이 살고 있는 집이라 방문에 대한 부담도 덜했다.

"나야 좋죠. 그럼 언제가 좋을까요?"

"저는 뭐 성준 씨만 괜찮다면…."

성준은 이제 자신이 어떤 태도를 취해야 할지 어느 정도 마음을 굳히고 있었다. 가족들 역시 성준의 결단을 기대하고 있었다. 윤희가 다녀간 후 며칠 지나지 않아 시골로 내려간 어머니는 요즘 하루가 멀다 하고 전화를 걸어오고 있었다. 윤희와 함께 고향 집에 한 번 다녀가라는 채근이었다. 어머니를 통해 윤희의 얘기를 전해 들은 아버지와 누나들도 성준의 귀향을 학수고대하고 있는 눈치였다. 식구들이 그렇듯 윤희를 맘에 들어 하는 건 어머니가 점집에 다녀온 뒤부터였다.

“성준아, 그 처자랑 네가 그렇게 궁합이 좋다는구나! 에구, 이제 네가 사람이 되려나 보다. 반갑고 기특한 것!”

어머니는 윤희가 두 살 아래라는 성준의 말을 철석같이 믿고 있었다. 성준을 통해 윤희의 생년월일을 받아 간 어머니는 고향 마을에서 용하기로 소문난 점쟁이에게 둘의 궁합이 더할 나위 없이 좋다는 얘기를 듣고는 뛸 듯이 기뻐했다.

하지만 그 얘기를 들을 때마다 성준은 속이 뜨끔했다. 어머니의 성화에 못 이겨 엉겁결에 가짜 생일을 알려 주었기 때문이었다. 윤희가 자신 보다 두 살이나 많다는 걸 굳이 밝히고 싶지 않았다. 나이를 알아차리지 못하도록 출생연도만 바꿨지만 사주 자체가 엉터리라 그녀와의 궁합 또한 허상에 불과한 결과였다. 그럼에도 가짜 생년월일로 궁합을 보시고 와선 저렇듯 꿈에 부풀어 있는 어머니를 볼 때마다 성준의 마음이 불편하기만 했다.

하지만 성준은 어떤 일이 있어도 그녀가 흠 잡힐 사실에 대해서는 함구하기로 이미 마음먹고 있었다. 아이 또한 조만간 전남편이 데려가 키울 거라는 말을 들은 터라 괜히 먼저 나서 긁어 부스럼을 만들 필요는 없었다.

“오늘 갈래요? 아무것도 준비된 게 없긴 하지만 저녁 한 끼 정도는 해 드릴 수 있어요. 성준 씨네 집도 그렇게 갔으니까 그게 서로 공평하기도 하구….”

오늘 당장 집에 가자는 제안에 내심 놀랐지만 성준은 애써 웃으며 윤희를 향해 고개를 끄덕였다. 윤희는 마치 친한 친구 집에 놀러 가는 아이처럼 마냥 해맑은 얼굴로 성준의 팔을 잡아끌었다. 아이와 단둘이 사는 집이지만 장래를 함께 할 남자를 집에 처음 데려간다는 게 말처럼 쉽지만은 않을 터였다. 하지만 윤희의 표정에는 전혀 긴장한 낯빛이 보이지 않았다.

‘사랑이란 사람을 이렇게 용감하게 만드는 거구나!’

성준은 가식이나 예의범절에 연연하지 않는 윤희의 담백한 성격을 좋아하는 편이었다. 하지만 오늘은 문득 그녀의 낙천적인 성격이 외려 더 낯설게 느껴졌다. 사실 윤희는 외모도 외모지만, 보통의 한국 여자들과는 뭔가 전혀 다른 매력을 가진 여자였다. 사고방식 자체도 성준이 지금껏 만나본 여자들과는 많이 달랐다.

가장 대표적인 게 학력이나 재산, 직업 등에 대한 선입견이 없는 점이었다. 자신은 이름만 대면 알만한 서울의 한 명문 여대를 나왔지만 윤희는 성준의 중졸 학력에 대해서는 전혀 걸림돌로 생각하지 않았다. 또 어려서부터 비교적 유복하게 살아온 덕분인지 윤희는 돈에 대한 집착이나 경제관념, 직업을 바라보는 시선도 보통의 여자들과는 많이 달랐다.

때때로 성준은 그녀가 마치 외국에서 오래 살다 들어온 사람처럼 느껴질 때가 있었는데 콕 집어 말할 수는 없지만 전체적인 사고방식이 일반적인 사람들과는 조금 다르다는 건 부인할 수 없는 사실이었다. 이혼녀라는 꼬리표에 대해서도 마찬가지였다. 사실 성준은 그 부분을 끝까지 감춰야 할 치부로 여기는 데 반해 윤희는 굳이 먼저 드러낼 필요는 없는 나쁜 경험의 하나 정도로 인식하고 있었다.

아픈 과거에 발목을 잡혀 평생을 죄인처럼 그늘에 숨어 사는 것보다는 백 번 낫지만 윤희처럼 여리고 순수한 여자가 보수적인 한국 사회에서 맞닥뜨려야 할 가치관의 혼란이나 인식의 부조화도 적지 않을 것이었다. 그럼에도 윤희가 이혼 경력 외에 성준이 쉽게 만나기 힘든 조건을 두루 갖춘 여자라는 건 분명했다.

그런 그녀가 이제 기꺼이 자신의 곁에서, 자신의 여자로 살기를 원하고 있는 거였다. 성준은 마음에 남은 일말의 의구심마저 털어내 버리려는 듯 세차게 고개를 흔들었다. 마침 한강을 건너가는 강남행 시내버스가 정류장으로 들어왔다.

"성준 씨, 우리 저 버스 타면 돼요."

윤희의 집은 요즘 한창 개발 바람이 거세게 불고 있는 한강 남쪽에 있었다. 성준이 물끄러미 시내버스 차창 밖으로 펼쳐진 강남의 모습을 바라보았다. 어른들에게 듣던 상전벽해라는 얘기가 이런 건가 싶었다. 성준이 눈에 비친 강남은 온통 아파트

와 빌딩 공사가 한창이었다.

처음 서울에 올라오던 60년대 후반만 해도 강남은 과수원과 채소밭뿐인 한적한 시골이었다. 그러던 것이 1970년대 초반부터 반포와 잠실 등에 공공주택 단지들이 들어서고, 제3한강교 남단 압구정동을 중심으로 중대형 위주의 고급 민영 아파트들이 들어서면서 강남은 이제 하루가 다르게 발전해 가고 있었다.

"와, 내가 서울 처음 올라왔을 때만 저 땅이 다 모래밭이었는데…. 윤희 씨도 여름마다 한강변 모래사장에서 물놀이도 하고 그랬겠네요?"

"후후, 저도 친구들한테 말만 들었지 직접 놀러 와 본 적은 없어요. 부모님이 워낙 바쁘시기도 하고, 또 이런 데서 사람들이랑 뒤섞여 물놀이하는 걸 좋아하시는 분들도 아니었거든요. 저도 처녀 적에는 거의 와 본 적이 없어요."

처녀 적이라는 윤희의 말이 가슴에 아프게 와닿았다. 하지만 성준은 애써 내색을 하지 않고 그녀의 집 근처 정류장에서 버스를 내렸다.

"우리 잠깐 장이라도 봐서 들어가요."

집에 별로 먹을 것이 없다는 윤희의 말에 성준은 근처 백화점에서 쇼핑을 한 후 집으로 가기로 했다. 윤희의 안내로 쇼핑센터로 들어가 쇼핑카트를 밀고 나란히 함께 진열대 사이를 걷고 있으니 문득 묘한 기분이 들었다.

"평소엔 이런 데 올 일이 거의 없어 몰랐는데, 이 동네 사람들은 저녁 찬거리도 백화점에서 사나 봐요."

성준의 솔직한 고백에 윤희가 쿡쿡 웃음을 터뜨렸다.

"압구정동에 아파트들이 늘어나면서 생긴 유행이에요. 이제 이 동네 사람들은 지저분하고 시끄러운 재래시장보다 여기 한양쇼핑센타 같은 데 와서 장 보는 게 편한가 봐요. 여긴 늘 하루 종일 손님이 많다니까요. 하긴 저도 한 달이면 몇 번은 여기 와서 장을 봐 가는 걸요?"

"단지 안에 이런 편의시설까지 있으니 여자들이 살기 좋아하겠어요."

"후후, 그래도 난 혼자 장 보는 건 싫어요. 앞으론 장 보러 올 때 늘 성준 씨가 옆에서 카트 밀어 줬으면 좋겠는데…. 그래줄 수 있어요?"

성준은 그게 나름 수줍게 전해 온 그녀의 청혼이라고 생각했다, 아닌 게 아니라 그녀와 가까워지면서 자연스럽게 느껴지는 감정들이 있었다. 뭔가 알 수 없는 행복감이 성준의 몸을 감싸고 있었다. 성준은 대답 대신 잡고 있던 그녀의 작은 손을 힘주어 꼭 잡았다.

한두 번 매장을 돌았을 뿐인데 쇼핑카트에 벌써 물건이 가득했다. 카트를 밀고 가까이 다가가자 출입문이 스스로 열렸다. 말로만 듣던 자동문이었다.

윤희의 아파트는 두 식구가 살기에 전혀 부족하지 않을 만큼 넓은 평수였다. 현관문을 들어서자 한 눈에도 너무 깔끔해서 발을 디디기가 미안할 정도로 하얀 거실 바닥과 집안 구석구석에 잘 정돈된 짙은 나무색 원목 가구들이 눈에 들어왔다. 광택이 나는 유럽풍의 고급스러운 탁자, 널찍한 가죽 소파, 금색 장식장, 그리고 열을 지어 서 있는 수십 종의 미니어처 양주병…

가끔 외국 잡지에서나 보던 호화스런 장면에 성준은 왠지 모르게 자신의 어깨가 움츠러드는 걸 느꼈다. 온 가족이 아무렇게나 포개 자야 했던 시골집, 적지 않은 은행 대출을 끼고 겨우 장만한 서울 집도 성준에겐 먹고 자는 공간이라는 느낌밖에 없었다. 그런데 윤희의 집은 그동안 자신이 살아왔던 집과는 너무도 다른 모습이었다. 가끔 영화에서나 보았던 부잣집 실내를 그대로 옮겨 놓은 것 같았다.

"참, 뭘 그렇게 열심히 둘러보세요? 저 살림엔 영 소질 없다고 미리 자수했는데…."

윤희가 가볍게 성준의 팔을 끌어 소파에 앉히며 우스갯소리를 했다. 볼 것 없다는 말은 사실이 아니었다. 성준은 아직도 영화의 한 장면을 보고 있는 것 같았다.

"아이랑 둘이 사는 집이 이렇게 넓어요?"

"친정 부모님 성화에 그냥 그렇게 됐어요. 그리고 저 혼자 사는 것도 아니고…."

별 의미 없는 얘기였지만 집안 곳곳에 남겨진 아이의 흔적을 보니 그녀가 아이가 있는 이혼녀라는 사실이 새삼 현실로 다가왔다. 윤희가 차게 식힌 물 한 잔을 따라와 성준에게 내밀었다.

"드세요. 이거 한 잔 마시고 잠시 기다려 주시면, 금방 저녁해 드릴게요."

"우리 뭐 배달시켜 먹어도 되는데…."

"아니에요. 오늘은 성준 씨한테 제가 차린 밥 먹여 드리고 싶어요. 잠깐 쉬고 계세요."

윤희가 자기 몫의 차를 다 마시지도 않고 자리에서 일어나 주방으로 들어갔다. 손을 뒤로 돌려 앞치마를 두르는 그녀의 모습이 너무나 자연스러웠다. 성준은 무릎 아래로 드러난 그녀의 다리가 오늘따라 더 고혹적으로 느껴졌다. 본능적으로 일어나는 나쁜 생각을 지워 버리려는 듯 성준은 뭔가 부산하게 움직이고 있는 그녀에게 괜히 말을 붙였다.

"윤희 씨 아들 이름이 뭐예요?"

쌀을 씻던 윤희가 움직임을 멈추고는 가만히 성준을 돌아보았다. 그리고는 큰 목소리로 또박또박 아이의 이름을 되풀이해 말해 주었다.

"임정수요! 임, 정, 수."

어딘지 모르게 애처로운 음성이었다. 성준은 속으로 "정수야!" 하고 아이의 이름을 불러 보았다. 어쩐지 서글픈 기분에 젖어 들게 하는 이름이었다. 그녀의 눈빛이 "이제 절대 그 이름을 잊어버리지 말아 줘요."라고 말하고 있는 것 같았다. 왠지 모르게 코끝이 시큰해졌다.

"오늘은, 정수 어디 갔나 봐요?"

"근처 유치원에 다녀요. 근처 친구 집에서 놀고 있으니까 좀 있으면 저녁 먹으러 들어올 거예요."

사실 성준은 정수는 만났을 때 어떻게 행동해야 할지 아직 자신이 없었다. 그녀를 만나는 동안 몇 번인가 정수 사진을 본 적은 있었지만 막상 실제로 대면했을 때 자신을 어떻게 소개할지, 어떤 얘기를 나눠야 할지 마음이 복잡하기만 했다.

"뭐, 제가 도와줄 일은 없어요?"

성준은 어색한 분위기에 젖어 드는 게 싫어 그녀를 향해 몸을 일으켰다.

"아무것도 없어요."

윤희의 목소리에 힘이 없었다. 성준은 그녀 곁으로 다가갔다. 딱히 이유는 모르지만 미안하다는 말을 하고 싶어서였다. 성준의 마음을 안다는 듯 윤희가 몸을 돌려 성준을 똑바로 바라보았다.

"오늘 정수 보시게 될 건데 너무 당황스러워하지 않았으면 좋겠어요."

어느새 윤희의 목소리는 평소처럼 차분하게 돌아가 있었다.

"난 되도록 누구에게나 솔직하고 싶어해요. 어려서부터 그렇게 살아온 것 같아요. 하지만 그 솔직함 때문에 다시 되돌릴 수 없는 큰 상처를 받았어요. 그저 내 감정에 솔직했다는 이유로요. 누구나 내 마음 같으리라고 착각한 게 바보였어요. 그다지 오래된 얘긴 아니지만, 누군가에게 이런 얘길 제 스스로 다시 하게 되리라곤 생각지도 못했어요. 성준 씨한테도 이런 제가 어떻게 비춰질지…."

그 순간 현관 벨이 울렸다. 정수가 돌아온 모양이었다. 윤희가 벌떡 일어나 인터폰도 확인하지 않고 문을 열었다. 철문이 좀 힘겹게 열리는가 싶더니 동시에 깔끔한 멜빵바지 차림의 남자 아이가 토끼처럼 집안으로 뛰어 들어왔다.

"엄마! 언제 왔어?"

"응, 아까 일 보구 들어왔어. 그래, 친구 집에선 얌전히 놀다가 온 거야?"

"그럼, 그럼! 엄마, 찬식이 집에 로봇 장난감 엄청 많아. 나 내일 또 놀러 갈 거야!"

뭔가 그리 신이 나는지 아이는 신발도 벗지 않고 윤희 품에 안겨 한참을 쫑알거렸다. 아이는 하루 종일 떨어져 있던 엄마를 만나 기분이 좋은 모양이었다. 정수의 입에서 나온 엄마라는 단어를 들으며 성준은 침을 꿀꺽 삼켰다. 그녀에게 아들이 있다는 사실을 알고 있었으면서도 막상 아이를 눈앞에서 대면하고 보니 어떤 말로 인사를 해야 할지 난감하기만 했다. 성준은 조금은 당황하고 있는 자신을 의식하며 조심스럽게 윤희 쪽으로 걸음을 옮겼다.

"참, 정수야. 이 분은 엄마 친구야. 유치원에서 배웠지? 자, 예쁘게 인사드리자."

정수가 그제야 엉거주춤 서 있는 성준을 발견하고 배꼽 인사를 했다.

"아저씨, 안녕하세요!"

"그래, 네가 정수로구나! 인사를 아주 예쁘게 하는 걸 보니 듣던 대로 참 착한 아이네."

성준은 애써 밝은 목소리로 인사를 받았다. 또랑또랑하고 맑은 눈을 가진 정수는 어린아이다운 호기심으로 집에 놀러 온 손님을 살폈다. 성준은 정수와 눈이 마주치자 싱긋 웃어 주었다. 뭐가 그리 부끄러운지 정수가 엄마 뒤로 얼른 몸을 감췄다가 삐죽 고개를 내밀었다. 윤희가 이해하라는 얼굴로 성준을 향해 장난스럽게 눈을 찡긋거렸다.

"자, 정수야. 얼른 손부터 씻고 와. 엄마가 금방 저녁 차려 줄게."

정수가 화장실로 들어가자 윤희가 말했다.

"남들은 여자 혼자 키우는 게 힘들지 않으냐고 걱정하는데, 전혀 안 그래요. 정수는 그냥 제 몸의 일부인 걸요."

셋이 나란히 앉아 저녁을 먹고, 설거지를 끝낼 때까지 성준은 윤희가 평소보다 더 밝게 웃으며 대화를 이끌어 가려고 애쓰고 있다는 것을 알 수 있었다. 정수 또한 오랜만에 엄마 친구가 집에 놀러 와 저와 말 상대를 해 주는 게 즐거운지 금방 경계심을 풀고 쉼 없이 입을 놀렸다. 성준은 정수가 무슨 얘기를 꺼낼 때마다 맞장구를 치며 웃어 주었다.

어느새 꽤 밤이 이울어 있었다.

"아저씨, 우리 집에 또 놀러 올 거예요?"

파자마로 갈아입고 나온 정수가 슬쩍 성준의 손을 건드리며 말했다.

"왜, 아저씨가 놀러 와서 오늘 불편했니?"

"아니요. 자주 놀러 왔으면 좋겠어요. 제 친구 찬식이 아빠도 맨날 집에서 놀아 준대요."

"그래. 가급적 자주 올게."

성준은 진심을 다해 대답했다. 자신의 말이 무엇을 뜻하는지 윤희도 알고 있을 것이었다. 윤희가 저녁 내 정수가 어질러 놓은 장난감들을 상자에 주워 담던 윤희가 "우리 정수, 아저씨한테 인사했으니까 이제 방에 들어가 얌전히 자야지?" 하고 말했다.

정수가 사라지자 저녁 내 떠들썩하던 집 안에 적막이 찾아왔다. 성준도 이제 슬슬 돌아갈 시간이었다.

"아파트 앞까지만 바래다줄게요."

윤희가 얇은 스웨터를 걸치며 성준의 뒤를 따라나섰다. 밤이 제법 깊은 탓인지 아파트 단지 안이 조용히 잠들어 가고 있었다.

둘은 누가 먼저랄 것도 없이 단지 안의 작은 산책로를 걸어 큰길로 향했다. 단지 하나를 다 돌 때까지 아무 말도 않던 윤희가 "잠깐 앉았다 갈래요?" 하고 말했다. 성준은 아무 말 없이 벤치로 걸어가 그녀와 나란히 앉았다.

"오늘 어땠어요?"

윤희가 걱정스런 눈빛으로 성준에게 물었다. 마치 지금 막 힘든 숙제를 마치고 나온 아이를 보는 눈빛이었다. 성준은 잠시 생각을 가다듬었다. 나는 오늘 어떤 기분이었을까? 성준은 담배 한 대를 꺼내 입에 물고는 아까부터 마음속에서 찰랑거리고 있는 감정의 바다 속으로 깊이 자맥질해 들어갔다. 온 세상의 소음이 멎고 자신의 목소리만 또렷이 들려왔다. 그 목소리는 분명 자신의 것이었다. 그리고 성준은 자신의 귀로 들려오는 진심의 소리를 똑똑히 들을 수가 있었다. 성준은 홀가분한 마음으로 다시 물 위로 떠올랐다.

"뭐라 말할 수 없이 행복한 날이었어요. 비 온 뒤처럼 흐릿한 것들이 완전히 또렷하게 보이는 기분이랄까? 윤희 씨와 내 감정이 얼마나 진심인지 알았어요. 윤희 씨를 진심으로 사랑합니다!"

윤희가 천천히 고개를 끄덕였다.

"고마워요, 성준 씨. 저도 성준 씨를 진심으로 사랑해요. 나,

성준 씨가 오늘 보고 실감했듯이 아이가 있는 여자예요. 아까 정수가 집에 들어왔을 때 성준 씨 얼굴 봤어요. 그리고 성준 씨 마음도요."

윤희의 목소리가 고해성사라도 하듯 착 가라앉아 있었다.

"무슨 생각이 들었는지 알 거 같았어요. 난 조금 이기적인 성격이라 그게 성준 씨한테 어떤 기분이 들지 충분히 배려하지 못한 것 같았어요. 이미 다 알고 있는 사실이고, 그래서 그게 뭐 중요한 일인가 그랬죠. 하지만 나, 정수가 있다는 게 성준 씨한테 창피하고 부끄러운 일이라면 지금 이 감정 다 지워 버릴 수 있어요."

윤희의 목소리가 물기가 젖어 들고 있었다. 힘겹게 윤희가 자신의 진심을 덧붙였다.

"성준 씨가 내 아들에게 좋은 아빠가 되는 거까진 욕심내진 않지만 부끄러워하진 말았으면 좋겠어요."

물론 그래야 하는 일이었다. 이제 정수는 윤희 혼자만의 아이가 아니라 성준의 아들이었다.

"부끄럽다니요. 난 그런 생각한 건 아니에요. 그저, 정수를 처음 보니까 처음에 좀 당황스러웠을 뿐이에요. 혹시 내가 다른 생각하는 걸로 오해하진 말아 줘요, 윤희 씨."

저녁 내 목에 걸려 있던 얘기를 털어놓은 덕분인지 윤희의 표정이 후련해 보였다. 윤희가 나지막이 그간 잘 꺼내지 않았던 이야기를 털어놓았다.

“지난번에 얘기한 것처럼 정수를 낳고 얼마 지나지 않아 갈라서고 말았어요. 실제로 결혼 생활을 한 건 채 일 년도 채 못 되는 것 같아요. 단지 성격이 서로 맞지 않는다는 게 가장 중요한 거였어요. 너무 무책임한 것 같지만 당사자들에겐 그게 어쩌면 제일 중요한 문제이기도 하니까요. 더 중요한 건 제가 그이를 사랑하지 않았다는 거예요. 멍청하고 우스운 이유죠? 결혼해서 애까지 낳은 여자가 무슨 사랑 타령을 하느냐고 어른들께 비난도 많이 받았어요. 하지만… 전 그저 솔직하게 사는 게 당연하다고 생각했어요. 아니, 너무 당연해서 의식 못하고 살다가 아이를 낳고 난 뒤 그 문제가 더 겉으로 드러나게 된 거였죠.”

“사랑하지도 않는데 왜 결혼 했어요?”

성준이 입을 열었다. 아마 그런 이유일 거라 짐작은 하고 있었지만 그녀 입으로 다시 확인하고 싶었다.

“실수였다고 하면 이해해 주실래요? 단지 저에 대한 호감을 사랑이라고 착각했고, 조건도 나쁘지 않았어요. 뭐, 돈이야 우리 집도 없진 않으니 조건만 보고 결혼한 건 아니지만 부모님이 저와는 몇 마디 상의도 없이 결혼을 결정해 버렸을 때 전 그냥 그게 당연한 것이라고 생각했어요. 바보 같았죠. 주위에서 다 좋은 사람이라고 이야기했어요. 내 실수라면 단 한 가지, 그 사람을 사랑하지 않는다는 걸 너무 늦게 깨달았단 거예요. 너무 많은 실수를 저지른 뒤에 알게 되었던 거죠. 그래서…."

아무런 말이 없어 흘깃 옆으로 고개를 돌려 보니 윤희의 뺨에 눈물이 흘러내리고 있었다. 성준은 가만히 윤희의 어깨를 감싸 안았다. 윤희의 몸이 성준에게로 와르르 허물어져 내렸다.

14.

예기치 않은 시련

회사 일로 일본에 출장을 올 때마다 느끼는 것이지만 80년대가 저물어 가는 지금까지도 일본은 아직 한국이 넘보기엔 벅찬 경제대국이었다. 당장 올해만 해도 일본이 세계 경제에서 차지하는 비중이 절대적이었다. 전 세계 시가총액 1위부터 5위까지가 모두 일본 기업으로 채워졌고 20위권 안에 무려 14개의 기업이 포진하고 있었다.

올해 들어 동유럽 공산정권이 도미노처럼 붕괴되는 와중에 일본 경제 또한 적잖은 타격을 받고 있다는 말이 있지만 성준은 당분간은 더 일본 업체와의 거래를 이어갈 생각이었다. 그러자면 고베에 본사를 두고 있는 이번 업체와의 첫 거래가 중요했다. 제품력이나 국내 수요를 감안할 때 한국에서의 시장성도 충분했다.

"가네모토 씨가 정말 수고 많았습니다. 오늘 미팅으로 중요한 문제는 다 협의했으니까 나중에 이쪽 사람들 딴소리 못 하도록 마무리나 잘해 주세요. 가네모토 씨만 믿고 돌아가겠습니다."

고베 본사에서 가진 미팅을 끝내고 호텔로 돌아온 건 오후 여덟 시가 넘은 시간이었다. 늦은 시간까지 저녁도 먹지 못하고 함께해 준 게 고마워 성준은 호텔 식당에서 안내하려 했지만 가네모토는 가족들과 저녁 약속이 있다며 한사코 손을 저었다.

"일이 잘 풀려 저도 맘이 좀 놓입니다. 지리적으로 가까워 물류비 부담도 적은 데다 아직 한국 시장에 직접 진출할 계획도 없다고 하니 독점 수입권만 따낸다면 한국에서도 충분한 통할 수 있을 겁니다. 그러자면 우선 이번 거래를 통해 충분한 신용을 쌓고 능력을 보여 주는 게 중요합니다. 좋은 게 좋은 거라고, 이 사람들 엉뚱한 생각 하지 않도록 계약사항만 잘 지켜주세요. 자, 그럼 식사는 다음에 오시면 하기로 하고 오늘은 이만 들어가겠습니다."

"아, 이거 원 저녁이라도 먹여 보내야 하는데 미안해서…. 그럼 정 대리가 차 타는 곳까지 만이라도 모셔다 드리는 게 좋겠네. 정 대리, 자네가 좀 다녀와!"

성준이 곁에 서 있는 정 대리에게 슬쩍 눈짓을 했다. 정 대리의 양복 안주머니엔 미리 준비한 사례비가 있었다. 미리 계약된 커미션 외에 별도로 지급하는 보너스였다.

정 대리가 가네모토를 배웅하러 호텔 문을 나서는 걸 확인한 성준은 그제야 온몸의 긴장을 풀고 로비 쇼파에 털썩 주저앉았다. 생각보다 일이 잘 간단히 풀려버린 건 정말 다행이었다. 사소한 서류 실수를 트집 잡는 걸 보고 가격 협상을 다시 하려나 보다 넘겨짚었던 것도 성준의 기우였다. 자기들 멋대로 출고 날짜를 변경하려던 일본 업체는 한국에서 바로 날아온 수입업체 대표의 빠른 일 처리를 본 뒤 의외로 마음을 돌려 수정된 계약서에 다시 도장을 눌렀다.

다만 성준을 기운 빠지게 하는 건 일본 업체들의 근거 없는 우월감이었다. 어디까지나 계약의 주도권은 제품을 생산하고 공급하는 자신들에게 있다는 걸 확인하고 싶어 하는 것 같았다. 성준은 고작 그런 일로 트집을 잡아 선적 일정을 늦추려 했던 것에 대해 항의하고 싶었지, 원활한 사업 진행을 위해선 개인감정을 자제할 필요가 있었다. 그나마 성준이 직접 현장에서 판단해 정 대리를 통해 담판을 지은 덕분에 생각보다 일이 수월하게 풀린 게 위안이었다.

"사장님, 여태 안 올라가고 여기 계셨어요? 가네모토는 잘 보내고 왔습니다. 사장님이 정말 고마워하시더란 인사와 보너스도 잘 전달했고요."

"그래. 정 대리도 수고 많았어. 그래도 일본말을 잘하는 직원이 있다는 걸 아니까 걔네도 함부로 말을 바꾸거나 하지는 못하는 것 같더라구. 오사카에 사는 친척들과 약속이 있다고 했지? 어서 다녀오게. 일본에서의 마지막 밤이니까 자네도 좀 즐기고!"

성준이 정 대리의 손에 고액권 지폐 몇 장을 쥐어 주었다. 정 대리가 꾸벅 인사를 한 뒤 호텔 밖으로 사라졌다.

열쇠를 받으러 프론트로 다가가자 방 호수를 확인한 직원이 메모지를 전해 주었다. 늦더라도 꼭 사무실로 전화를 달라는 형식의 메모였다. 하루 종일 바쁘게 돌아다닌 뒤라 온몸에 피로가 밀려 왔지만 성준은 간단히 샤워를 마치고 곧바로 형식에게 국제전화를 넣었다.

퇴근 시간이 한참 지난 시간임에도 형식은 그때까지 자리를 지키고 있었다.

"뭐야, 이 시간까지 퇴근 안 했어?"

"짜식, 일본 가더니 어째 전화 한 통 없구나! 뭐 그리 바쁜 척 해?"

"후후, 바쁜 척이 아니라 중간에 업체 사람들 좀 만나느라고 전화할 겨를이 없었어. 미안!"

"일은 잘 해결했어? 가네모토 그 친구가 제법 일 처리가 깔끔한 편이란 웬만한 건 중간에서 잘 처리해 줄 텐데…. 필요하면 내가 전화 한 통 넣어 줄 수도 있어."

성준에게 자동차 부품 수입을 하며 알게 된 가네모토를 소개해 준 게 형식이었다. 성준은 언제나 자기 일처럼 신경 써 주는 형식의 마음 씀씀이가 너무 고마웠다.

"말만 들어도 고맙다. 근데 오늘 내 선에서 잘 처리했으니까 걱정 안 해도 돼. 그나저나 내일이면 서울에 들어갈 텐데 뭐 급한 일 있어?"

"그냥…."

형식이 말끝을 흐렸다. 그러고 보니 오늘따라 그의 목소리에 힘이 없었다. 성준은 퍼뜩 보름 전쯤 술자리에서 형식에게 들었던 얘기를 떠올렸다. 그 사이 무슨 문제라도 생긴 걸까? 형식이라면 충분히 그럴 수 있는 친구였다. 성준의 표정에 불길한 예감이 스쳐 갔다. 그러나 그것이 무엇인지는 딱 한마디로 설명할 수 없는 것이었다.

"너 혹시 전에 얘기한 여자 문제야?"

"…."

아무 반박도 하지 못하는 형식의 태도에서 성준의 마음속에 일어나고 있던 의구심이 확신으로 굳어졌다. 성준의 목소리에 살짝 당혹감이 묻어났다.

"왜 그 여자애가 너한테 지 인생 책임지래?"

"영주가 알아!"

"뭘?"

"나한테 여자가 생겼다는 거."

성준은 크게 한번 숨을 들이켰다가 수화기를 떼고 길게 토해냈다. 형식이 그럴 줄 알았다는 듯 낄낄 웃었다.

"인마, 지금 이런 상황에 웃음이 나와? 근데 영주 씨가 그걸 어떻게 알았대?"

"내가 말했으니까!"

"네 입으로 말을 했다고? 이 자식 정말… 왜 그렇게 바보 같은 짓을 했어? 너 정말 머리가 어떻게 된 거 아냐?"

성준이 화를 참지 못하고 이죽거리듯 말했다. 형식의 성격이라면 충분히 그럴 수 있는 상황이었다. 성준은 형식의 그 고지식함보다도 영주가 받았을 충격이 가늠이 되지 않았다.

"성준이 너도 알잖아. 우리 결혼, 백 퍼센트 사랑만으로 이뤄진 게 아니라는 거. 그동안 많이 힘들었다. 나쁜 여자는 아니지만 아무래도 살아온 환경이 너무 다르다 보니 날 이해하지 못하는 부분이 너무 많았어. 애들 생각해서 어떻게든 살아 보려고 했는데 언제부턴가 내 삶이 너무 공허하더라. 영주네 집안 어른들 도움으로 순탄하게 돈 벌어서 좋은 집으로 이사 가고, 좋은 차를 타고 다녀도 영 채워지지 않는 게 있더라. 그러다 만난 게 희선이였어."

형식의 얘기를 듣고 있던 성준이 자신도 모르게 지그시 입술을 깨물었다. 뭐라 말을 해 주고 싶었지만 적절한 말이 떠오르지 않았다. 형식의 결혼 생활이 순탄치 않다는 건 성준도 이미 어렴풋이 알고 있는 얘기였다.

딱히 영주에게 성격적인 문제가 있어서라기보다 형식의 말처럼 서로가 살아온 환경 차이가 너무 컸다. 사업이 자리를 잡아갈수록 영주에 대한 형식의 마음은 조금씩 멀어져갔다. 사무실에서 혼자 술이라도 마시고 있는지 형식의 목소리가 격앙되었다.

"너도 내가 돈 좀 벌더니 옛날 생각 못 하고 바람이나 피우는 거라고 욕하고 싶지? 아냐, 인마! 네가 생각하는 그런 거. 희선인 이런 나를 구원해 준 사람이야."

"그래, 이제 영주 씨한테까지 다 까발려 놓고 뭘 어떻게 할 셈이야?"

"그게 아직 판단이 안 서. 아이들 생각하면 마음이 흔들리다가도, 애 엄마랑 이런 마음으로 평생을 계속 살아야 한다고 생각하면 더 늦기 전에 내 인생 찾아야 한다는 조바심도 들고…."

"생각이나 좀 정리하고 말을 꺼내지 그랬냐, 인마!"

"몰라, 한번 마음을 굳히고 나니까 더 이상 하루도 견디기 힘들더라!"

"형식아. 영주 씨가 너한테 부족한 게 대체 뭐야?"

수화기 너머에서 형식이 한숨을 내쉬었다. 성준은 텅 빈 사무실에 혼자 앉아 입을 일자로 꾹 다물고 있을 친구의 얼굴을 떠올렸다. 잠시 침묵이 흘렀다. 성준은 입술을 깨물며 혼자서 잠시 생각에 잠겼다. 형식은 대체 영주의 무엇이 부족하다고 느끼는 것일까?

그날 밤 잠자리에 든 성준은 쉬이 잠을 이루지 못했다. 참을 성 있게 형식의 얘기를 다 듣고 나니 왠지 모르게 기분이 더 가라앉는 기분이었다. 사랑이 대체 무엇이기에 이토록 사람을 헷갈리게 하는지 자신의 머리로는 도무지 해답을 찾아낼 수가 없었다. 한국에 들어가면 형식부터 만나 자초지종을 들어 봐야겠지만 형식의 마지막 말이 아까부터 계속 뇌리를 맴돌고 있었다.

"너, 이건 알아줬으면 좋겠어. 나 역시 너처럼 시골에서 아무 가진 것 없이 상경했고, 청계천 방산시장에서 먹고 자며 안 해 본 일 없이 고생만 하다 장인 가게에 점원으로 취직해 인생이 폈지. 날 좋게 봐 준 덕분에 불알 두 쪽뿐인 가난뱅이 주제에 사장 딸하고 결혼도 했고! 그걸 부인하자는 게 아냐. 그런데 그 뒤로 나는 아무것도 요구할 수 없는 사람이 돼 버렸어. 이제라도 그걸 찾고 싶을 뿐이야. 원래 내 것이었던 그런 감정…."

잠시 후 수화기에서 형식의 나지막한 목소리가 흘러나왔다.

"성준아, 넌… 행복하니?"

성준은 다시 불을 켜고 일어나 냉장고에서 맥주 캔을 꺼내 들었다. 아무래도 맨정신으로는 잠이 올 성 싶지가 않았다. 옆방에 투숙하고 있는 정 대리는 아마도 지금쯤 친척들과 늦은 저녁을 먹고 헤어져 오사카 어느 유흥가 골목을 배회하고 있을 것이었다.

호텔 밖으로 보이는 유흥가 거리는 온통 불야성이었다. 하루 일을 마친 샐러리맨들이 삼삼오오 술집으로 몰려가고 있었다.

저이들도 모두 집에 돌아가면 자신을 기다리는 가족들이 있겠지? 돌아온 가장을 맞으며 행복하게 웃어 줄 아내 그리고 아이들…. 저렇듯 골목을 부유하는 저들에게는 무엇이 삶의 행복일까? 모두들 이제 부족함 없는 사랑에 안착해서 더 이상 외롭지 않게 살고 있는 것일까?

생각이 꼬리에 꼬리를 물고 스쳐 갔다. 아무래도 오늘밤은 쉬이 잠이 올 것 같지가 않았다. 근처 이자까야라도 찾아가 술이나 한 잔 하고 들어올까 고민하던 성준은 이내 고개를 가로저었다. 이런 기분으로는 어디를 가도 금방 혼자 있고 싶어질 것이 분명했다.

잠시 망설이던 성준은 프론트에 전화를 걸어 양주 한 병을 주문하고는 냉장고에서 꺼낸 맥주로 가볍게 목을 축였다. 잠시 후 직원이 조니워커 한 병과 땅콩 봉지를 넣어 주고 돌아갔다. 성준은 크리스털 잔에 양주 한 잔을 가득 따른 뒤 물 마시듯 한입에 털어 넣었다. 목에서 독한 위스키 향이 역류해 왔다. 거푸 양주 한 잔을 더 마신 성준은 그제야 땅콩 몇 알을 입에 넣고 오독오독 씹었다.

'형식이 놈은 집에 잘 들어갔겠지? 저도 많이 힘들어 국제전화까지 했을 텐데 뭐라고 위로나 해 주고 말걸!'

가만히 생각해 보면 형식은 한 번도 자신에게 진심이 아니었던 적이 없는 좋은 친구였다. 성준에게 사업을 가르쳐 준 것도,

또 따로 사업체를 차려 독립해 나간 성준이 비교적 빠른 시일 내 시장에서 자리를 잡게 한 것도 형식의 지원 사격이 큰 도움이 되었다.

무엇보다도 형식은 항상 친구의 편에서 모든 것을 이해해 주는 멘토 같은 존재였다. 그런 좋은 친구에게 자신이 너무 비난조의 얘기만 하다 통화를 끝낸 게 마음에 걸려 영 잠이 올 것 같지가 않았다.

생각해 보니 자신 또한 형식에게 여자 문제로 큰 걱정을 끼친 일이 있었다. 윤희가 이혼녀란 사실을 알게 된 가족들의 결사반대로 마음을 잡지 못하고 방황하던 그때도 마찬가지였다. 그때 형식이가 내게 뭐라고 했더라? 기억이 가물가물했다. 하지만 형식은 무조건 자신을 비난하던 다른 사람들과는 많이 달랐다. 성준은 다시 떠오르는 상념을 지우려는 듯 글라스 가득 양주를 따라 단숨에 마셨다.

점점 술기운이 올라오고 있었다. 성준은 알콜 기운에 젖어 한참 동안 잊고 있던 그때의 기억을 다시 떠올리고 있었다.

성준이 오랜만에 고향 집에 내려간 건 윤희의 집에 다녀오고 나서 얼마가 지난 뒤였다. 윤희와 함께 다녀가기만을 학수고대하던 부모님께 윤희가 이혼녀란 사실을 털어놓자 예상대로 집안이 발칵 뒤집혔다.

예상치 못한 바는 아니었지만 첫 만남 때 윤희를 흡족해하며 내심 결혼을 바라던 어머니의 반대가 가장 심한 건 아이러니였다. 얘기를 들은 어머니는 불같이 화를 냈다. 평소에 한없이 인자하던 어머니의 모습은 온 데 간 데가 없었다.

"아니, 그럼 그년이 나를 속였던 거냐? 애 딸린 이혼녀 주제에 감히 우리 아들을 넘봐? 이런 정신 나간 년!"

"어머니, 사람이 겉만 보고 어떻게…."

"뭐, 겉만 보고? 이혼이 왜 겉만 보고냐? 뭔가 생각이 잘못돼 있으니까 이혼을 당하는 거지. 시끄럽다, 이놈아! 내 그런 흠 있는 며느리 얻으려고 너한테 지금까지 그런 정성 쏟은 게 아니야. 됐으니까 더 이상 그년 얘기는 내 앞에서 꺼내지도 마라! 아유, 심장이 하도 벌렁거려서 어디 가서 얘기도 못하겠다. 아이고, 이 배알도 없는 놈아, 제발 정신 좀 차려!"

아버지 역시 어머니가 입에 침이 마르도록 칭찬하던 그 처자가 실상은 애까지 있는 이혼녀라는 데 할 말을 잊은 듯했다. 성준은 어이가 없다는 듯 말도 없이 담배만 피워대는 아버지에게 더 이상 아무 말도 건넬 수가 없었다.

"어머니, 글쎄, 제 얘기 좀 들어 보시라니까요. 어머니가 보셨던 것처럼 한번 결혼했다 실패한 것만 빼면 윤희는 어디 내놔도 아까운 여자예요. 요즘 세상에 이혼 한 번 한 게 무슨 큰 죄예요? 지금이 무슨 열녀문 세워 수절과부 칭송하던 조선시대도 아니고, 얼마든지 재가해서 잘 사는 사람들 많아요. 어머니가 조금만 더 넓은 마음으로 이해해 주세요!"

성준은 적어도 윤희에 대해 더 이상 부모님 앞에 거짓으로 둘러대고 싶지는 않았다. 하지만 역시 완고한 시골 노인네들을 설득하기엔 요령부득이었다.

"글쎄, 너도 그 여자 얘긴 그만 하래도! 내 눈에 흙이 들어가도 이혼녀 며느리는 못 본다. 거기다 애까지 있는 여자라며? 네가 뭐가 아쉬워서 그런 헌 여자한테 장가를 들어? 난 절대 이해 못 한다. 계속 그 여자랑 결혼하겠다는 말하려거든 이 집에서 당장 나가거라!"

부모님의 마음을 이해하지 못하는 건 아니었지만 이혼이란 꼬리표가 그렇게까지 장애가 될 줄은 생각지 못한 자신의 책임이었다. 이유야 어쨌건 여전히 이혼녀란 꼬리표는 한 여자의 일생에 따라다니는 주홍글씨였다.

그렇다고 윤희를 포기할 생각은 전혀 없었다. 그녀와 정수를 만나 굳게 먹었던 그 마음처럼 성준의 가슴엔 이미 그녀에 대한 감정이 철근처럼 단단히 박혀 있었다.

"정말 너 보는 앞에서 이 엄마가 혓바닥 깨물고 죽는 꼴 보고 싶지 않거든 잔말 말고 서울 올라가거라. 누가 들을까 겁나 큰 소리로 말도 못하겠다, 이놈아! 엄마 말대로 서울 올라가거든 그 여우같은 년 얼른 정리하고 다음에 내려올 테는 너한테 어울리는 참한 색시 데리고 와. 또 오늘 같은 소리 할 거면 내 앞에 다시 나타나지도 마라!"

가족들이 차라리 연을 끊어 버리자고 할 만큼 격한 거부감을 드러내는 데 비해 진심으로 성준의 편에서 상황을 이해하고 받아들이려 했던 건 형식뿐이었다. 고향에 다녀온 뒤 혼자 끙끙거리고 있는 성준은 형식에게도 저간의 사정을 말하지 못하고 있었다.

"왜, 요즘 그 아가씨랑 연애가 잘 안 되냐?"

그 무렵 막 장가를 간 형식은 성준과의 동업을 시작한 직후라 을지로3가에 마련한 매장에서 거의 매일을 붙어 있는 사이였다. 아무래도 성준의 표정이 심상찮은지 형식이 넌지시 윤희의 안부를 물었다.

"어, 그냥 뭐."

성준은 별일 없다는 투로 얼버무렸지만 형식의 예민한 눈치를 피해 갈 수는 없었다.

"아니긴 뭐가 아냐, 인마! 너 요즘 무슨 일 있는 게 틀림없어!"

형식이 아예 의자를 끌어다 성준 앞에 마주 앉았다. 성준은 잠자코 형식이 하는 양을 지켜보았다. 뭔가 심각한 얘기를 하려고 할 때마다 보이는 형식의 습관이었다.

"너무 기분 나쁘게 듣지는 마라. 근데 너 이런 식으로 장사하면 제대로 되는 거 없다. 동업자 사이에 괜히 의리 상할까 봐 괜한 잔소리는 안 하려고 했는데, 요즘 너 뭔가에 완전히 넋이 나간 놈 같아. 그렇게 부지런하더니 요즘은 통 일에 관심도 없는 것 같고…. 성준아, 무슨 일인지 모르겠지만 사업 초반에 기반을 닦아 놓지 못 하면 금방 망한다. 젊은 놈 둘이서 부지런 떠는 거 좋게 보고 물건 달라고 찾아오는 거래처들 많은데 너 자꾸 그렇게 건성으로 할래? 너 요즘 대체 어디다 그렇게 정신을 팔고 있는 거야?"

윤희 일로 요즘 부쩍 가게 일에 소홀해진 성준의 부주의를 탓하는 말이었다. 성준은 친구의 충고를 가만히 듣고 있었다. 사업을 시작할 때 각자의 역할을 분명히 나누었지만, 아무래도 형식의 역할이 더 컸다. 그에 비해 성준은 요즘 통 일에 집중을 하지 못하고 있었다.

형식이 손을 뻗어 성준의 손을 포갰다.

"더 이상은 잔소리 안 할게. 네 할 일은 알아서 할 거라고 믿는다. 그리고… 무슨 일인지 몰라도 어머님이 네 걱정 많이 하시더라."

"그래, 요즘 일에 좀 소홀했던 것 같아. 정말 미안해."

자신에게 듣기 싫은 소리를 하는 형식의 마음을 성준도 잘 알고 있었다. 마음을 추스르기까지 생각보다 많은 시간이 필요했던 것뿐이었다.

"그래, 너 걱정 안 하도록 내가 더 열심히 할게. 혹시 서운한 거 있었음 그만 풀어라! 미안해."

"그래서 지금 이렇게 다 풀었잖아, 인마!"

형식이 성준의 어깨를 툭 치며 자리에서 일어났다.

"자, 우리 오늘 내보낼 물건들 얼른 싣고 저녁에 둘이 소주 한 잔하자."

가게 뒷마당에 임시로 만든 싱크대로 다가간 형식이 찬물을 틀어 어푸어푸, 세수를 했다. 동업자 이전에 오랜 친구인 성준에게 불편한 말을 꺼낸 게 그 자신도 민망한 티가 역력했다. 형식은 그런 친구였다.

성준 역시 얼굴이 달아오르긴 마찬가지였다. 사적인 일을 직장까지 끌고 온 자신에게 화가 났을 뿐더러 잘 풀리지 않는 윤희의 일로 기분이 우울했다. 사업 걱정에 하기 싫은 잔소리를 꺼내든 형식의 마음을 알면서도 왠지 모르게 친구에게 짐이 되고 있는 것 같아 마음이 좋을 리 없었다. 더욱이 형식은 성준에게 단순히 매출이 떨어질 것을 질책하는 것이 아니었다. 형식은 성준이 조금 더 큰물에서 놀 수 있는 사람이 되기를 바라고 있었다.

그날 밤 성준은 형식이 이끄는 대로 퇴근 후 을지로 골목 어귀의 단골 포장마차에 마주 앉았다. 어느새 둘은 낮에 있었던 일을 싹 잊어버리고 평소 같은 사이로 돌아가 있었다. 삭아버린 천막 사이로 후끈한 열기가 새어 들어왔다. 포장마차 주인이 둘의 얼굴을 알아보고 반갑게 미소를 지었다.

“사업 잘된다고 소문이 자자하던데, 요즘 왜 이렇게 자주 안 와?”

“어, 그래서 오늘 일 끝나자마자 달려 왔잖아요. 여기 소주 한 병, 아니 두 병 주세요.”

포장마차 안에는 구석자리에 잔뜩 취기가 올라있는 두 명의 남자 손님을 제외하고는 아무도 없었다. 그들도 무슨 일 때문인지 그리 기분이 좋아 마시는 술은 아닌 것 같았다. 안주로 시킨 꼼장어를 허겁지겁 입에 넣으며 둘은 급하게 소주 한 병을 다 비워 버렸다.

저녁을 걸렀기 때문인지 금방 취기가 돌았다. 성준은 형식과 이런저런 사업 얘기를 나누며 온몸에 이렇게 빠르게 취기가 오르는 것이 윤희에 대한 그리움 때문이라는 생각을 했다. 사실 그 순간 자신이 무엇을 고민하고 있는지조차 명확하게 분간이 되질 않았다. 매 순간 그녀를 진심으로 사랑하고 있다는 것을 느끼면서도 자신이 정말 무엇을 망설이고 있는지 알 수 없었다.

생각보다 심한 부모님의 반대 때문인가? 사실 이제 와서는 그게 전부도 아니었다. 갑자기 앞으로 자신이 감당해야 할 여러 일들이 윤희에게로 향하는 마음을 주저앉히고 있었다. 그녀의 아파트에 가서 정수를 만났을 때의 기분이 선명히 되살아났다. 이미 각오하고 작정했던 것들이 끝없이 환기되며 자신을 갈팡질팡하게 만드는 이 상황이 자신도 납득이 되지 않고 있었다.

성준은 자신이 정말 이기적인 놈일지도 모른다는 생각을 했다.

"뭘 그렇게 심각하냐? 그 윤희 씬가 뭔가 하는 아가씨 때문이지? 안 그래도 네가 요즘 그 아가씨 얘기를 통 안 하기에 혼자 궁금해하던 참이다. 왜, 뭐 문제 있어?"

형식이 나무젓가락을 거꾸로 잡아 소주병 뚜껑을 따 성준의 잔을 채워 주었다.

"넌 무슨 일 있으면 옛날부터 얼굴에 다 티가 났어, 인마! 너 요즘에 매일 그렇게 우울한 얼굴을 하고 있으니까 나랑 동업 시작한 게 후회스러워 그러나 싶어 나도 일이 손에 안 잡혀. 혼자 끙끙거리지 말고 속 시원히 털어놔 봐. 대체 무슨 일이야?"

성준은 대답 대신 형식의 빈 잔에 천천히 술을 따랐다. 그의 마음이 갈팡질팡하고 있었다. 동업 얘기는 물론 형식이 꺼낸 핑계일 터였다. 일찌감치 서울로 올라와 청계천 자동차부품 매장에서 일을 배운 덕분에 회사를 차린 후 사업은 기대치를 웃도는 안정권에 접어들어 있었다. 거래처가 많아져 다음 달이면 직원 두 명을 더 뽑기로 얘기까지 마친 뒤였다.

"나한테 일이래 봤자 뭐 얼마나 대단한 일이겠냐. 그냥… 좀 힘드네."

마음 같아선 형식에게 모든 걸 털어놓고 싶었다. 하지만 윤희 얘기를 어디서부터 어떻게 꺼내야 할지 좀처럼 가늠이 되지 않았다. 그렇게 오랜 친구에게도 쉬이 할 수 없는 말들이 있을 거라고 생각해 보지 않았던 성준이었다. 갑자기 자신이 서울로 올라오던 열여섯 살 그때처럼 고립무원의 벌판에 홀로 서 있는 것 같다는 생각이 들었다.

'그래, 그때도 이렇게 막막했었지!'

문득 서러운 생각이 들어 성준은 지금껏 한 번도 남들 앞에서 보이지 않았던 눈물을 비치고 말았다. 눈물 한 방울이 또르르 뺨을 타고 흘러 내렸다. 급히 마신 술기운 탓일지도 몰랐다.

"뭐야, 너 진짜 왜 그래? 집에 무슨 일 있어?"

형식이 잔을 들다 말고 성준의 우는 모습에 놀라 말을 잊지 못했다.

"너 진짜…."

"형식아, 그만 가자. 나 아무래도 너무 많이 마신 것 같아."

더 이상 그 자리에 앉아 있을 수가 없었다. 아무리 친한 친구라지만 자신이 그렇게 약한 모습을 보여 버린 것에 대해 부끄러움이 밀려왔다. 마음을 다 내보여도 부끄럽지 않은 친구라고 생각했지만 그게 아니었던 모양이었다.

"그래, 알았어. 일단 일어나자!"

성준의 기분이 심상치 않은 걸 느꼈는지 성준의 보는 눈을 의식해 얼른 술값을 치르고 성준을 일으켜 세웠다. 밖으로 나와 담배 한 대씩을 입에 문 성준과 형식은 집으로 가자는 말과 달리 약속이나 한 것처럼 가게를 향해 걸음을 옮겨 놓았다. 불 꺼진 가게가 먼발치에 보이자 형식이 근처 구멍가게 들어가 소주 몇 병과 안줏거리를 사 들고 나왔다. 성준은 묵묵히 형식의 뒤를 따라 매장으로 들어가 불을 켜고 앉았다.

"성준아, 네가 뭐 때문에 그렇게 힘들어하는지 모르겠지만 중요한 건 네 생각이야. 그리고 윤희 씨도 너랑 똑같은 사람일 뿐이야. 처지가 어떻더라도 또 상황이 달라지더라도 너랑 똑같은 생각을 하는…."

윤희 문제라는 건 눈치챘지만 형식은 아마도 성준이 힘들어하는 이유를 달리 짐작하고 있는 모양이었다. 하긴 누구라도 일단 그렇게 넘겨짚을 것이었다. 유복한 집안, 교양 있는 부모 미에서 태어나 공주처럼 자라서 명문대를 졸업한 미모의 서울 여자와 중학교 졸업장이 전부인 택시 운전기사 출신의 가난한 시골 남자의 러브 스토리.

"형식아, 내 얘기 그냥 편견 없이 들어줬으면 좋겠어."

성준이 무겁게 입을 열었다.

"내가 만나는 윤희라는 여자, 사실 한 번 결혼했었고 여섯 살짜리 사내아이도 있어."

형식의 표정이 일순 굳어지는 것을 성준은 놓치지 않았다. 하긴 누구라도 그런 반응부터 보일 것이었다. 마치 모든 것을 알고 있다고 자신하다가 생각지도 못하게 정곡을 찔린 표정이었다. 낯빛을 수습하며 성준이 한참만에야 "그랬냐?" 하는 말로 조용한 반응을 나타냈다.

"응, 너한테 어떻게 말해야 될지 몰라 지금껏 말을 못 했다."

성준은 윤희를 처음 만난 일부터 부모님의 완강한 반대에 부딪혀 그녀와의 관계가 순탄치 않다는 얘기를 생각나는 대로 간략히 정리해 전달했다. 얘기가 깊어질수록 형식의 표정이 심각하게 변해 갔다. 하지만 성준은 오히려 마음이 차분해지는 기분이었다.

15.

번민의 날들

며칠 동안 형식은 별다른 말이 없었다. 동업을 시작한 지 일 년도 안 된 그 무렵, 형식은 소매 위주로 돌아가던 사업을 확장해 수입을 겸할 계획으로 분주한 일상을 보내고 있었다. 관련 서류를 준비해 관공서를 드나들고, 처가를 통해 추가 사업자금을 조달하는 일만으로도 정신이 없어 보였다. 성준도 이문동 집을 담보로 얼마간의 사업자금을 더 투자할 생각이었다.

어려서부터 공구 상가에서 잔뼈가 굵은 형식은 그런 많지 않은 나이에도 불구하고 청년 사업가다운 수완을 발휘하고 있었다. 물론 그가 아무 걱정 없이 외부 영업에 전념할 수 있는 데는 직원 관리와 내부 지원을 맡은 성준의 역할도 무시할 수 없었다. 국민들의 소득 수준이 늘어나면서 자동차 부품 사업이 순항이었다. 며칠 후 국세청에 들어갔던 형식이 매장으로 들어와 종이 한 장을 펄럭였다.

“성준아, 오늘 드디어 수입허가 나왔다. 자, 우리도 이제 어엿

한 무역회사가 됐으니 국제적으로 한번 크게 놀아 보자!"

서류 심사에서도 무사통과된 모양이었다. 그동안 형식의 마음고생이 결실을 맺은 것 같아 성준 역시 하루의 피로가 싹 씻겨나가는 것 같았다. 듣고 있던 직원들이 장난스럽게 환호를 지르며 박수로 화답했다.

"정말 잘됐네. 아무튼 네 추진력 하나는 정말 알아줘야겠어. 좋지! 그래, 회사 한번 크게 키워 보자. 언젠가 종로 거리에 번듯한 회사 사옥도 하나 짓고 말이야."

"자, 그럼 앞으로 사업 계획도 세울 겸 직원들은 좀 일찍 퇴근시키고 우리끼리 오랜만에 소주나 한잔할래?"

"그래도 괜찮겠어? 영주 씨가 너 술 먹고 들어오는 거 엄청 싫어한다며? 이번에 친정에서 돈 빌려 오는 것 때문에도 싫은 소리 좀 들은 눈치던데!"

"하하, 이런 날은 이해해 주겠지! 괜찮아, 괜찮아."

모처럼 형식의 기분이 좋아 보였다. 성준도 모처럼 활짝 웃는 친구의 얼굴을 보자 마음이 놓였다. 하루 업무를 마친 직원들이 모두 돌아간 뒤 성준은 오랜만에 형식과 둘이 마주 앉았다. 수출입 업무를 시작하게 되면서 선결해야 할 몇 가지 사업적 문제가 있었지만 이런 일에 경험이 많은 형식의 계획대로만 하면 큰 문제는 없을 것이었다. 주로 일본 쪽에서 물건을 수입할 것에 대비해 무역 업무 경험과 일본어에 능숙한 직원을 채용

하는 것도 쉽게 합의가 되었다. 사업 확장에 필요한 자금 조달도 큰 차질은 없어 보였다.

이외에도 몇 가지 자잘한 회사 일을 상의한 뒤에야 둘은 차게 식어 버린 배달 음식을 탁자 위에 늘어놓았다. 반주를 겸해 소주 몇 잔이 들어가자 형식이 먼저 본론을 꺼냈다.

"근데 너, 내가 윤희 씨 얘기 듣고도 지금껏 아무 말을 안 하니 맘이 좀 불안하지?"

의외로 형식은 윤희 문제에 대해 선불리 자기 의견이나 감정을 드러내지 않고 있었다. 친구가 무얼 고민하고 있는지 다 듣고 난 후에도 전과 다름없는 얼굴로 성준은 대했고, 매장에서 마주칠 때도 사업 얘기 외엔 별다른 말을 하지 않던 터였다.

"그래, 네가 뭐라고 할지 좀 궁금하긴 하던 참이야."

성준도 순순히 심경을 털어놓았다. 사실 그날 이후 성준은 좀처럼 형식을 편하게 대하지 못하고 있었다. 괜한 얘기를 꺼냈다는 후회가 찾아온 데다 친구 앞에서 눈물까지 보인 생각을 하면 머리가 하얗게 되어 버리는 것 같았다. 자신이 형식에게 어떤 말을 듣고 싶은지조차 알 수 없었다.

당연히 반대하고 나올 줄 알았던 형식은 별반 반응이 없으니 이 며칠 오히려 마음이 불편한 게 사실이었다. 반대로 윤희에 대한 자신의 감정들은 산산이 부서졌다가 다시 조금씩 제 자리를 찾아 원형을 갖춰 가고 있었다. 다만 그 원형이 자신이 기다리던 것인지는 자신할 수 없었다.

"성준아, 너 윤희 씨랑 잘되길 빈다. 아냐, 잘되도록 응원하고, 도울 일 생기면 나도 옆에서 힘껏 도와줄게."

의외의 반응이었다. 매사 정해진 길을 벗어나는 걸 싫어하는 형식의 성격을 잘 알기에 성준은 잠자코 침묵을 지켰다.

"그날 네 얘기 듣고 곰곰이 생각해 봤는데… 너만 좋다면, 아니 둘만 좋다면 세상 사람들이 뭐라 하건 사랑해선 안 될 이유는 아닌 것 같아."

어쩌면 가장 형식다운 결론이었다. 또한 가장 듣고 싶던 말이기도 했다. 논리로 설명하기는 어려운 말이었다. 억지로 설명하거나 강요한다고 해서 내릴 수 있는 결론이 아니라는 걸 알기에 형식의 말 한마디에 자신의 눈앞을 가로막고 있던 벽들이 와르르 무너져 내리는 소리를 성준은 조용히 듣고 있었다.

"너도 알다시피 난 영주 없으면 죽고 못 살 거 같아 결혼한 건 아니야. 그냥 서로 좋은 사람이다, 이 사람 정도면 무난하게는 살 수 있겠다 싶어 결정한 결혼이고 아직까지 크게 후회는 없다. 다만… 내가 모르는 감정을 가지고 네 인생에 대해 왈가왈부하고 싶지 않아. 네 결정에 대해 스스로 책임질 자신 있으면 하고 싶은 대로 해 봐! 그게 내가 너한테 해 주고 싶은 말이야."

"짜식, 이제 어른 다 됐네!"

성준이 고마운 마음을 눙치며 피식 웃었다. 형식도 한껏 무거워진 분위기를 전환하려는 듯 "원래 내가 너보다 더 어른스러웠어, 인마!" 하고 말했다. 분위기가 풀어진 덕분인지 소주 두 병이 금방 바닥을 드러냈다. 형식이 캐비닛을 열더니 고이 모셔 두었던 양주 한 병을 꺼내왔다. 얼마 전 인천의 한 자동차 정비소에 수입 부품을 대량 납품하면서 대금과 함께 받아 온 군납용 양주였다.

"성준아, 우리 빨리 성공해서 우리 매일 양주 마시러 다니자!"

"그래, 우선 성공부터 해 놓고!"

성준은 형식의 잔에도 술을 따라 주었다.

"아무튼 너한텐 늘 고맙다. 오늘 네 얘기도 고마워!"

왠지 홀가분한 마음으로 양주 한 잔을 입에 털어 넣은 성준은 물끄러미 친구의 얼굴을 바라보았다. 형식은 서울에서 다시 만났던 십수 년 전 그대와 크게 달라진 것이 없었다. 외로운 서울살이에 지쳐갈 때마다 항상 긍정적인 말로 용기를 불어넣어 준 고마운 친구였다.

형식이 아니었다면 왠지 자신의 객지 생활이 지금보다 훨씬 팍팍했을 거란 생각이 들었다. 당장 같이 사업을 해 보자는 형식의 제안이 아니었다면 지금도 자신은 택시 기사를 천직으로 믿고 세상을 살아가고 있을 터였다. 택시 기사가 나쁜 직업은 아니지만 지금처럼 더 넓은 세상이 있다는 건 알지 못했을 게 뻔했다. 하지만 이제 성준은 조금 다른 방법으로 세상에 홀로

설 준비를 해나가는 중이었다. 형식이 덕분에 그 미래엔 윤희도 함께 할 것이었다. 아니, 그래야 했다.

밤이 이슥해졌는지 길 맞은편 거리의 상가들이 모두 철문을 내리고 있었다. 주거니 받거니, 마저 양주 한 병을 다 비운 성준은 비틀거리는 형식을 부축해 가게 문을 닫고 거리로 나섰다. 종로3가로 나오자 골목에서 몰려나온 취객들이 도로에 내려와 택시를 잡고 있었다. 둘은 사람들로 붐비는 거리를 지나 인적이 덜한 곳으로 천천히 걸음을 옮겼다.

"야, 우리 오랜만에 가로수에 물 좀 주고 갈래?"

술에 취한 형식이 빙긋 웃으며 바지춤에 손을 가져가는 걸 보며 성준도 지지 않고 농을 받았다.

"응, 한번 그래봐. 어디선가 득달같이 경찰이 나타나서 곤봉으로 후려갈길 테니!"

시원한 바람이 뺨을 스치고 지나갔다. 바야흐로 성준의 인생에 분기점이 된 82년이 지나가고 있었다.

그동안에도 윤희와의 관계를 정리하라는 어머니의 성화는 하루도 빠짐없이 계속되고 있었다. 성준은 거의 매일같이 걸려오는 전화에 그만 노이로제라도 걸릴 지경이었다. 그만큼 집에서는 윤희를 받아들일 생각이 없어 보였다. 아이 딸린 이혼녀라는 굴레는 결코 간단히 넘을 수 없는 장벽이었다.

"그 여자, 네 발목 잡고 늘어지기 전에 얼른 정리해. 이제 와서 네가 무슨 말을 해도 들을 생각 없다. 네가 그런다고 절대 달라지는 것도 없을 거고."

어머니는 마치 아들이 무엇에 홀리기라도 한 듯 그 말도 안 되는 이혼녀를 포기하지 못하는 걸 이해하지 못했다.

"아무리 세상이 변했대도 다른 남자의 아이까지 낳은 여자를 어떻게…."

하지만 어머니의 반대가 거듭될수록 성준의 마음은 더 복잡하게 얽혀 들어갔다. 밤마다 자리에 누워 잠을 뒤척이면서도 한 순간도 그녀 생각을 떼어 놓을 수가 없었다. 항상 마음이 그녀에게 가 있었다. 하지만 자신은 집안의 반대를 넘어설 어떤 기교나 방도를 갖고 있지 못했다. 아무런 일도 없었던 것처럼, 그저 자신의 상황을 들키지 않도록 그녀 앞에서 표정을 조심하는 게 유일한 방법이었다.

이쪽 상황을 모르는 윤희는 이제 어느 확실히 자신의 마음을 정리한 듯 전보다 더 살갑게 성준에게 다가오고 있었다. 그녀를 만날 때마다 성준도 가급적 어머니 얘기를 감추곤 했다.

"그 뒤로 전화 한 번 안 드려서 어머님이 서운해하지 않으시려나 몰라요."

윤희가 괜한 걱정을 들고 나올 때마다 성준은 시골이란 농사일로 바빠 딱히 급한 용건이 아니면 전화를 드리지 않아도 이해

한다는 말로 상황을 모면하곤 했다. 성준의 회사가 바빠지면서 일이 많아져 차츰 만나지 못하는 날이 많아진 게 차라리 다행이었다.

"그렇담 다행이구요. 요즘 전 성준 씨 만나는 게 너무 즐거워요. 그리고 그때… 성준 씨 어머니께 인사드리러 가서 있는 그대로의 성준 씨 모습을 보게 돼서 좋았어요."

"제 주변이 뭐가 그리 궁금해요?"

그 말을 해놓고 성준은 스스로 멍청한 질문이라는 생각을 했다. 사람이 누군가에 대해 알고 싶다고 말하는 건 모든 관심을 통틀어 가장 확실한 사랑의 표현이란 걸 모를 리 없었기 때문이다. 윤희 역시 전보다 자신에 대한 이야기를 꾸미지 않고 드러내고 있었다.

"어쩌면 지극히 평범하기만 한 성준 씨와 어머니 사이를 부러워할 만큼 저는 그렇지 않은 집에서 자랐어요. 그래서인지 저는… 겉으로 보이는 것보다 안정되어 있지 않은 사람일지도 몰라요. 그렇다고 성준 씨한테 뭘 숨기고 있다는 건 아니에요. 그저 가끔은 내가 너무 세상 물정 모르고 곱게 자라 철이 없기도 하고, 누군가를 진심으로 사랑하는 방법을 모른다는 걸 자각하곤 해요. 근데… 성준 씨랑 있으면 마음이 편해져요. 전처럼 조바심이나 걱정도 없고."

윤희가 조심스럽게 말을 이어 갔다.

“어쩌면 저는 성준 씨가 생각하는 것 보다 이기적인 사람일지도 몰라요. 남들이 어떤 생각을 하던 내가 하고 싶은 말, 하고 싶은 대로 하며 살아온 사람이니까요. 그게 내 나름의 반항이었어요. 어떤 사람들은 그런 내 성격을 부담스러워하기도 해요. 만약 다른 사람들처럼 성준 씨 역시 저를 사랑하는 게 부담스러워진다면… 언제든 얘기해 주세요. 그런 거 알면서도 이야기하지 않는다면, 그거야말로 정말 바보 같은 짓이에요.”

“부담스럽지 않아요. 그저 아직 좀 익숙지 않을 뿐이지.”

성준이 최대한 감정을 자제하며 대답했다.

“알아요. 지금은 뭔가 다른 제가 혼란스러워 보일지도 모른다는 걸요. 근데 있는 그대로 저를 봐 주시면 저랑 똑같이 편해질 때가 있을 거예요. 휴, 이런 이야기 할 작정은 아니었는데 이야기가 우습게 됐네요.”

윤희의 목소리가 잦아들었다. 가슴속에 무언가 격한 감정이 차올랐다가 가라앉는 모양이었다.

“성준 씨가 이런 저를 어떻게 생각할지, 또 어떤 판단을 할지 모르겠어요. 하지만 그건 제가 관여할 수 있는 부분이 아니에요. 그저 내 이런 모습을 받아들일 수 없대도 원망하지 않을 거예요. 분명한 건 지금 나는 성준 씨를 깊이 사랑하고 있다는 거예요. 성준 씨는… 날 사랑하지 않아요?”

성준은 그녀에게 아무런 대답을 하지 못했다. 윤희는 정말 솔직하게 그리고 담담하게 자신의 모든 상처를 헤집어 보여 준 뒤였다. 하지만 어찌 된 일인지, 성준에 마음속에서 그것은 어떤 타당성 있는 이유도 없이 판단을 거부하고 있었다.

성준은 자신이 비겁하다고 생각했지만 동시에 두 사람의 인생의 달린 문제인 만큼 판단에 더 신중해져야 한다고 스스로를 타일렀다. 둘의 만남은 우연이었지만 그 모든 우연에도 어떤 인연이 작용하고 있는 게 분명했다. 그렇지 않다면 이렇듯 그녀가 마음 안에 깊이 들어와 뿌리를 내리고 있을 리가 없었다.

이제 와 그녀에 대한 마음을 접는다는 건 상상도 할 수 없는 일이었다. 반면, 그녀를 사랑하기 위해서는 넘어야 할 난관이 적지 않았다. 당장 윤희와의 관계를 정리하지 않으면 부모 자식의 연을 끊어 버리겠다고 엄포를 놓는 부모님과 누나들을 설득하는 것부터가 넘어야 할 산이었다. 성준의 마음속에 커다란 바위 덩어리가 흔들바위처럼 움직였다.

"윤희 씨, 나한테 이런 이야기 해 준 거 정말 고마워요. 굳이 아픈 기억 꺼내게 한 거 미안하구요. 하지만 나도 그 전에 해야 할 말이 있어요. 내 말, 오해하지 말고 들어 줘요."

성준은 윤희의 손을 꼭 잡았다. 희고 가느다란 그녀의 손이 성준의 두 손 안에 쏙 들어왔다.

"사실은 부모님의 반대가 조금 심해요."

성준은 그녀가 마음 상하지 않도록 최대한 간략하게 현재의 사정을 설명했다. 부모님의 반대가 누그러질 때까지라도 결혼 얘기를 미루자는 말도 덧붙일 수밖에 없었다.

성준의 얘기를 가만히 듣고 있던 윤희가 다 이해한다는 얼굴로 고개를 푹 수그렸다. 성준이 마음 아프겠지만, 우리 조금만 더 상황을 지켜보고 결정하자는 말을 덧붙이며 윤희의 어깨를 감싸 안았다. 하지만 윤희는 그럴 마음의 여유가 없는지 그 상황을 받아들이려 하지 않았다. 어쩌면 성준이 지금 공연한 핑계로 자신을 떼어놓으려고 한다고 오해하고 있는 건지도 몰랐다.

"그런 이유라면 더 기다린다고 답이 나오진 않을 거예요. 가세요! 그런 확신도 없는 거라면 더 이상 성준 씨한테 부담 드리긴 싫어요."

조금 전과 달리 윤희의 목소리에 서운함이 배어 있었다.

"전 생각만큼 마음이 넓지 않아요. 그냥 나 자신이 상처받기 싫어서 성준 씨한테 미리 내 이야기를 사실대로 말했던 것뿐이에요. 맞아요. 전 상상외로 이기적인 사람이에요. 살면서 나를 지키는 방법을 그렇게 터득했으니까요. 성준 씨를 원망하진 않을게요. 오늘이 우리한테 마지막 날이더라도… 나, 성준 씨가 늘 따뜻했던 거 잊지 않을게요."

"윤희 씨, 그게 아니라…."

성준이 말릴 새도 없이 윤희가 밖으로 뛰쳐나갔다. 잠깐 사이에 벌어진 일이라 성준은 뛰어나가 잡을 생각도 못한 채 멀어지는 그녀를 바라보고만 있었다. 이제라도 나가서 잡아야 보아야 했지만 마음 한 편에 성준의 발을 붙드는 목소리가 들리고 있었다. 정말 이기적인 건 그녀가 아니라 자기 자신인지도 몰랐다. 성준은 윤희의 모습이 시야에서 완전히 사라질 때까지 미동도 하지 못하고 가만히 서 있었다.

성준도 그녀의 살아온 환경이 자신과 많이 다르다는 걸 어렴풋이 눈치채고 있던 중이었다. 탄탄한 중견 기업을 운영하는 사업가 아버지와 대학 교수였던 어머니 사이에서 자란 윤희는 남보기엔 전혀 모자람 없는 삶을 살아온 사람이었다.

하지만 부모와의 관계, 특히 다른 형제들과 달리 부모의 기대만큼 따라 주지 못한 것이 그녀를 옭아매고 있는 족쇄였다. 성인이 된 후에도 그녀는 부모의 강요와 일방적 지시에서 벗어나지 못하고 있었다. 이를테면 자신의 의지와는 무관하게 이른 나이에 결혼을 선택할 수밖에 없었던 사정도 부모의 권위를 거스를 수 없었기 때문이었다. 이른바 '사자 직업'을 가져 부모의 자랑거리가 돼 있는 다른 형제자매들 틈에서 그녀의 방어기제는 전혀 엉뚱한 방향으로 발현되고 있었다. 이를테면 자신의 감정에 필요 이상 솔직한 것 또한 그런 성향 중의 하나일 터였다.

하지만 성준처럼 평범한 사람에겐 지금껏 알아 왔던 평범한 사람들과는 뭔가 다르다는 게 상대에 대한 호감을 불러일으키고 있는 것도 사실이었다. 어쩌면 성준이 이혼 경력까지 있는 윤희에게 자석처럼 끌린 이유 역시 그것과 전혀 무관하지는 않을 것이었다. 그런 윤희가 이제 자신을 사랑한다고 말하고 있었다. 그리고 이제는 성준 자신도 결단을 내리지 않으면 안 될 상황이었다.

윤희에겐 그 뒤로 거짓말처럼 연락이 뚝 끊겨 있었다. 하루하루 성준의 마음이 새까맣게 타들어 갔다. 이제 이 상황을 반전시킬 수 있는 건 자기 자신밖에 없었다.

"그래, 아무튼 잘 생각해서 결정해라. 난 그냥 네가 하는 대로 응원할게. 이제 와서 여러 말할 필요도 없고, 너도 네 마음이 시키는 대로 했으면 좋겠다!"

성준의 유일한 우군은 형식뿐이었다. 윤희와의 사이에 있었던 저간의 사정 얘기를 다 들은 형식은 양단간의 결정을 내려야 할 때인 것 같다는 충고를 꺼냈다. 어쩌면 그건 사랑 자체보다도 여러 무난한 조건을 좇아 결혼을 단행해 버린 자신의 경험에서 나온 충고일지도 몰랐다.

"그래, 나도 그렇게 생각해, 너무 걱정 마라. 내가 애도 아니고…."

고향 부모님을 설득해 보려던 노력이 거듭 실패로 돌아가자 성준에겐 이제 부모 형제에 대한 기대를 접는 수밖에 다른 방도가 없었다. 아니, 상황이 이렇게 되고 보니 애초에 자신에게 윤희와의 결혼을 인정받으려던 의지가 있었던지 스스로 의심스러울 정도였다. 막상 마음을 정하고 보니 부모 형제의 축복이란 사실 허울에 지나지 않을지도 모른다는 생각까지 들었다.

더 이상 미룰 일이 아니었다. 아니 이제 시간 여유가 없는 일이었다. 이젠 찬바람이 가슴까지 훑고 있었다. 그리 길지도 않은 방황을 끝내기엔 더없이 좋은 날씨였다. 밤새 뒤척이던 성준은 아침에 눈을 뜨자마자 말끔히 옷을 차려입고 형식에게 전화로 하루 휴가를 요청했다.

"나, 오늘 일이 좀 있어서 출근 못 할 것 같아. 대신 일 보고 나서 늦게라도 회사로 갈게. 자세한 건 나중에 얘기하자."

"잠깐! 무슨 급한 일인데 그래?"

"나 오늘 윤희 씨한테 가."

"그래. 뭐, 급한 일은 없으니… 아무튼 만나서 잘하고 와라."

성준의 마음을 이해한다는 듯 형식이 애써 밝은 목소리로 잘하고 오라는 인사를 했다. 윤희와의 사정 얘기를 털어놓고 난 뒤 가장 가슴 뭉클해지는 말이었다. 성준은 얼른 전화를 내려놓고 집을 나섰다. 오랜만에 찾아온 그녀의 아파트는 조금 낯설어 보였다.

아파트 입구에서 엘리베이터를 기다리면서 성준은 벌써 마음이 긴장되는 것을 느꼈다. 그녀가 집에 있을지, 또 자신을 받아 줄지 마음이 복잡했다. 그렇다고 돌아서거나 피할 수 있는 문제는 아니었다. 자신이 방황이 끝났다는 것을 그녀가 믿도록 해 주어야 했다. 그녀와의 마지막 만남을 떠올리며 성준은 눈을 감고 숨을 한 번 깊이 들이마셨다.

"누구세요?"

벨을 누르자 윤희의 목소리가 들렸다. 오랜만에 들어 보긴 하지만 성준이 매일 밤 너무도 그리워하던 목소리였다.

"나예요. 윤희 씨."

저편에서는 그만 소리가 잠잠해져 버렸다. 몇 초간 아무런 반응이 없었다. 갑작스런 성준의 방문에 그녀도 적이 놀란 것 같았다. 한참 뒤 그녀가 문을 열었다.

"어쩐 일이세요. 연락도 없이."

윤희가 한껏 감정을 감춘 목소리로 성준을 맞았다.

"꼭 해야 할 얘기가 있어요. 아니, 그냥 여기서 말할게요. 윤희 씨… 미안해요!"

성준의 목소리가 떨려 나왔다. 윤희가 자세를 고쳐 잡으며 성준의 다음 말을 기다리고 있었다.

"내가 잘못했단 말부터 해야겠군요. 윤희 씨, 언젠가 나한테 감정에 후회하고 싶지 않다고 했죠? 그럼 우리 후회할 일 하지 말아요. 내가 사과할게요. 그리고 우리, 아니 나랑 결혼해 주세요!"

윤희가 가만히 등을 돌렸다. 만약 잠시 후 그녀의 등이 흐느낌 때문에 떨리고 있는 걸 보지 못했다면 온몸의 기운이 다해 보려 털썩 주저앉아 버렸을지도 모를 일이었다. 성준의 귀엔 아무 소리도 들려오지 않았다.

한참 후 윤희가 조심스레 돌아서서 성준을 바라보았다. 눈물과 웃음이 반쯤 섞인 얼굴이었다. 윤희가 가만히 성준의 품에 안겨 왔다, 성준도 힘을 주어 윤희를 꼭 끌어안았다.

열흘 후 성준은 간단히 짐을 챙겨 윤희의 아파트로 들어갔다.

"이게 다 뭐예요?"

"전부터 윤희 씨도 나와 여기서 살고 싶다고 했었잖아요. 나 이제부터 여기서 살 거예요. 그렇게 알고 짐 좀 정리해 줘요. 바로 회사에 나가 봐야 되니까."

성준의 짐을 받아드는 윤희의 표정이 기쁨인지, 슬픔인지 종잡을 수가 없었다. 성준은 윤희가 무얼 걱정하고 있는지 알 수 있었다. 하지만 이제는 자신이 감당해야 할 일이었다. 아마도 많은 사람들이 아이까지 있는 이혼녀와 함께 사는 자신을 비웃을지도 몰랐다. 하지만 성준에게 이제는 세상 사람들에게 일일이 두 사람의 관계를 인정받아야 할 필요는 없었다. 더욱이 이제는 스스로 더 이상 기다릴 수가 없었다.

당장 양가의 축복 속에 결혼식을 올리기엔 시기상조지만 더는 윤희를 슬픔 속에 홀로 두지 않으리라, 성준은 굳게 마음을 다잡았다.

16.

뜻밖의 불청객

형식과 함께 새로 시작한 자동차부품 수입은 걱정했던 것보다 빨리 자리를 잡아 가고 있었다. 무역업을 시작한 지 처음으로 수입한 밸브와 오일펌프 등 몇 가지 부품이 국내 시장에서 히트를 친 덕분이었다. 물량이 달려 급하게 다시 오더를 넣었지만 일본에서 물건이 도착하기 무섭게 동이 나 새로 주문을 넣기 바빴다. 덕분에 성준은 조금씩 경제적인 압박에서 해방되고 있었다.

매달 윤희에게 두툼한 월급봉투를 쥐어 줄 때마다 어깨가 으쓱했다. 마치 자신이 이제야 어릴 때부터 꿈꾸던 그 무엇이 된 것 같은 기분이 들기도 했다. 아름답고 상냥한 아내와 귀여운 사내아이, 남이 볼 때 성준은 이제 무엇 하나 부족할 것 없는 성공한 남자로 보일 것이었다.

"지난번 사업 확장하면서 은근히 자금 걱정하는 것 같던데 당분간 월급 같은 거, 일부러 갖다주려고 애쓰지 않아도 돼요. 부담 갖지 말고 회사 일만 신경 써요."

"아냐, 요즘 매출이 엄청 올랐어. 이 돈은 자기가 갖고 있다가 생활비로 써!"

"수입 일은 잘돼요? 나도 사실은 대학에서 일본어를 배운 덕에 졸업하고서 무역회사에 잠시 일한 적 있어 그쪽 생리는 어느 정도 알고 있어요. 이래 봬도 나 일본어도 현지인 못잖게 잘한다구요."

사실 윤희는 연애 때부터 돈에 그리 연연하는 성격은 아니었다. 특별한 직업도 없이 꽤 값나가는 아파트에 사는 걸 보면 원래부터 돈에 그리 궁색하진 않은 형편인 모양이라고 성준은 간단히 넘겨짚고 있었다. 윤희의 재산이나 수입을 물어보는 것도 어쩐지 우스운 일이었다. 성준은 그저 그녀의 친정이 남부럽지 않게 잘산다는 얘기를 떠올렸다.

윤희와 동거를 시작한 후 가장 달라진 건 성준의 마음가짐이었다. 그는 마치 하루 빨리 이 행복한 가정의 일원이 되는 일에 남다른 사명을 각성한 사람처럼 빠르게 총각 시절의 생활 습관을 바꿔 나갔다.

사실 자신은 어린 나이에 집을 떠나 혼자 살았기 때문에 가정이 무엇인지 모르는 게 더 많았다. 행복한 가족, 더욱이 한 여자의 아내와 한 아이의 아빠가 되었다는 것 자체가 실감나지 않는 게 당연한 일이었다. 하지만 매일 저녁, 회사에서 돌아오기 무섭게 정수와 놀이터에 나가 놀다 들어오거나 윤희의 집안일을 거들어 주면서 성준은 마치 결혼 십년 차의 가장처럼 자연스럽게 두 모자 사이에 스며들어 있었다.

윤희 역시 성준과 살림을 합친 후 마지막까지 남아 있던 마음의 짐을 어느 정도 내려놓는 것 같았다. 연애 때 보다 더 다정해진 성준의 모습에 가장 기뻐한 것 또한 윤희였다. 실상 미래를 함께하고 싶다는 바람을 먼저 드러낸 건 자신이었지만 새로운 사랑에 대한 두려움이 없진 않았을 것이었다. 다짜고짜 짐을 싸 들고 찾아온 성준을 선뜻 반기지 못한 것도 그런 일말의 두려움이 가시지 않은 탓이었다. 하지만 어느새 셋이서 나란히 손을 잡고 한강변으로 산책을 나가는 주말 나들이를 제일 기다리는 건 엄연히 윤희 쪽이었다.

동거라고는 해도 성준은 당장 그녀와 잠자리를 함께 하는 건 자제하고 있었다. 그녀에게 더 이상 부담스러운 상황을 안겨 주지 않아야 했다. 아직 어리기는 해도 정수가 새로운 식구를 받아들이는 시간이 필요할 것이었다.

윤희의 아파트로 거처를 옮겨 오면서 비게 된 이문동 집도 당장은 처분할 필요가 없어 다행이었다. 이문동 집은 병 치료가 잦은 시골 어머니가 가끔 치료차 서울에 올라올 때마다 머물다 가기로 해 전세를 주는 대신 빈 집으로 남겨 두었다. 성준은 아직은 풀리지 않은 부모님의 마음을 돌리기 위해 어머니가 이문동 집에 계신다는 얘기를 들으면 꼭 찾아가 얼굴을 보고 왔다. 마음 같아선 윤희를 데리고 가고 싶었지만 아직은 그 뒷감당에 자신이 없었다.

이상한 건 당장이라도 윤희의 집으로 쫓아와 머리채라도 잡을 것 같던 어머니의 반응이었다. 줄곧 말은 "나야, 그깟 자식 하나 없는 셈 치면 그만이다!" 하고 역정을 내면서도 어머니는 은연중에 성준과 윤희의 동거를 방치하고 있었다. 아니, 어쩌면 성준이 자칫 극단적인 선택이라도 할까 봐 자칫 모르는 척하고 있는 건지도 몰랐다. 그러면서도 엄마는 한사코 윤희를 받아들이기를 거부하고 있었다.

"성준 씨, 이번 겨울에 미국 언니네 집에 정수 좀 보낼까 해요. 마침 유치원도 끝나가니까 내년 새 학기 시작할 때까지만 있게 할까 봐요."

살림을 합친 지 육 개월쯤 지났을 무렵, 윤희가 정수를 미국 언니네 집에 잠시 보내겠다는 말을 꺼냈다.

"그게 갑자기 무슨 말이야?"

너무 갑작스러운 말에 성준이 멀뚱히 윤희를 바라보았다. 미국 여행이라니, 자신에게는 너무나 먼 나라의 얘기였다. 외국에 나가려고 몇 달씩 준비해도 비자를 발급받기 어려운 시절이었다. 더욱이 미국 비자는 절차가 더 까다로워 웬만한 사람들은 엄두도 내지 못한다는 말을 성준도 듣고 있었다.

"원래 우리 언니. 오빠네 애들은 영어 공부 겸해서 어릴 때부터 기회 될 때마다 미국에 자주 보내요. 이번에 오빠가 미국 연수를 간다는데, 조카애들 데리고 가는 길에 정수도 데리고 가겠대요."

"비자가 그리 쉽게 나올까? 보통 사람들은 미국 가는 게 하늘의 별따기라던데…."

"다 방법이 있으니 내가 알아서 할게요. 성준 씬 신경 안 써도 돼요."

성준이 풀 죽은 표정으로 입을 다물었다. 갑자기 기가 팍 꺾이는 기분이었다. 그렇잖아도 오늘처럼 윤희가 자신과는 다른 세상에서 사는 사람임을 자각할 때마다 왠지 모르게 이방인이 된 듯한 기분이 엄습해 오던 터였다. 자신은 한 번도 꿈꾸지 못하던 일들이 윤희가 살아온 성에서는 대수롭지 않게 벌어지는 모양이었다. 성준은 그게 자신의 열등감일지도 모른다고 얼른 마음을 고쳐먹었다. 윤희가 사는 성 안으로 들어온 이상 자신도 빨리 이 세상에 적응하는 것이 나았다.

"그래, 그럼! 그나저나… 정수가 없으면 내 맘이 왠지 쓸쓸할 것 같네."

정수가 미국으로 간 뒤 집 안이 정말로 절간처럼 조용해졌다. 쫑알쫑알 떠들며 귀여운 짓을 도맡아 하던 정수가 없으니 성준 역시 허전하기가 이루 말할 수 없었다. 어느새 정수에게 그렇게 정이 들었던가, 성준은 스스로 자신의 마음이 의아스럽게만 했다.

"왜? 정수가 없으니까 쓸쓸해?"

성준은 어느새 윤희에게 편하게 말을 놓고 있었다. 나이는 윤희가 두 살 더 많아도 윤희는 성준을 높여 계속 존대를 썼다. 습관처럼 정수 방을 열어 보곤 하는 윤희에게 성준은 일부러 더 장난스럽게 말을 붙였다. 이럴 땐 요즘 한창 아이들에게 인기를 끌고 있는 바보 캐릭터 흉내로 기분을 달래 주는 수밖에 없었다.

"정수, 없다!"

"성준 씨도 참!"

윤희가 픽 실소를 터뜨렸다. 정수가 떠난 뒤 여간해 웃을 일이 없던 터라 성준도 모처럼 보는 윤희의 얼굴에 기분이 밝아졌다.

"그냥 뭔가를 잃어버린 것 같아요. 내 안에, 마지막까지 나를 꽉 붙들고 있던 무언가가요."

윤희의 얼굴이 다시 흐려졌다. 성준은 힘주어 윤희를 꼭 안았다. 윤희가 애써 웃으며 성준의 목에 팔을 둘러 몸을 밀착해 왔다. 작고 가녀린 윤희의 몸에서 향긋한 살 냄새가 전해져 왔다. 그것은 잊고 있던 본능을 일깨우는 냄새였다.

성준은 그녀를 안은 팔에 지긋이 힘을 더하며 지난 몇 개월간 윤희와 잠자리를 갖지 않았다는 사실을 떠올리고 있었다. 성준의 아래쪽이 묵직해졌다. 윤희가 성준의 몸에 나타난 변화를 알아차렸는지, 가만히 몸을 떼며 장난스럽게 아래를 가리켰다.

"얜 갑자기 왜 이래요?"

"직접 물어봐! 밖에 나오고 싶어 아우성을 치네. 오늘은 걔가 꼭 자기랑 같이 자고 싶어 하는 것 같아."

"아이, 몰라요."

얼굴이 빨개진 채 윤희가 주방으로 뛰어 들어갔다. 윤희도 오랜만에 성준이 적극적으로 나오는 싫진 않은 눈치였다. 잠시 후 벌어질 둘만의 시간을 상상하며 성준은 윤희가 설거지를 마칠 때까지 TV 프로그램에 잠시 눈을 주었다. 세계 경제 동향에 관한 전문가들의 진단 프로그램이 방영되고 있었다. 국내 저명한 경제학자들이 출연해 세계 경제동향을 브리핑하는 콘셉트라 성준도 평소 관심 있게 보는 프로그램이었다.

"설거지하는 동안 자기 먼저 씻고 있지…."

설거지를 마치고 나오던 윤희의 표정이 굳어진 건 성준이 틀어놓은 TV 프로그램을 확인한 뒤였다. 윤희가 다짜고짜 성준이 보고 있던 TV 채널을 돌렸다.

"왜 그래? 지금 한참 재미있게 보고 있는데!"

하지만 윤희는 꼭 화난 사람처럼 성준을 바라보고 있었다. 괜히 민망해진 성준이 TV로 다가가 직접 채널을 다시 돌렸다.

"저 프로, 꼭 봐야 해요?"

"응, 재미있게 보고 있는데 왜 그래?"

성준이 영문을 모르겠다는 표정으로 윤희를 돌아보았다. 윤희의 표정이 예사롭지 않았다. TV 화면에는 요즘 부쩍 TV 프로그램에 얼굴을 자주 비추는 경제 전문 기자가 출연해 일본 경제에 암초로 부상하고 있는 부동산 거품에 대해 열변을 토하고 있었다. 남자는 성준도 TV 프로그램에서 자주 얼굴을 본 적이 있는 유명 인사였다. 미국 유학파 출신으로 현재는 꽤 유명한 신문의 요직을 맡고 있다는 사람이었다.

"저 사람… 정수 아빠예요."

"누구?"

"정수… 친아빠요."

"우리 정수 친아빠?

성준의 음성이 떨려 나왔다. 윤희가 고개를 끄덕였다. 자신도 모르게 성준의 입에서 끄응, 하는 신음 소리가 새어나왔다. 성준은 지금껏 한 번도 윤희에게 전 남편에 대한 이야기를 묻지 않은 게 생각이 났다. 사실은 괜한 상처를 들추는 것 같아 의식적으로 더 피해 온 얘기가 아니던가!

성준은 딴엔 윤희를 배려해 지금껏 전 남편이나 이혼 사유, 결혼 생활에 관해 한마디도 묻지 않고 있었다. 윤희의 전 남편이 누구인지 알려고 하지도 않았다. 전 남편과의 결혼 생활이 어땠는지, 왜 헤어졌는지도 이제 와 굳이 캐묻고 싶지도 않았다. 그런데, 이렇게 엉뚱한 상황에서 정수의 친아빠를 확인하게 된 것이었다.

“그랬구나. 근데 뭐, 나한테 굳이 얘기 안 해도 되는데….”

성준이 슬그머니 TV 전원을 껐다. 갑자기 할 일이라도 생각난 듯이 윤희도 어색하게 화장실로 들어가 안에서 문을 잠갔다. 잠시 후 물 트는 소리가 들려왔다.

돌이켜보면 그건 명백한 실수였다. 엉겁결에 열지 말아야 할 판도라의 상자에 손을 대 버린 셈이었다. 그날 이후 성준은 왠지 모르게 윤희를 대하는 마음이 전과 같지 않은 것이 느껴졌다. 윤희에 대한 사랑이 식어 버린 게 아니었다. 그런데도 TV를 보거나 회사에서 신문을 집어 들다가도 문득 그 남자의 얼굴과 이름이 어른거려 마음이 졸아드는 기분이었다.

윤희 역시 그날 자신이 괜한 얘길 꺼냈다는 걸 뒤늦게 깨달았는지 왠지 모르게 성준 앞에서 말을 가렸다. 성준이 알아 온 그녀가 아니었다. 그토록 감정에 솔직하던 그녀가 갑자기 무엇을 주저하는지 성준은 도무지 알 수가 없었다.

그런 날들 속에서 임영진의 전화를 받았다.

띠리리, 띠리리.

“여보세요. 김성준 씨 되시나요?”

“그렇습니다만….”

수화기를 통해 흘러나오는 목소리는 차분한 중년 남자의 그것이었다. 그도 아니라면 한껏 교양이 묻어나는 목소리였다. 성준은 TV를 통해 귀에 익은 그 목소리를 듣는 순간, 자기도 모르게 침을 꿀꺽 삼켰다.

“송윤희 씨라고 아시죠?”

“그런데요?”

“제가 전화를 맞게 걸었군요. 저는 윤희 남편, 아니 남편이었던 임영진이라고 합니다. 다름이 아니라… 선생을 한번 뵙고 싶어서요.”

성준은 감히 자신을 윤희의 남편이라고 소개하려던 남자에게 알 수 없는 적개심을 느꼈다. 내색하지 않으려 해도 성준의 목소리에 상대에 대한 경계심이 묻어났다.

“그런데 왜죠? 저를 만나야 할 특별한 이유라도 있습니까?”

“서로에게 필요한 얘길 것 같아서요.”

수화기를 내려놓은 성준의 손이 미세하게 떨리고 있었다.

‘이런 기분이었구나. 아내의 전 남편을 만난다는 게!’

TV로 보던 것처럼 임영진은 나이에 비해 훨씬 젊고 세련된 멋을 풍기는 신사였다. 깔끔하게 차려입은 옷차림에서 이미 범상치 않은 학력, 많지 않은 나이에 벌써 이 사회의 오피리언 리

더로 오르내리는 성공한 수컷의 냄새가 진하게 전해져 왔다. 베이지색 닥스 체크무늬 더블 마이에 짙은 감색 바지를 차려입고 있는 그는 외모부터가 완성된 엘리트의 이미지를 뿜어내고 있었다.

헤어젤을 잔뜩 발라 단단하게 고정한 남자의 헤어스타일 때문에 괜히 더 그래 보이는 것뿐이라고 성준은 애써 자신을 다독거렸다. 성준은 그의 입에서 아직도 윤희를 잊지 못하겠다는 말이 나올까봐 내심 마음을 졸이고 있었다.

"나와 주셔서 감사합니다."

임영진은 별로 긴장하고 있지 않은 것 같았다. 성준은 간단히 통성명을 나누고 그의 다음 말을 기다렸다. 호텔 커피숍을 오가는 사람들이 얼굴을 알아보는 것이 신경 쓰이는지 남자도 주위를 힐끔거리며 먼저 용건을 꺼냈다.

"단도직입적으로 말씀드리죠. 집사람, 아니 윤희가 선생님과 지낸다는 얘기를 들었습니다. 해서, 이만 저도 생활비 지원을 중단하면 어떨까 싶습니다만."

남자는 세계 경제를 전망하던 목소리로 윤희에게 경제적 지원을 중단하고 싶다는 말을 하고 있었다.

"생활비라뇨?"

성준으로서는 금시초문인 이야기였다. 지금껏 윤희가 그에게 생활비를 지원 받아왔다는 건 생각지도 못한 일이었다.

"뭐, 진작 이야기를 하고 싶었습니다만 이제는 더 이상 늦출 필요가 없지 않은가 싶더군요. 윤희와 헤어지면서 정수 양육비와 이런저런 명목으로 매달 적잖은 돈을 보내왔습니다. 집에만 있던 여자가 굳이 정수를 자기가 키우겠다고 우겨서 냉정하게 거절하지 못한 탓이지요. 이혼한 뒤로 바로 어제까지 제가 꼬박꼬박 챙겨 부쳐 주고 있습니다. 그런데 이제는… 그쪽이 같이 사니 더 이상 보내지 않아도 될 것 같아서요. 돈도 돈이지만, 매달 은행에 가서 송금란에 헤어진 여자 이름을 쓰는 것도 고역입니다. 그리고…."

임영진이 등받이에 등을 기댔다.

"저도 곧 재혼할 계획이 있고 말입니다. 해서…."

"알겠습니다."

성준이 임영준의 말을 잘랐다.

"죄송합니다. 제가 알지 못했던 부분이라…. 아무튼 앞으로 윤희는 제가 책임질 테니 다음 달부터 돈 같은 거 보내지 말아 주십시오."

임영진이 가볍게 고개를 끄덕였다. 생각보다 말이 통하는 사람을 만나 다행이라는 표정이었다. 반면 성준은 심한 굴욕감에 얼굴이 붉으락푸르락하고 있었다. 매달 헤어진 전남편에게 생활비를 받아 왔다니 기가 막힐 노릇이었다. 임영진은 분명히 그 돈을 '생활비'라고 말하고 있었다. 그렇다면 성준을 포함한 세

식구가 지금껏 임영진의 보내 준 돈으로 생활해 왔다는 얘기나 마찬가지였다. 자신 또한 적지 않은 액수의 월급봉투를 매달 그녀에게 가져다주고 있었다. 월급봉투를 쥐어 주며 느꼈던 남자로서의 성취감이 무참히 구겨지는 느낌이었다.

"윤희, 아니 정수 엄마는 잘 지냅니까?"

임영진이 홀가분한 얼굴로 윤희의 안부를 물었다.

"네, 그런데 저도 하나 물어봐도 되겠습니까?"

"네, 편하게 물어보세요."

임영진이 TV 프로그램에서 보던 것처럼 무엇이든 친절하게 대답해 주겠다는 얼굴로 의자를 당겨 앉았다.

"윤희와는 왜 헤어진 겁니까?"

"직접 물어본 적은 없나 보군요."

임영진이 탁자 위에 커피잔을 내려놓고 잠시 생각에 잠겼다. 교양인답게 아마도 상대방의 자존심을 상하게 할 말을 골라내고 있는 모양이었다.

"사실은 저도 잘 모릅니다. 저한테는 함께 사는 게 너무 답답해 못 살겠다고 하더군요. 갇혀 있는 걸 견디지 못하는 성격이지요. 너무 힘들어해서… 그래서 놔 주었습니다. 자유롭게 살라고 했죠. 그게 전붑니다."

임영진이 조용히 자리에서 일어나 목례를 하고 사라졌다.

17.

이별의 흔적

결혼 후 특별한 직업을 가진 적 없어 대학 전공인 일본어 번역으로 약간의 수입을 얻는 윤희는 의외로 생활에 큰 어려움이 없어 보였다. 크게 사치하는 성격은 아니었지만 이 정도 규모의 살림을 꾸려 가는 것만으로도 만만치 않은 일이었다. 대신 그녀는 이런저런 모임도 잦아 정수가 유치원에 있는 낮 시간에 집에 있는 시간이 많지 않았다. 그날도 거실 벽시계가 10시를 넘어선 후에야 현관문이 열리는 소리가 났다.

"너무 늦는 거 아냐? 10시가 넘었는데…."

항상 웃기만 하던 성준이 뾰로통한 목소리로 윤희를 맞았다. 성준의 표정이 뭔가 다르다는 걸 느꼈는지 신발을 벗던 윤희가 빤히 성준을 쳐다보았다.

"무슨 일 있었어요?"

"아니, 제발 좀 일찍 들어와, 직장 다니는 나보다 더 바빠서야 되겠어?"

“후후, 웬일이에요? 성준 씨가 내 외출에 관심을 다 보이고.”

“그냥, 집에 들어왔을 때 당신이 날 기다리고 있었으면 좋겠어.”

“알았어요, 알았어!”

서둘러 외출복을 벗고 나온 윤희가 분홍색 수건으로 머리를 감싸며 급하게 화장실로 들어갔다. 잠시 후 칫솔을 입에 문 윤희가 장난처럼 성준을 내다보며 한쪽 눈을 찡긋했다.

“미안해요. 앞으로 일찍 올게요. 평소엔 싫은 소리 안 하던 사람이라 그런지 그런 잔소리도 기분 나쁘지 않은데요? 화내니까 조금 딴 사람 같긴 하지만.”

“그냥 하는 소리 아니니까….”

“아유, 알았어요. 성준 씨 오늘 진짜 유난하네.”

욕실 문을 반쯤 열어 놓은 윤희가 세면대에 물을 받아 푸푸, 소리를 내가며 세수를 했다. 성준에게 뭔가 밖에서 있었던 일을 얘기하고 있는 모양이지만 성준에겐 사실 아무 소리도 들려오지 않았다. 세안만 간단히 하고 나온 윤희가 대충 잘 준비를 마치자 성준은 아까부터 묻고 싶던 말을 꺼냈다.

“당신, 이것저것 필요한 물건 사는 건 좋은데 내가 주는 생활비로는 모자랐어?”

윤희가 그게 무슨 말이냐는 듯 성준을 돌아보았다.

“나 얼마 전에 임영진 씨 만났어.”

얼굴에 로션을 찍어 바르던 윤희의 손이 멈칫하는 걸 성준은 가만히 지켜보았다. 윤희가 머뭇거리며 물었다.

"그 사람을 성준 씨가 어떻게… 아니 왜 만나요?"

윤희는 성준이 전남편을 만났다는 게 못내 불안하고 미심쩍은 모양이었다. 성준은 며칠 전 그가 회사로 전화를 걸어와 만나기를 청했다는 얘기를 담담히 털어놓았다.

"그 사람한테 다 들었어. 당신에게 쭉 돈 부쳐 왔었단 얘기…. 내가 그 앞에서 어떤 기분이었을 것 같아? 정말 기분이 더러웠어. 당신이 마치 아직도 그 사람의 아내인 것 같은 기분이 들더라. 다른 말 필요 없어. 내가 돈 그만 부치라고 했어. 내가 당신한테 더 화가 나는 건 지금껏 그 얘길 나한테 숨겨 왔다는 거야."

"말할게요, 성준 씨. 일부러 숨기려고 했던 거 아니에요. 정수를 위해서라고 생각했어요. 이혼은 했지만 그 사람은 여전히 정수 아버지니까. 들어서 기분 좋은 얘기도 아니어서 성준 씨한텐 말하지 않았던 것뿐이에요."

"어쨌든 난 기분이 엉망이야. 자존심 상하고."

성준은 애써 감정을 누르며 솔직하게 자신의 감정을 털어놓았다. 윤희는 그 자리에 그대로 서서 한숨을 한 번 내쉬고는 입을 열었다.

"그래요. 당신에게 그랬던 거 미안해요. 사과할게요. 됐어요? 그런데 당신한테는… 대체 어떤 것까지 다 말해야 해요?"

성준은 갑자기 말문이 막혔다. 적반하장으로 나오는 윤희의 말에 기가 막히는 기분이었다.

"내가 왜 화를 내는지 알고 있기나 한 거야? 사과한다는 사람 말투가 왜 그래?"

둘 사이에 작은 균열이 시작되고 있었다. 별것 아닌 말이었지만, 왠지 오늘따라 바짝 약이 오른 윤희가 머리 수건을 풀어내며 서운한 감정을 쏟아냈다.

"난 그게 대단한 일이 아니라고 생각했어요. 언젠가 정수를 위해 돈을 갖고 있을 필요가 있었던 것도 사실이고요. 또 애한테 지금 정도의 생활 수준을 유지해 주려면 어느 정도 재정적인 지원도 필요한 게 사실이잖아요. 나는 단지 그게 계속 유지되길 바랐던 것뿐이라구요. 그리고 그 사람은 내 아이의 아빠예요. 내가 정수한테 뭔가를 해 주고 싶을 때, 당신에게 편하게 요구할 수 있다고 생각해요? 천만에요. 이건 사랑하고는 아무 상관없는 문제예요. 함께 산다고, 그런다고 모든 걸 다 의논할 순 없잖아요. 어쩌면 성준 씨가 날 배려하지 않는 건지도 몰라요. 난 자식에게 뭐든 최고로 해서 키우고 싶은 이 동네 엄마들이랑 다를 바가 없다구요."

윤희의 목소리가 격앙되어 있었다.

"성준 씨가 여기로 온 게 부모님의 결혼 반대 때문이라는 거 눈치채고 있었어요. 그날 이후 더 이상 나를 부모님 앞에 데리고 가지 않는 것도…. 그래서 더 성준 씨에게 부담 주고 싶지 않았어요. 성준 씨한테 말 꺼내기 어려워 오빠한테 겨우 부탁해 정수를 미국으로 보내면서까지 성준 씨한테 맞추려고 했다구요. 우리 사이에 아이라도 생겨야 부모님이 성준 씨를 받아 줄 것 같아서…."

그녀가 정신없이 내뱉고 있는 말들이 성준을 더 혼란스럽게 했다. 윤희가 정수를 미국에 보낸 건 아이의 어학연수 때문이라고 알고 있었다. 하지만 윤희의 진심은 그게 아니었던 모양이었다. 윤희는 성준과 뒤늦게 시작한 사랑을 완전히 영글게 할 아이까지 생각하고 있던 것이었다. 정수와 헤어지는 아픔을 택하면서까지 성준을 배려한 자신의 마음을 몰라주는 성준이 윤희는 몹시 야속하기만 했다. 성준의 목소리가 떨려 나왔다.

"왜, 나한테 그런 이야기 안 했어?"

윤희도 마찬가지였다. 두 볼에 투명한 눈물이 주르르 흘러내리고 있었다.

"떳떳하지 못하기 때문이죠. 당신한테 부족한 여자니까 그런 거예요. 처음엔 사랑하니까 참을 수 있다고 생각했어요. 성준 씨도 성준 씨가 부모님 때문에 힘들어 하니까 나도 그런 생각을 하게 된 거예요. 사랑하지만 떳떳하지 못하니까…. 흑흑."

성준의 가슴이 무너져 내렸다. 그녀의 입으로 결코 듣고 싶지 않았던 진실이었다. 성준은 털썩 쇼파에 주저앉았다. 차라리 듣지 않았다면, 그 마음을 몰랐더라면 더 좋았을 것이었다. 윤희가 화장실로 들어갔다. 한참 동안 물소리가 그치지 않았다.

모든 균열은 미세한 틈으로부터 시작된다. 그날 이후로 성준은 왠지 윤희와의 사이에 보이지 않는 틈이 생긴 듯한 불안을 느끼고 있었다. 사소한 일로 시작해 생각보다 크게 번진 그날의 부부싸움 이후 자신 역시 모르게 윤희를 대하는 게 조심스럽기만 했다.

윤희도 부쩍 성준의 심기를 건드리지 않으려 노력하는 티가 났다. 귀가 시간도 빨라졌고, 전처럼 불필요한 외출도 하지 않았다. 하지만 그녀의 얼굴에서도 전처럼 해맑은 미소를 보기 힘들었다. 확실히 그녀와의 사이가 전보다 소원해진 게 느껴졌다. 결혼 후 둘 사이에 처음으로 벌어진 다툼이 그렇듯 두터운 마음의 벽이 생긴 것에 성준은 속으로 당혹스러움을 느꼈다. 겉으로는 그날 일을 내색하지 않지만 윤희 역시 요즘 뭔가 생각이 많아진 듯 보였다.

"일찍 들어올 거예요?"

출근 준비를 도와주던 윤희가 물었다. 성준은 "응, 특별한 약속 없으면 일찍 들어와서 저녁 먹을게." 하고 대답하며 윤희의 눈치를 살폈다.

"당신은 오늘 어디 가?"

"특별한 일은 없어요. 오후에 출판사에 번역 원고 가져다주고, 다른 일 하나 더 부탁해 볼까 하구요. 돈 걱정 없는 부잣집 마나님이라… 일거리를 줄진 모르겠지만요."

그녀의 마지막 말에 가시가 숨어 있었다. 듣고 있던 성준의 미간이 찌푸려졌다. 이제껏 전남편에게 생활비 겸 양육비를 지원 받아 온 걸 비난하는 성준의 처사에 여태 꽁해 있는 모양이었다. 경제적인 지원을 받았다는 사실을 모르기 전까지는 전혀 아무렇지 않던 농담이 이제는 서로에게 작은 상처를 주고 있었다.

윤희를 대하는 마음이 복잡해 모처럼 일찍 집에서 나온 성준은 기분 전환을 위해 차의 라디오 볼륨을 한껏 높이고 한남대교를 건넜다. 회사엔 오늘도 형식이 제일 먼저 출근해 있었다. 성준처럼 중학교 졸업 후 서울로 올라와 일을 시작했던 형식은 부지런하기로 소문이 자자했다. 둘이 동업으로 을지로에 처음 가게를 냈을 때도 항상 제일 먼저 가게 문을 열고, 가장 늦게까지 문을 열어 놓고 손님을 맞았다.

단 한 번도 정해진 시간 보다 일찍 가게 문을 닫은 적이 없던 덕에, 둘이 회사를 창업한 뒤에도 많은 고정고객이 거래를 이어가고 있었다. 사실 말이 좋아 동업이지, 여전히 형식의 역할 비중이 절반을 넘었다. 더욱이 요즘 윤희와의 사이가 좋지 않은 성준은 회사 일에 전처럼 집중하지 못하고 있었다.

"성준아, 오늘은 일찍 나왔구나."

"미안하다."

“짜식, 아침부터 무슨 말이 그래? 그리고 미안한 줄 알면 됐어. 날라리 동업자 둔 덕에 난 혼자서 이리 뛰고 저리 뛰느라 정신이 없긴 하지만 말이다. 그래도 네가 있으니 나도 맘 놓고 일할 수 있지. 지금처럼만 해.”

“형식아.”

“어, 왜?”

형식이 오늘 아침 들어온 주문을 확인하며 건성으로 성준의 말을 받았다.

“나 윤희랑 그냥 이렇게 지내도 괜찮은 거냐?”

이상한 기미를 느꼈는지 형식이 들고 있던 주문지 뭉치를 내려놓고 성준을 바라보았다. 무슨 일 있느냐는 표정이었다.

“사랑하지만 떳떳하지 못하대.”

“누가… 윤희 씨가?”

형식이 의자를 돌려 정면으로 성준을 바라보았다. 내막은 모르지만 뜬금없는 성준의 말에서 뭔가 좋지 않은 일이 있었던 것을 짐작한 듯했다.

“윤희 씨가 일방적으로 바가지 긁을 여자는 아니고, 너 윤희씨랑 부부 싸움했지? 짜식, 할 건 다 하고 사네. 둘 사이에 무슨 심각한 문제만 아니길 빈다.”

“어. 그래.”

우울한 기분을 지울 요량으로 성준은 오전 업무에 집중했다.

오늘도 주문량이 제법 많았다. 성격 탓이기도 했지만 회사 일에 집중하는 동안에는 성준도 잠시 잡념을 떨쳐버릴 수 있었다. 윤희와의 결혼 생활도 회사 일만큼만 순탄했으면 좋겠다고 생각하며 성준은 부지런히 출고 업무를 처리해 나갔다. 하루가 후딱 지나갔다. 저녁이 다 돼서야 하루 종일 걸려오던 전화가 좀 뜸해졌다. 하루 종일 일에만 몰두해 있던 성준이 대견했던지 형식이 퇴근 후 모처럼 술을 사겠다며 붙잡았다. 하지만 성준은 오늘은 어쩐지 술에 취하지 않고 싶었다.

"아니, 오늘은 그냥 갈란다."

"진짜 별일이네. 네가 술도 마다하고…. 그래, 알았어. 그럼 어서 들어가 쉬어."

사무실 이곳저곳에 흩어져 있는 물건을 정리하며 형식이 문단을 준비를 서둘렀다. 갑자기 형식에게 뭔가 큰 빚을 진 듯한 기분이 들었다.

익숙해진다는 표현이 맞는 걸까? 성준은 윤희와 살게 되면서 누군가에게 길들여져 간다는 데 익숙해지고 있었다. 자신이 윤희에게 길들여져 가는 것처럼 그녀도 자신에게 익숙한 사람이 돼가고 있는 중이었다. 서로가 원하는 그 익숙함은 사랑을 위한 전제 조건이었다. 하지만 그 익숙함에 이르는 과정의 진통이 마음 아팠다. 성준은 윤희의 마음을 먼저 풀어 주어야겠다는 생각에 서둘러 집으로 돌아왔다.

"일찍 들어왔네요?"

윤희가 애써 성준의 눈길을 피하며 문을 열었다.

"어디 아픈가?"

뻔히 그녀의 기분을 알면서도 성준은 엉뚱한 질문으로 어색함을 지우려 했다.

"아니요. 식사는 어떻게 했어요?"

"아, 나… 먹고 들어왔는데."

얼결에 성준도 저녁을 먹고 들어왔다는 거짓말이 나왔다. 방으로 들어가며 흘깃 주방 식탁을 보니 아마도 성준을 위해 차려두었을 음식들이 보였다. 성준은 윤희가 묵묵히 반찬을 도로 넣을 때까지 일부러 방에서 나오지 않았다.

성준이 자신의 옹졸함을 자책한 건 싱크대 앞에 힘없이 서 있는 윤희의 뒷모습을 발견한 직후였다. 접시에 꺼내 놓았던 밑반찬을 다시 반찬통에 담아 넣은 뒤 윤희는 음식물의 흔적이 남은 설거지통 앞에 힘없이 어깨를 힘없이 늘어뜨리고 있었다. 그녀의 풀 죽은 모습을 보니 공허함이 밀려왔다. 부끄럽고 당황스런 상황이었다. 어깨가 흔들리는 것을 보니 분명 윤희는 울고 있었다. 성준은 무엇에 이끌리듯 다가가 뒤에서 윤희를 꼭 끌어안았다.

"미안해. 내가 잘못했어."

"아니에요. 당신 잘못만은 아니에요. 그냥 나 좀 잠깐만 혼자 있게 해 줘요."

윤희가 손등으로 눈물을 훔쳤다.

"그만 기분 풀어. 내 입장에서만 생각하고 함부로 말해서 정말 미안해."

성준의 계속되는 사과에 윤희의 어깨가 조금씩 더 격하게 흔들렸다. 주르륵 흘러내리는 눈물이 그녀의 복잡한 심경을 말해 주고 있었다.

형식이 아내의 임신 소식을 알려온 건 며칠 후였다. 결혼 후 그렇게나 간절히 아이를 원하더니 이제야 영주의 뱃속에 태기가 찾아온 모양이었다. 형식은 하루 종일 싱글벙글 입을 다물지 못했다. 아들인지 딸인지도 성별도 모르면서 틈만 나면 아이의 이름을 미리 지어 놓아야 한다며 틈틈이 옥편을 뒤적거리는 친구를 보며 성준은 왠지 모르게 기분이 착잡해지고 있었다.

형식을 질투해서가 아니었다. 자신도 이제 가정을 이루고 보니 한 아이의 아버지가 된다는 게 남자들에게 어떤 의미인지를 어렴풋하게나마 알 것 같았다.

아이라는 말만 생각해도 가슴이 두근거렸다. 자신을 닮은 아이를 세상에 남기고 싶어 하는 건 아마도 세상 모든 남자들의 바람일 터였다. 어떤 이유를 댈 필요도 없이 바로 설명이 되는 그 욕망은 가장 아름다운 사랑의 결실일 것이었다. 그러고 보니 자신은 윤희와 일 년 넘게 함께 살면서도 한 번도 자신의 아이를 갖는 문제에 대해 당당히 요구해 본 적이 없었다. 부부 관계가 아예 없는 것도 아닌데 윤희에게 전혀 임신 징후가 나타나지 않는 것이 몹시 이상했다.

그날 밤 성준은 침대로 올라가 잘 준비를 하는 윤희의 옷을 거칠게 끌어내렸다.

"왜 그래요? 지금 이게 무슨…."

갑작스런 성준의 행동에 놀란 윤희가 화난 표정으로 옷을 다시 끌어 올렸다. 하지만 성준은 힘으로 그녀를 누른 후 단숨에 그녀의 옷을 아래로 벗겨 내렸다. 윤희의 하얀 나신이 눈앞에 드러났다. 윤희가 몸을 비틀며 손으로 몸을 가렸다. 완강한 거부 의사였다.

하지만 오늘따라 성준의 손길은 전에 없이 거칠기만 했다. 계속 발버둥을 치던 윤희의 다리를 성준은 끝내 완력으로 열어젖혔다. 마치 화가 잔뜩 난 표정이었다. 집요하게 달려드는 성준을 계속 밀어내던 윤희가 끝내는 모든 것을 포기한 듯 스스로 다리의 힘을 풀었다. 그날 밤 성준은 밤늦도록 윤희를 괴롭히다 잠이 들었다.

성준은 꿈에서도 아이를 갖기 위해 필사적으로 윤희를 원하고 있었다. 윤희가 자신을 밀어내면 밀어낼수록 꿈에서도 악착같이 윤희에게 들러붙었다. 두 다리를 열고 성준을 받아들이던 윤희가 갑자기 기괴한 웃음을 터뜨렸다.

띠리리… 띠리릭… 띠리릭.

거실 전화벨이 요란하게도 울렸다. 몇 번 전화벨이 더 울리더니 자동응답기가 돌아갔다.

"여보세요? 윤희야 자니? 얼른 전화 좀 받아."

미국에 있는 언니의 다급한 목소리였다. 윤희가 벌떡 일어나 거실로 달려 나갔다.

"응, 언니, 응, 무슨 일이야? 뭐 맹장이?"

윤희의 목소리가 덩달아 높아졌다. 한참 동안 뭔가 알아들을 수 없는 말로 통화를 마친 윤희가 바닥에 주저앉아 울음을 터뜨렸다. 정수가 갑자기 많이 아프다는 전화였다. 갑자기 몸이 아프다고 해 병원에서 갔더니 맹장에 문제가 있다고 했다는 거였다. 간단한 수술을 받은 뒤 몸은 많이 회복을 했지만 자꾸만 엄마를 찾는다고 했다.

"나 아무래도 미국에 좀 가 봐야 할 것 같아요. 준비되는 대로 갈 테니 그렇게 알고 있어요."

윤희가 가버린 뒤 현관문을 열고 들어설 때마다 주인 없는 집이 갯벌에 방치된 폐선처럼 을씨년스럽게 느껴졌다. 성준은 집에 돌아올 때마다 괴괴한 무덤 속에 몸을 눕히는 기분이었다. 그녀가 자신에게 어떤 존재였다는 게 분명히 드러났다. 그럼에도 윤희가 정수와 함께 미국 언니네에 머무는 동안 성준에게 전화를 걸어 온 건 딱 두 번뿐이었다.

“나예요. 밥은 잘 챙기고 있나 걱정돼서요.”

“괜찮으니까 내 걱정은 하지 마. 정수는 좀 어때?”

“큰 병은 아니래요. 애들 크면서 겪는 일 중의 하나라니까 너무 걱정하지 않아도 돼요. 저기… 다음에 시간되면 또 전화할게요.”

언제 돌아올 예정인지 윤희는 끝내 별다른 언질을 주지 않고 있었다. 성준은 어쩐지 자신이 검은 갯벌에 버려진 폐선 같다는 생각이 들었다. 주인이 돌아올 때까지, 이제나저제나 기다리는 수밖엔 할 수 있는 게 없다는 낭패감이 새삼 자신의 처지를 돌아보게 했다. 윤희에게 정수가 얼마나 소중한 존재인지 익히 알고 있었지만, 적어도 이 상황을 통해 그녀가 자신을 정수의 새아빠로 생각하지 않고 있다는 것만은 분명해 보였다. 그 사실이 성준을 우울하게 했다.

윤희 언니의 전화가 걸려온 것은 어느 주말, 성준이 막 집 청소를 끝낸 뒤였다.

“여보세요. 김성준 씨 되시나요?”

국제전화라 그런지 수화기로 들리는 목소리에 잡음이 섞여 있었다.

"누구시죠?"

"예, 저 정수 이모예요. 지금 윤희가 와 있는…."

"아, 예."

갑작스러운 전화였다. 그녀와 일 년 넘게 부부처럼 살면서도 사실 성준은 그녀의 친정 식구들을 직접 만나 본 적은 없었다. 딱히 윤희가 가족들에게 성준을 소개하는 걸 피했다기보다 굳이 그런 절차를 따지는 집안이 아닌 것 같았다. 가족들은 모두 자기 생활을 우선했고, 가장 친하게 지내는 언니는 미국에 살고 있었다.

"사실, 이런 얘기… 직접 뵙고 드려야 하는 건데 굳이 만나 뵙고 얼굴 붉히는 일이 없었으면 해서 이렇게 실례를 무릅쓰고 전화를 드려요."

"무슨 말씀이시기에…."

"단도직입적으로 말씀드릴게요. 윤희한테 대충 얘기 들었어요. 윤희를 잘 챙겨 주신다니 우선 제가 감사드려요. 윤희가 나이만 먹었지, 어디 야무지게 세상살이 하는 애가 아니잖아요. 좋은 분이라는 건 알지만… 제 생각엔 김성준 씨가 윤희를 감당하긴 힘들 것 같아요. 그렇게 지내는 거, 어떠실지 모르겠지만 제가 보기엔…."

"무슨 뜻입니까?"

"성준 씨도 이제 앞날을 생각하셔야죠."

"죄송합니다. 그런 얘기라면 별로 듣고 싶지 않군요. 윤희와의 문제는 당사자끼리 얘기해 보겠습니다."

성준은 서둘러 전화기를 내려놓았다. 마음속에 갑자기 긴 적막이 찾아왔다.

불가피한 잠깐의 별거가 상황을 이상하게 몰아가고 있었다. 성준은 갑자기 뒤통수라도 맞은 사람처럼 마음이 혼란스러웠다. 지금처럼 윤희와의 관계가 최악으로 나아갈 것이라는 건 상상도 하지 못한 일이었다. 대체 윤희는 언니에게 무슨 얘기를 한 것일까? 아니, 윤희의 언니는 왜 내가 윤희를 감당하기 힘들 거라고 생각하는 걸까? 생각할수록 머리가 어지러웠다.

성준이 믿는 건 윤희가 그렇게 생각 없이 행동할 사람은 아니란 사실이었다. 윤희 역시 아이 문제로 벌어진 부부싸움이 이렇게 커져 버릴 것이곤 생각지 못했을 것이었다. 이제는 윤희가 돌아오기를 기다리는 수밖엔 없었다. 돌아오면 윤희와 마주 앉아 흉금을 터놓고 가족의 미래에 대해 얘기해 보리라, 성준은 입술을 꽉 깨물었다. 윤희가 설령 정수 때문에 더 이상 아이 낳기를 거절한다고 해도 그녀의 결정을 받아들여야 한다고 성준은 이미 마음을 고쳐먹은 뒤였다.

윤희는 갑작스럽게 미국으로 떠난 지 한 달 보름 만에 집으로 돌아왔다. 전보다 조금 살이 붙어 한결 보기 좋아진 모습이었지만 왠지 모르게 성준은 평온을 가장한 윤희의 표정이 자꾸 마음에 걸렸다. 불과 몇 달 사이에 훌쩍 자란 정수가 활짝 웃으며 달려와 성준의 품에 덥석 안겼다.

"아저씨, 보고 싶었어요."

"야, 우리 정수, 그 사이 많이 컸구나! 아저씨도 우리 정수가 너무 보고 싶었어. 잘 지냈지?"

조금은 호들갑스럽기까지 한 두 남자의 재회를 윤희는 말없이 지켜보고 있었다. 성준을 향해 마지못해 눈길을 주고 있지만 정작 시선이 마주치면 딴청을 부리며 얼른 눈을 돌려 버리는 게 아직은 뭔가 앙금이 남은 느낌이었다. 무엇이 이토록 윤희와 자기 사이를 멀어지게 했는지 성준은 도무지 납득할 수가 없었다.

장시간의 비행에 지친 정수가 일찍 잠자리에 든 덕분에 오랜만에 성준은 윤희와 단둘이 마주 앉았다. 걱정했던 것처럼 여태 윤희는 정수 문제에 대한 고민이 가시지 않은 모양이었다.

"잘 지냈죠? 혼자서도 잘 지낸 것 같아 마음이 놓여요."

안부를 묻는 윤희의 목소리가 왠지 낯설게 들렸다. 식만 올리지 않았을 뿐이지 1년 넘게 살을 맞대고 살아온 부부였다. 하지만 지금 이 순간, 윤희는 자신에게 멀리 있는 사람이었다. 성준은 잠시 생각에 잠겼다. 윤희가 말을 이었다.

"그건 그렇고, 나… 예전처럼 정수랑 둘이 살까 싶어요. 전화로 할 얘기가 아니라 참아왔는데… 이쯤에서 성준 씨를 놔줘야 되겠단 생각이 들어요. 나와 정수에게 정말 잘해 주려고 노력하는 사람이란 거 잘 알지만 더 이상 성준 씨 삶에 우리가 부담주긴 싫어요."

그쯤에서 윤희는 잠시 말을 멈추고 성준을 눈을 말없이 응시했다. 마치 썰물처럼 그녀의 몸속에서 무언가가 빠져나가고 있었다.

"이기적인 결정이라 욕해도 좋아요. 성준 씨가 아이를 갖고 싶어 하는 마음도 다 이해하지만… 정수를 생각하면 아무래도 그럴 순 없을 것 같아요. 미안해요. 그동안 성준 씨와 같이 했던 시간을 후회하진 않아요. 여전히 성준 씨를 잡고 있고 싶은 마음은 굴뚝같지만… 그건 아닌 것 같아요. 이쯤에서 우리 정리해요. 가세요. 그냥!"

그녀의 말소리가 귀에 아득하게 들려왔다. 성준은 가까스로 정신을 붙들었다.

"그게 무슨 소리야? 나랑 헤어지겠다는 이별 통보를 그렇게 하는 거야? 그냥 당신 혼자 결정했으니 그렇게 따르라고?"

"미안해요. 이제 다른 말 그만했으면 좋겠어요. 난 성준 씨랑 사는 동안 모든 욕심 누리고 살았으니 후회하진 않을 거예요. 쉽게 내린 결정이라 생각하진 말아 줘요. 나도 지금… 아니, 그만두기로 하죠. 그만 해요."

성준이 급하게 윤희의 손을 잡았다. 윤희가 성준의 손을 뿌리쳤다.

"성준 씨, 잘 살기를 바랄게요. 난 죽어 버리는 게 낫다고 생각할 만큼 사는 게 싫었던 때가 있었어요. 이제 내 욕심과 이기심 때문에 성준 씨를 붙잡고 있는 게 죄스러워요. 어머님이 원하는 좋은 사람 만나 행복하게 사세요. 성준 씨 누굴 만나도 잘 살 거예요. 난 성준 씨한테 오래오래 그냥 좋은 사람으로 남고 싶어요. 훌훌 털어 버리고… 좋은 사람 찾아가요."

윤희가 할 말을 다 하고 조용히 일어나 안방으로 들어갔다. 축 늘어진 그녀의 어깨가 오늘따라 슬퍼 보였다.

윤희와 헤어지고 1년쯤 지났을 때 성준은 가끔 나가던 교회 집사의 소개로 만난 지금의 아내와 짧은 연애를 거쳐 결혼을 했다. 어쩌면 그가 결혼에 대한 저항을 포기한 탓에 빨리 이뤄진 결혼이었다. 사랑 없는 결혼은 아니었지만 사랑만 기대하고 한 결혼은 아니었다.

아내는 윤희와 모든 게 다른 여자였다. 이듬해 둘 사이에 첫 아이가 태어났을 때 성준은 아파트까지 처분하고 어딘가로 사라져 버린 윤희와 정수의 얼굴을 잠깐 떠올렸다. 돌아보면 모든 게 꿈처럼 아득한 기억이었다.

18.

사랑, 에필로그

일본 출장에서 돌아와 회사로 출근하니 직원들이 일제히 박수로 성준을 맞았다. 기다리고 있던 김 과장이 장난스럽게 손가락으로 휘파람 소리를 냈다.

"고생 많으셨어요, 사장님! 정 대리한테 원래 계약보다 더 좋게 마무리 하셨다는 얘기 들었습니다."

"별일 없었지? 다들 애써준 덕분에 생각보다 일이 잘 풀렸어. 이따 그 문제로 전체회의 좀 소집합시다."

"예. 알겠습니다. 직원들한테 그렇게 일러 놓겠습니다."

성준은 들고 있던 출장 가방을 내려놓고 며칠 만에 보는 직원들의 얼굴을 찬찬히 둘러보았다. 오늘따라 활짝 웃고 있는 직원들의 표정이 성준의 마음을 기쁘게 했다. 딱히 성과랄 수도 없었지만, 협상을 통해 애초의 납품단가를 더 유리하게 조정하고 돌아온 게 직원들의 사기를 고무시키고 있었다. 사무실 분위기도 그새 뭔가 바뀐 것 같았다. 무엇보다도 어항 속 금붕어 숫자가 며칠 사이에 더 늘어나 있었다. 미스 윤이 괜히 민망한지 앞머리를 쓸어넘겼다.

"제가 몇 마리 더 사다 넣었어요. 신입들이 오니까 전에 있던 애들도 더 빨빨거리며 움직이더라고요. 가만있다간 관심을 다 뺏길 거 같았는지 전보다 더 활기차게 움직여요. 확실히 사람이든 금붕어든 좀 갈궈야 정신을 차리나 봐요."

"고마워, 미스 윤."

"아니에요. 사장님. 잘 다녀오신 거 보니까 좋네요. 안 계시니까 좀… 보고 싶더라고요. 히히."

미스 윤이 장난스럽게 웃으며 성준에게 줄 커피를 타러 탕비실로 들어갔다. 잠시 후 쟁반을 들고나오던 미스 윤이 뭔가 생각난 듯 급하게 성준에게 다가왔다.

"참, 사장님! 어제 전화 왔었어요."

"전화? 누구?"

"글쎄, 이름이 뭐랬더라? 아, 맞다. 송윤희! 송윤희 씨라는 친구분이 전화로 찾으시기에 사장님 일본 출장 중이라고 말씀드렸어요. 정말 일본 간 거 맞냐고, 깜짝 놀라던데요?"

"분명 송윤희라고 했어?"

"네, 맞아요. 제 친구 중에 연희란 애가 있어 제가 그 여자분 이름을 똑똑히 기억해요."

윤희라는 이름을 듣자 성준의 심장이 덜컥 요동을 쳤다. 간 사이 공항에서 보았던 여자의 뒷모습이 떠올랐다. 헤어진 지 오 년이 넘었지만 아직도 기억에서 완전히 지우지 못한 실루엣이었다.

"연락처… 연락처는 받아 놨겠지?"

성준의 목소리가 떨려 나왔다.

"아뇨. 안 그래도 물어봤더니 연락처 대신 이름만 가르쳐 주면서 오늘 다시 전화하시겠대요. 곧 다시 전화 올 거예요."

연기처럼 종적을 감춰 버렸던 윤희가 무슨 일로 내게 전화를 했을까? 성준은 그녀에게 전화가 걸려왔었다는 사실 자체가 도무지 실감이 나지 않았다. 가슴에서 쏴아 하는 바람 소리가 들려 왔다.

윤희가 다시 전화를 걸어온 것은 퇴근 무렵이었다. 둘 사이에 뭔가 통하는 것이라도 있는 걸까. 전화벨이 울리자마자 예감이 이상했다. 성준은 직원들에게 미루지 않고 얼른 수화기를 집어 들었다.

"네, 신성통산 김성준입니다!"

"…."

"여보세요?"

상대가 작게 헛기침을 했다. 아마도 갑자기 빨라진 맥박 때문에 애써 자신의 호흡을 정리하는 것이리라. 성준은 전화의 주인공이 어쩌면 윤희이기를 바라며 가만히 더 시간을 주었다.

"흠흠… 성준 씨, 나 윤희예요."

"윤희…."

성준의 입에서 낮은 탄식이 흘러 나왔다.

"네, 송윤희요. 잘 지냈어요?"

마치 어제 본 사이처럼 감정이 억제된 목소리가 무방비 상태인 성준의 귀로 쏟아져 들어 왔다.

"막상 전화를 받으니 무슨 말부터 해야 될지 모르겠네요. 그냥 궁금했어요. 어떻게 지내는지, 또 뭘 하면서 사는지도…"

"잊지 않고 전화해 줘 고마워."

"성준 씨…."

윤희가 잠시 말을 멈췄다. 아마 한마디 한마디를 마음속으로 더 신중하게 고르고 있는 터였다. 전화기를 들면서 그녀 역시 얼마나 많은 생각들이 스쳐 갔을까. 성준은 그녀가 얼마나 얼마나 큰 용기를 냈는지 말하지 않아도 알 수 있었다. 성준 역시 그녀에게 무슨 말을 어떻게 시작해야 할지 가늠이 되지 않았다. 잠깐의 침묵을 깨고 윤희의 목소리가 성준의 마음속으로 다시 흘러들어왔다.

"우리 이제는, 한 번 만나도 되지 않아요? 뭐, 성준 씨가 정 거절하면 어쩔 수 없지만요."

"그래, 만나야지! 거기 어디요?"

약속 장소로 정한 시청 앞 호텔 커피숍에 20분이나 일찍 도착한 성준은 잠시도 가만있지 못 하고 주위를 두리번거렸다. 누가 보았다면 난생 처음 맞선 자리에 나온 노총각으로 오해할 만큼 허둥거리는 성준의 모습이 영 낯설기만 했다. 흥분한 티가 온몸에 역력했다. 마음을 진정하기 위해 물컵을 들면서도 성준의 눈은 계속 출입문 쪽을 주시하고 있었다. 비슷한 나이의 여자들이 지나갈 때마다 성준의 가슴이 두방망이질했다.

약속 시간이 다 되었을 때 2층으로 올라오는 에스컬레이터가 윤희를 옮겨 오고 있는 모습이 눈에 들어왔다. 공항 로비에서 보았던 그 실루엣이었다. 조금 전의 기억에서 막 걸어 나오는 듯 전혀 변함없는 얼굴의 윤희가 환하게 웃으며 다가왔다. 하얀 피부도, 단아하고 깔끔한 옷차림도 놀라울 만큼 옛 모습 그대로였다. 성준은 자리에서 벌떡 일어나 윤희를 맞았다.

"오랜만이네요."

"윤희, 잘 지냈어?"

성준은 애써 담담한 인사로 오랜만의 해후를 마주했다. 손에서 땀이 배어 나왔다. 윤희 역시 애써 감추고 있지만 긴장한 표정이 드러났다.

"성준 씬 그대로군요. 전혀 변하질 않았어요."

그래도 한때 부부라는 이름으로 한 이불 덮고 자던 사이라 그런 것일까. 몇 마디 말에서 성준은 윤희의 떨리는 감정을 읽을 수 있었다. 윤희의 커다란 눈동자가 성준의 얼굴에서 떠날 줄을 몰랐다. 윤희 역시 지금 이 순간 잠들어 있던 성준의 기억을 흔들어 깨우고 있을 것이었다.

성준은 문득 자신이 그때로 돌아가 있는 듯한 착각에 빠져들고 있었다. 애잔한 눈빛으로 시선을 돌리지 못하는 그녀의 얼굴에서 성준은 짧지 않은 시간을 거슬러 옛날의 윤희와 다시 만나고 있었다. 서로가 벅찬 감정을 애써 가라앉히고 있었다. 성준이 가만히 입을 떼었다.

"무슨 말을 어떻게 해야 할지 모르겠네. 정말 어떻게 지냈어?"

윤희는 대답 대신에 웨이트리스를 불러 커피 한 잔을 주문했다. 잠시 후 그녀가 "가슴이 너무 콩닥거려서 어디서부터, 무슨 말부터 해야 할지 모르겠어요." 하며 웃었다. 성준은 그녀가 편하게 얘기할 수 있도록 잠자코 대답을 기다렸다.

"지금도 그렇고, 그 뒤로 줄곧 일본에 있었어요. 아는 사람 통해 성준 씨가 결혼도 했고, 아이도 있다는 얘기도 알고 있구요. 늦었지만 축하해요! 내가 뭐랬어요? 성준 씬 잘 살 거라고 했잖아요. 가끔 소식 들었어요. 한 번쯤 연락이라도 해 보고 싶었는데… 내 마음이 준비가 안 됐다는 생각이 들어 그만두곤 했어요. 늘 그런 생각만 하다가 얼굴을 보니 꿈을 꾸고 있는 것 같네요."

성준은 담담히 윤희의 이야기에 귀를 기울였다.

"별 능력은 없지만 사람 만나는 일엔 자신이 있어 새로 시작하자는 마음으로 연고도 없는 일본으로 건너가 사업을 시작했어요. 나름대로 열심히 하다 보니까 이제는 그냥저냥 자리도 잡았구요. 어쨌든 이제는 내 손으로 벌어 정수랑 정말 행복하게 잘 살고 있어요. 성준 씨랑 헤어진 뒤 방황하다가 내 자신을 돌아보니 알게 되더라고요. 내가 얼마나 이기적이고 부족한 게 많은 사람이었는지…."

윤희는 묻지도 않은 이야기를 가만가만 털어놓고 있었다. 그녀가 지나왔을 신산한 세월들이 성준의 눈앞에 선연히 그려졌다. 그럼에도 성준은 이제야 '윤희가 참 예쁜 세월을 살아 왔구나!' 하고 안도하며 오래도록 마음 한구석에 얹혀 있던 걱정을 내려놓을 수 있었다.

"이렇게 다시 나를 만나러 와 줘서 정말 고마워, 윤희!"

윤희가 한결 평온해진 말투로 성준의 얘기를 받았다.

"저두요. 성준 씨를 다시 만나야겠다고 용기를 낸 게 잘한 것 같아요. 지금 이 마음, 오래도록 잊지 않고 더 행복하게 살도록 노력할게요."

아쉽지만 이제 헤어질 시간이었다. 둘은 아무 말 없이 다시 거리로 나왔다. 공교롭게도 오래전 윤희와 둘이서 바다 구경을 가기 위해 택시를 잡던 그곳이었다.

'그래! 그때도, 지금도 우리는 변함없이 여기에 있었던 거야!'

성준의 눈시울이 뜨거워졌다. 애써 참고 있던 눈물이 주르륵 뺨을 타고 흘러 내렸다.

“내가 한 번 갈게.”

성준이 애써 담담하게 작별 인사를 건넸다. 윤희는 아무 말도 하지 않았다. 아까부터 묵묵히 고개를 숙이고 있던 윤희의 신발 위에도 눈물 한 방울이 툭, 떨어져 내렸다.

윤희가 지하철역을 향해 걸음을 옮겨 놓았다. 멀어져 가는 윤희를 보며 성준이 조용히 손을 흔들었다. 계단을 내려가기 전, 윤희가 꼭 한번 다시 뒤를 돌아보았다. 마치 누군가 거기 서서 언제까지나 자신을 지켜보고 있다는 걸 잘 알고 있다는 듯이….

- 끝 -

작가의 말

탈고 후 제목도 없이 서랍 속에 묵혀 두었던 원고를 30년 만에 다시 꺼내 보니 만감이 교차한다. 애초 이 원고는 소설을 써야겠다는 목적이나 출간을 염두에 두고 쓴 글이 아니라 그 무렵 생업으로 운영하고 있던 안경점에서 손님 없는 자투리 시간을 이용해 내 안에 고이는 상념들을 글로 옮겨 적어 본 것이다.

몇 달 동안 무엇에 홀린 듯 정신없이 몰입해 썼지만 그 뒤 여러 사업을 시작해 분주해지면서 어느 시점부터는 나 자신조차도 원고의 존재를 까맣게 잊고 지냈다. 그러니 원고지 1,000장 분량이 넘는 이 원고는 어쩌면 내 손을 떠나는 순간부터 잊힐 운명을 갖고 태어난 것이었는지도 모르겠다. 우여곡절 끝에 30년 만에 세상 빛을 보게 된 이 원고를 다시 읽어 내려가며 어릴 적 잃어버렸던 자식을 만난 듯 나의 가슴이 먹먹했던 이유가 그것 때문일 것이다.

소설 《부족한 사랑》은 인류의 영원한 주제인 사랑에 관해 내 나름의 생각을 담아 소설 형식으로 정리해 본 글이다. 이 원고를 탈고하던 1992년 당시 나는 서른 후반의 시절을 보내고 있었다. 소설이란 형식을 빌려오긴 했지만 원래는 1인칭 시점으로 자유롭게 썼던 글이라 40대를 앞둔 청년의 불안과 사랑에 대한 솔직한 감정, 세상을 보는 주관적 시각이 일기처럼 솔직히 드러나 있어 원고를 다시 들춰보는 시간이 전혀 지루하지 않았다. 젊은 시절 내가 어떤 생각으로 세상을 살아가고 있었는지 돌아볼 기회를 마련해 준 것만으로도 내게는 충분히 의미가 있는 일이다.

젊은 시절에 쓴 글을 다시 꺼내 보면서 그 사이 세상이 참 빠르게 바뀌었다는 걸 실감하게 된다. PC가 널리 보급되기 전이었고 인터넷이나 스마트폰 같은 건 생각도 못하던 시절이니 남녀간의 사랑에 대한 생각이나 표현도 지금과는 많이 달랐다. 내 자신이 젊은 시절을 보냈고, 소설의 시대적 배경이기도 한 70~80년대는 기존의 전통적 가치관과 산업화 이후 스며든 현대적 가치관이 혼란스럽게 뒤섞이고 있던 때였다. 사랑이나 결혼, 또는 이별이나 이혼 같은 남녀 관계에 대한 세간의 인식 또한 지금의 가치관으로는 이해하지 못할 일들이 당연시되던 때였다.

어쩌면 마지막까지 이 소설의 출판을 주저했던 이유가 그것 때문이었을지도 모른다. 이제는 유효기간이 지난 사랑에 대한 관념을 요즘의 젊은 독자들에게 강요하는 것은 아닐까? 소설의 배경이 되는 40여 년 저편의 상황을 요즘 사람들이 거부감 없이 받아들여 줄 수 있을까 하는 의문이 끊이지 않았다. 그럼에도 끝내 《부족한 사랑》의 출간을 결심하게 된 건 사랑에는 정해진 정답이 없다는 나의 개인적인 믿음 때문이었다.

오스카 와일드가 말한 것처럼 사랑을 한다는 건 자기를 초월하는 행위이다. 시대가 달라져도 사랑은 어떤 한계나 기준 안에 가둘 수 없고, 한 시대의 가치만으로는 평가할 수 없는 초월적 숭고함을 본질로 한다. 30년 전 내가 그려낸 사랑의 모습과 지금 이 시대의 사랑이 본질적으로는 크게 달라진 게 없다는 믿음이 책의 출간을 결심하게 해 주었다.

출간을 염두에 두고 원고를 다시 정독하면서 내 나름의 원칙을 세웠다. 비록 서툴고 미숙한 점이 보이더라도 가능한 30년 전 탈고 당시의 원고에 크게 손을 대지 말자는 것이었다. 그 대신 집필 당시에는 따로 설명할 필요가 없던 70~80년대의 시대상을 드러내기 위해 몇몇 부분을 수정 보완했고, 요즘의 젊은 독자들이 낯설게 느낄 수 있는 당시의 말투 등은 새롭게 가다듬었다. 또한 이야기의 흥미를 높이기 위해 서술자 시점을 3인칭으로 바꾸자는 젊은 편집자의 의견을 받아들여 가독성을 높였다. 젊은 시절에 쓴 원고를 새로 다듬는 과정 또한 잊고 있던 즐거움을 되살려 준 소중한 경험이었다.

돌이켜보면 아날로그 시대의 끝자락이었던 1992년 여름, 나는 자그마한 안경점 주인에 만족하지 못하고 내 안에 꿈틀거리던 '그 무엇'에 이끌려 알 수 없는 마음의 열병을 앓고 있었다. 돌이켜보면 좀처럼 마음을 주체하기 힘들던 그 열병이 왜 하필 글이라는 형태로 분출되었는지는 내 자신도 끝내 설명할 길이 없다. 다만 한 가지 확실한 것은 미친 듯이 몰입했던 글쓰기를 마치고서야 그토록 거세게 몰아치던 마음의 격랑이 현저히 잦아들었다는 것이다.

그 이후 나는 운 좋게도 새로 시작한 여러 사업에서 기대 이상의 성과를 올려 40세 이전과는 완전히 달라진 삶을 살게 되었다. 직접적인 영향은 없지만 그런 의미에서 소설《부족한 사랑》은 내 인생의 분기점을 만들어 준 작품이라고 해도 과언이 아닌 작품이다. 소설의 몇몇 부분에 개인적 경험이 투영돼 있는 건 사실이지만《부족한 사랑》은 내 개인의 자전소설이 아니라 소설이 허용하는 범위 안에서 작가적 상상력을 발휘해 구성한 허구의 이야기라는 점을 분명히 해 두고 싶다.

내 생애 두 번째 소설인《부족한 사랑》이 21세기 오늘을 살아가는 모든 독자들에게 사랑의 본질에 대해 다시 한번 생각해 볼 기회가 될 수 있기를 바란다.

저자 홍성진

추천서

홍성진의 「부족한 사랑」

일상을 특별하게 만드는 소설은 사랑의 열병을 호되게 앓았던 작가가 감정을 추스르고 냉정하게 글을 다듬으면서 창의력을 발산한다. 기교적 소설 기법을 우회한 투박한 묘사는 진정성을 확보한다. 소설은 청춘을 장착한 열정시대에 가족·사업·연애에 얽힌 일상에서 포착한 섬세한 입자들로 비 오는 날 물방울이 초록 정원을 튀어 오르는 느낌을 공유한다. 잘게 가지 친 소제(小題)가 '부족한 사랑'을 채우면서 빨간 풍차의 사연을 이어가는 듯하다. 장(場)을 이어가는 솜씨가 두드러진다. 부족한 듯 꽉 찬 웹툰적 상상력이 빠른 독파를 유혹한다. 사랑이 서투른 시절의 둔탁함이 장점으로 빛나 보인다. 존재 가치를 소지한 소설 「부족한 사랑」은 장르의 확장으로 번질 가능성이 농후하며 '옛날의 금잔디'류의 추억과 향수를 부르는 '순정소설'이다.

장석용(시인, 한국예술평론가협의회 회장)